死人の口入れ屋

阿泉来堂

ポプラ文庫

死人の口入れ屋《しびとのくちいれや》

目次

第一話　嗤う婚約者

1

第一印象は、堂というよりも蔵だった。

最寄り駅からバスに乗り三十分揺られた後、終点で下車。それから二十分ほど、人通りの少ない坂を上り閑静な住宅街へ進むと、ほどなくして古びた土塀に囲まれた一軒の旧家が姿を現す。見上げるほどある両開きの重厚な門扉を抜けると、敷石が二つの方向に分かれていた。

正面には三角屋根の古めかしい造りをした母屋があり、よく手入れされた庭の草木が来訪者を迎えているようだった。花壇には色とりどりの花が咲き、池には数匹の鯉が泳いでいる。家主の姿はなく、ここだけ時間が止まってしまったかのような光景であった。敷石を右方向へ進むと、前述したとおりの『蔵』としか思えぬ建物がそびえている。

久瀬宗子《くぜもとこ》は手にしたメモ紙に記された名称と、目の前の『蔵』とを見比べる。三角屋根に石造りの壁。破風の少し下、二階に位置する箇所には小さめの窓。その更に下には庇があり、蔵の正面には観音扉があった。扉の脇には縦長の古びた板が立てかけられており、『古物商　阿弥陀《あみだ》堂』の文字が荒々しく躍っていた。重厚な上戸と下戸は開かれたままで、その木の網戸だけは他とは違い真新しかった。恐る恐る近づき、手を伸ばしたところでその網戸はさっと横に開かれる。意外なことに、この戸は自動ドアに変更されているらしい。

思いがけぬ近代的な造りに驚きながら、開かれた戸口から中を覗き込む。そこそこの広さを有する三和土《たたき》の踏み石には雪駄が、脇にある下駄箱には真っ赤なハイヒールがそれぞれ一足ずつ置かれていた。今にも崩れてしまいそうな外観とは裏腹に、内装は極めて清潔かつ整然としていて、床板なんて顔が映り込むのではないかと思うほど磨き込まれ輝いている。短い廊下の先には障子で仕切られた部屋があり、すぐ脇には給湯室。さらに隣にはトイレがあって、廊下を挟んだ向かいには藍染めの暖簾がかけられた襖があった。手前と奥で二部屋——あるいは中で繋がっているのかもしれない。

「あのぉ、すみません」

恐る恐る声をかけてみても反応はない。しかし、襖で仕切られた部屋からは、なんとなく人の気配がするし、時折キーボードを叩くような音も聞こえてくる。

「ごめんください、どなたかいませんか？」

腕時計を確認すると、午後一時を三分過ぎている。出来ることなら五分前には到着しておきたかったのだが、住宅街のど真ん中にあるこの旧家が古物店を営んでいるなどとは予想もつかず、入ろうかどうしようかと二の足を踏んでいる間に約束の時間を過ぎてしまった。ひょっとすると、ここの店主は時間に厳しい人物で、遅刻してきた面接希望者になど会うつもりはないのかも……。

悲観しかけた時、すっと音もなく襖が開き、スーツ姿の女性が顔をのぞかせた。

「——何か」

端的に向けられた言葉は詰問調で、ノンフレームの眼鏡の奥からのぞく鋭い眼光に思わず背筋が伸びる。計算し尽くされたかのように端整な顔立ちをしたその女性は、日本人にしては彫りが深く、大きな瞳は切れ長に研ぎ澄まされているが、薄く整った唇はなんとも言えぬか弱さを醸し出している。市松人形のようなボブスタイルの黒髪と、色素を母親の胎内に忘れてきたのではないかと心配になるほどの白く透き通った肌が絶妙なコントラストを演出していた。体形は細身で、身長は宗子の方が高かったけれど、股下の長さは彼女の方が上だろう。シックなピンストライプのパンツスーツが、嫌みなほどさまになっている。

突如として現れた女性の不可思議な雰囲気と幻想的ともいえる美貌に見とれ、宗子は自分の名を名乗ることも、ここへやって来た目的をも口にすることができず、しばし呆けたように目をぱちくりさせていた。

「もしかして、面接の方？」

まごついている宗子を見かねたように、女性が問いかけてきた。

「そ、そうです。私、面接のお約束を——」

「それじゃあ奥にどうぞ。社長がお待ちですから」

宗子の説明を最後まで聞こうとせず、女性は奥の障子を指差した。それから最小限の動作で部屋に戻り、後ろ手に襖を閉める。すぱぁん、と鋭い音が廊下に響いた。

女性のあまりにも素っ気ない対応に目を白黒させた宗子は、それから数秒かけて我に返り、靴を脱いでスリッパに履き替えて廊下を進む。突き当りにある障子の前に立ち「ごめんください……」と声をかけると、中からは「あいてるぞ」と応答があった。するすると障子を開き中を覗き込むと、そこはがらんとした倉庫のような空間で、そこかしこに大小さまざまな品物が乱雑に置かれている。四方の壁には見上げるほどの棚が設置され、そこにもまた多くの品が押し込まれていた。すでに六月の半ばを過ぎ、気温も高くなってきたにもかかわらず、特に冷房の類が見当たらないその部屋からは、思わず身震いしてしまうほど冷え切った空気が流れ出してきていた。その部屋の片隅、応接ソファに腰を下ろした着物姿の男性が宗子に気付いて顔を上げる。

「えっと、たしか名前は……久瀬だったな？」

馴れ馴れしい口調で宗子を呼び捨てにすると、その男性はやや長めの前髪を乱暴にかき上げた。宗子は慌てて背筋を伸ばし一礼する。

「初めまして。久瀬宗子と申し――」

「あー、いい。堅苦しいのは無しだ。そこに座れよ」

命令口調で自己紹介を遮られ、戸惑いながらも対面に腰を下ろす。用意してきた履歴書をバッグから出してテーブルの上に置くと、男性はそれを手に取り、無言で読み進めていった。

　この人が社長で間違いないのだろうかと内心で自問しながら、宗子は改めて目の前の男性を観察した。社長と言うからにはもっと年配の人物を想像していたけれど、意外に若くて驚いた。見たところ三十代半ばくらいだろうか。しかし、若いからといっていわゆる『やり手の社長』によく見られる軽薄そうな雰囲気は感じられなかった。シックな色合いの着流しという古風な出で立ちのせいもあるだろうが、どこか時代を超越しているというか、世代を意識させない独特の雰囲気が滲み出ている。目鼻立ちもくっきりしており、お世辞抜きにもイケメンと呼んで差し支えない部類。少し伸びた顎髭もきちんと手入れされていた。

　――くすくす……


　ふと、押し殺したような笑い声がして、宗子は品定めを中断し我に返った。

　男性が座る応接ソファの背後には、広間の奥とこのスペースとを仕切る衝立がある。磨りガラスのせいで奥の様子ははっきりとは窺えないが、その向こうに誰かいるらしい。

　従業員が仕事でもしているのだろうと納得し、宗子は意識を面接に集中させた。

「俺が社長の阿弥陀《あみだ》だ。仏と同じ阿弥陀。覚えやすいだろ？」

　履歴書を読み終え、顔を上げた男性がにんまりと笑う。宗子は慌てて相槌を打った。

阿弥陀、というのはこの店の名称であると同時に社長の名でもあるらしい。本名ならば随分とありがたい苗字に思えるが、単に屋号を名乗っているだけという可能性もある。

「日下部《くさかべ》さんから話は聞いてる。前の職場じゃあ、かなり優秀だったんだって？」

「いえ、そんなことは……」

「謙遜なんてしなくていい。あのおっさんは下手なおべっかなんて言わないからな。手放すのは惜しい人材だって、ずいぶんと嘆いてたよ」

日下部というのは、前職で宗子の教育係をしてくれた男性のことである。来年の春には定年退職を控えていて、右も左も分からない新米の宗子に根気よく仕事のイロハをたたき込んでくれた恩人でもあった。昔気質の職人肌というやつで、いつも不機嫌そうに押し黙っていたため楽しくおしゃべりした記憶は数えるほどしかないけれど、仕事を教えてくれる所作には常に後輩を思いやる優しさが滲んでいた。本当なら、その恩は仕事で返すべきだったのだが、その日下部が定年を迎えるより先に、宗子の方が辞めてしまった。

退職を申し出た事情に鑑みて、日下部さんは宗子を引き留める代わりにこの阿弥陀堂での仕事を紹介してくれたのだった。

「あの……日下部さんとはどういう……？」

おずおずと訊ねると、阿弥陀は軽く考えるような素振りをしてから、

「前に、ちょっとしたことで縁があってな。それ以来、お互いに気の置けない間柄っ

てやつさ。うちが人を募集してるって言ったら、ぜひあんたを雇ってやってくれって強く薦められたんだ」

「日下部さんが……」

不義理を働いて職を辞した自分なんかに、そこまで熱心になってくれる。その優しい心遣いを改めて実感し、宗子は面接中という事も忘れてつい感慨に浸りそうになった。

「それで、あんたはどうして警察を辞めたりしたんだ？　刑事になるのが夢だったんだろ？」

それも日下部さんに聞いたのだろう。単刀直入に問われ、宗子は思わず身構える。

「私が辞めた理由、日下部さんからは聞いていないんですか？」

「だいたいの話は聞いてるさ。でも俺は、あんたから直接聞きたい」

阿弥陀はそういうと、軽く身を乗り出すようにして、至近距離から宗子の顔を見つめてきた。迷いのないその眼差しが容赦なくこちらを射すくめる。

「……理由は単純です。私が捜査中にミスをしたからです」

「ほう、具体的に言うとどんな失敗をやらかしたんだ？」

間髪をいれずに突っ込まれ、宗子は逡巡する。だが、ここで黙っていても何も始まらない。

「愛人問題で妻に離婚を切り出された男が妻を刃物で刺したという通報を受けて、現場に駆け付けた私と先輩刑事が事態の収拾に当たりました――」

その時の様子をつぶさに思い返し、宗子は息苦しさを覚えた。雨が上がったばかりの湿った空気。埃っぽい室内の不穏な気配。ほのかに漂う血の臭いと絶望を嘆く男の叫び声。どれも強烈に脳裏に焼き付いている。

短大卒業後に警察学校に入り、警察官になってから四年目。念願かなって刑事になったばかりで、気負っていたのだろう。犯人の男は刃物を手にリビングに立てこもっており、腹部を刺された妻は必死に助けを求めていた。犯人を説得するためリビングに飛び込んでいく先輩に続こうとした宗子は、しかしそこで何者かの視線を感じ、廊下に立ち止まった。辺りを見回すと、一人の男の子が階段の一番上の段に腰を下ろし、じっと宗子を見下ろしていることに気が付いた。

「『子供がいます』と先輩に声をかけ、私は階段を上ろうとしました。その子の保護が最優先だと判断したからです。しかし、先輩はすでにリビング内で説得に応じようとしなかった犯人ともみ合いになっていました。私が打ち合わせ通りに動かなかったせいで、先輩は一人で凶器を持った犯人に立ち向かう形になったんです」

話すうち、幾度となく繰り返した後悔の念が再び押し寄せてきて、宗子は下唇を強くかんだ。

「それで、どうなったんだ？」

「幸いにも先輩は腕と脚に軽傷を負うだけで済みましたが、犯人は死亡しました。格闘の末に転倒し、はずみでナイフが胸に刺さってしまったんです」

「その責任を取って辞職ってわけか？」

阿弥陀に問われ、宗子は頭をふった。

「もちろんその責任も大いにあります。でも、問題は私が先輩の命令に背いた理由でした」

「子供を救うためだったんだろ?」

「はい。しかし、私がリビングでのことに気を取られて目を離した隙に、少年の姿は消えていたんです。先輩の無事を確認後に急いで二階の部屋を調べてみたら、真っ赤に染まったカーペットの上に、少年の遺体が転がっていました」

阿弥陀の表情に、ほんのわずかながら険が混じる。

「その子供、死んでいたのか?」

「私たちが駆けつける前に、実の父親である犯人によって殺害されていました」

「それじゃあ、あんたが見た子供ってのは?」

「……見間違い、ということになっています」

ぎこちなく応じて、宗子は押し黙った。

監察医の見解によると、少年が殺害されたのは母親よりも先で、宗子たちが駆けつけるよりも一時間近く前だったという。つまり宗子があのタイミングで少年の姿を見る――しかも傷一つない姿を――ことは、不可能だという結論に至った。犯人の死亡と先輩刑事の負傷は、現場で的確な判断を欠き、相棒を危険にさらした宗子のミスとされた。

先輩刑事は「気にするな」と言って許してくれたが、宗子にとってはそんな簡単な話ではなかった。自分を許す気にはなれなかったのはもちろん、同じようなことがあって同僚を危険にさらすわけにはいかないという気持ちが日増しに募り、それから一週間もしないうちに辞表を提出した。

「ふむ、なるほどな」

どこか訳知り顔で阿弥陀はうなずいた。それから何事か考え込むような表情をして宗子をじっと見据えている。まるで、こちらの発言の真偽をはかるかのような目つきに、宗子は居心地の悪さを感じずにはいられなかった。

「――話はだいたいわかった。それで、うちの仕事がどんなのかは聞いているか？」

阿弥陀は不意に表情を和らげ、話題を切り替えた。

「古物店ということは聞いていますが、詳しいことは何も」

「そうか、まあ間違っちゃあいないが……。とりあえずこれを渡しておく」

どこか意味深に首をひねった阿弥陀が差し出したのは、名刺サイズの一枚の紙だった。黒い紙に金の箔押しで『古物商　阿弥陀堂　忌物《いみもの》の引き取り・貸し出し承ります』とある。

――忌物？

見たことのない単語を怪訝に感じて顔を上げると、宗子の不審を感じ取ったように、阿弥陀は片方の眉を吊り上げ、口の端を持ち上げた。

「言っておくが誤植じゃあないぞ。この阿弥陀堂が取り扱うのは、単なる古いがらくたなんかじゃあない。書いて字のごとく、人々に忌み嫌われた物品だ」

「忌み嫌われた……？」

「平たく言うとそうだな……遺品、形見、よすがの品ってところか」


――くすくす、くすくす……


阿弥陀の言葉に同調するようなタイミングで、またしても衝立の向こうから押し殺したような笑いが聞こえてきた。宗子が磨りガラスに視線を向けると、笑い声はぴたりとおさまる。

「どうかしたか？」

「あ、いえ、なんでも……」

不可解だったのは、それが幼い子供の声だったことだ。場違いに悪戯《いたずら》めいている無邪気な笑い声。だからこそ余計に気味が悪かった。

どうしてこんなところに子供がいるのか。阿弥陀か、あのボブカットの女性の子供だろうか。それとも……。

「――そういった品を買い取ったり引き取ったりするのがうちの主な仕事だ。必要とあらば海外から引き取ってくることもある」

内心で自問を繰り返す宗子をよそに、阿弥陀は話を先へと進めていく。

「だが、集めた品を売ることはしない。うちが大々的に店を構えていないのも、そういう理由からだ」

「一般のお客様を相手には販売しないということですか？」

「いいや、そうじゃない。あくまで相手にするのは一般のお客さ。だが販売はしない。物品を買い取るか、買い取ったものを他の客に貸し出すか、だ」

「貸し出す……？」

おうむがえしにした宗子に一つうなずいてから、阿弥陀は腕組みをして、何故か誇らしげにソファにふんぞり返った。

「貸し出す。貸し付ける。レンタルする。言い方は何でもいい。客の要望に応え、最適かつ最善の商品を相応の価格で提供する。それが『阿弥陀堂』の仕事だ」

「はぁ……」

応じたはいいが、さっぱり要領を得なかった。困惑する宗子を、阿弥陀はどこか満足そうに見据えている。こちらがこういう反応をするのは予測済みだったらしい。

再びずい、と身を乗り出し、阿弥陀は何かを見出そうとするみたいに、宗子を凝視した。

「忌物ってのは俗物的な表現をすれば『いわくつきの品』。つまり霊魂が取り憑いた物品だ。俺たちはそれを買い取り、保存し、必要な相手に貸し出している」

「霊の取り憑いた品を……貸し出す？」

改めて口にした瞬間、ぞわぞわと背中が粟立《あわだ》った。

――ねえ、はやく……

嫌な予感を後押しするかのように、聞こえてくる少女の声は、どんどん明瞭になっていく。もはや衝立の向こうではなく、耳元で囁かれているような感覚。部屋に入った時から感じていた冷気が一段と強まった気がして、宗子は無意識に二の腕をさすっていた。

「そんな品物を、借りたがる人なんているんですか?」

「もちろんだ。もっとも、客が求めてるのは品物の方じゃなく、取り憑いている霊の方だがな」

「霊を……?」

嘘でしょ、という言葉が喉まで出かかった。表情や態度、口調にまで、それは表れていたことだろう。だが阿弥陀はいたって真剣な表情のまま平然としている。

「信じられないか?」

「はい、当たり前です。だってそんな……霊を貸し出すだなんて……」

口を突いて出た言葉に、しかし宗子はかすかな抵抗を覚えた。対する阿弥陀の顔には、そんな宗子の心中を見透かすかのような笑みが浮いている。

「どうしてそんなものを借りたがる人がいるんですか? まさか、自殺志願者とかそういう……?」

「はは、まあそういう奴も中にはいるが、大半はそうじゃあない」

阿弥陀はそこで一旦言葉を切り、呼吸を整えるように間をおいてから先を続けた。

「必要だからだよ。平々凡々に生きて、誰も恨まず誰からも恨まれずにいられるような人間はうちには来ない。誰かを殺したいほどに憎み、復讐を果たさなきゃ前に進めない。あるいは尋常ならざるものに寄り掛からなければ生きていられない。そんな切羽詰まった奴が、よすがを求めてやってくる。それがこの『阿弥陀堂』だ」

やや大げさに、両手を広げた阿弥陀が広間をぐるりと示す。つられて広間を見回した宗子は、そこに収められた数々の品に視線を定めては言い知れぬ悪寒にその身を震わせた。

霊の取り憑いた物品を必要な人間に貸し出す。阿弥陀の説明は理解できる。だが、そんな商売が本当に存在するのか。必要とする人などいるのか。それについては未だ半信半疑のままだった。ただ一つ言えることは、自分はとんでもないところに面接に来てしまったということ。そして多分、目の前にいるこの得体の知れない男は、きっとまともじゃないということだった。

「あ、えっと……私その……そろそろ……」

自分でもわざとらしく感じられる口調で言いながら腰を浮かしかけた時、再び衝立の向こうから誰かが呼びかけてきた。

――はやくはやく……

同時に、とととと、と床を走る足音がして、宗子は思わず身を固めた。

――あそぼ……


「おいメグミ、あまりはしゃぐんじゃあねえよ」

不意に声を上げ、阿弥陀は立ち上がった。驚いて顔を上げた宗子を一瞥し、彼は衝立へと歩み寄る。その言葉に反応するみたいに、笑い声と足音が再び響いた。

「――聞こえるんだな？」

宗子は否定するのを忘れてうなずいていた。それを確認した阿弥陀は手を伸ばし、衝立をすっと横にずらす。雑然と物であふれる広間には、子供の姿などどこにもなかった。その代わりに、一枚の油絵が、古びた家具に立てかけられてある。

その絵には幼い少女が一人、野原を駆けまわる姿が描かれ、その子を遠目に見つめる母親らしき人物の姿もある。仲睦まじい母娘の様子を切り取った温かな絵画だった。


――さっきの声と足音は、この油絵から……？

自問する宗子の心中を見透かしたように、阿弥陀は油絵に歩み寄り、しげしげと眺めながら説明を始めた。

「この絵画に取り憑いているのはメグミって名前の子供でな。二人の子供を同時に失った母親は後を追うように自殺して、行き場を無くしたこの忌物を俺が引き取った」

さっきも口にした名前だった。おそらく、あの笑い声や足音の主がメグミという少女なのだろう。そう理解しながら、絵に描かれた青いワンピースの少女を見つめる。注意して耳をすませば、今にも足音が聞こえてきそうな気がして、宗子はどこか切ない気持ちになった。

「これは一種のデモンストレーションだ。まずはお前が忌物という存在を正しく認識できるかを見せてもらう必要があったからな」

阿弥陀は喋りながら指先をパチンと鳴らす。その瞬間、広間全体を覆っていた重苦しい空気が霧散した。身を縮めるほど感じていた寒気が瞬時に消え失せ、まばゆい日差しに照らされてでもいるかのように、身体の内側から温かくなってくる。

「いま、何をしたんですか？」

戸惑いながら問いかけると、阿弥陀は得意げな顔をして鼻を鳴らした。

「少し大人しくさせただけだ。放っておいたらこいつは、絶対に絵の中に戻ろうとしないからな」

そう言って阿弥陀が絵画を指差した瞬間、宗子はひゅっと息を吸い込んだ。

「絵が……変わってる……？」

ついさっきまで――いや、今の今まで絵の中には青いワンピースの少女しかいなかったはずなのに、気がつけばその隣に、赤いワンピースを着たおかっぱ頭の少女が並んでいる。少女が一人で野原を駆ける絵は一瞬にして、二人の少女が追いかけっこをする絵に変貌していたのだった。

「こっちの赤いのがメグミだ。慣れるまでは俺以外の人間の前には姿を現さないがな。とにかくこれでわかったろ。ここにあるすべての忌物には、何かしらの霊が取り憑いている」

そう言って、阿弥陀は広間を見回した。

油絵のまわりには西洋の壺やワイングラス、食器などが置かれ、その奥の棚には書物、絵画や水墨画に木彫りの置物、白鞘の日本刀や具足がある。そうかと思えば別の区画にはアジア諸国伝来の民族衣装があったりと、バラエティ豊かな品々が収められていた。細かい貴金属類はショーケースにひとまとめにされ、最奥には箪笥《たんす》やテーブル、椅子などという家具の類もある。そのほかにも古びたブリキのおもちゃや電話機、携帯電話、扇風機なんかもあった。

——このすべてに霊が取り憑いて……。

阿弥陀の言葉を脳内で反芻《はんすう》した瞬間、この部屋が——いや、巨大な土蔵そのものが、ひどく恐ろしいものに感じられた。多くの霊を一か所に集め、ひとまとめにして押し込んでいるという事実そのものに対する恐怖が、改めて宗子の背筋を冷やした。

ふと見上げると、広間の天井の梁にはしめ縄が張られ、古びたお札がびっしりと柱を埋め尽くしている。宗子の目にはそれが、まさしくこの世と異界を隔てる境目に映った。

「うちには様々な事情を抱えた依頼人たちがやってくる。そいつらの話を聞いて、俺たちは最適な霊を貸し出す。そのためには、ある程度の在庫は抱えておかなくちゃならないんだよ。店を構える以上、在庫がなければ売り上げは立たないからな。貸し出した忌物をどう使うかは依頼人の自由だが、貸し出す際のルールは存在する」

阿弥陀は人差し指から順に立てながら説明していく。

一　貸し出す忌物は阿弥陀が選ぶ。依頼人はその忌物に相応の対価を支払い、一定期間借り受ける。

二　忌物を誰に使うか、どう使うかは借りた人間の自由。ただし、最適な霊を貸し出すために、目的はあらかじめ説明してもらう。

三　忌物を貸し出している間、店の人間が依頼人の行動を観察する。これは返却せずに逃げることを防止するのと、霊が暴走するなどという不測の事態を防止する目的がある。

四　期間内に忌物が返却されない場合、延滞料金が加算される。金を払えない場合は、『別のもの』を対価にする。

以上の四つが、阿弥陀堂を利用する上でのルールだという。

「そうは言っても、あまり堅苦しいことは言わねえのが俺の主義だ。ある程度は許容するようにしてる。繰り返すが、借りた霊を何にどう使うかを決めるのはすべて依頼人だからな。俺たちは最低限、その手伝いをするだけさ」

そう言って、阿弥陀は未だ状況を飲み込めていない宗子を鋭く見据えた。

「なんにしても、お前は合格だ。久瀬宗子」

「ご、合格って……何が？」

言葉の意味が分からずに問い返すと、阿弥陀は軽く肩をすくめ、

「お前を採用してやるって言ってんだ」

「あ、いやちょっとそれは……」

「なんだ、不満か？」

怪訝そうに問われ、宗子は言葉を彷徨わせた。

「いえ、私はその……ちょっとついていけないというか……」

「心配するな。多少なりとも霊の存在を感知したり、姿を見たり声を聞いたりができれば、こいつらの管理をするのに難しいことはない。基本的に俺の支配下にいるうちは、ほとんどが無害だ」

まるで家畜を手懐ける畜産家のような物言いである。

「それに、お前にはそこそこの耐性があるようだからな」

「耐性？」

「そうだ。霊を前にしてビビっちまうような臆病者にはこの仕事は務まらねえってことさ。だからといって好奇心ばかりが強くても困る。なんと言っても相手は霊だからな。人を騙しもするし、欺きもする。下手に同情してとり殺されるようなことがあっちゃ困るだろ？」

さらりと恐ろしいことを言われ、背筋が凍った。

「だがお前はそのどちらでもなかった。俺の言葉を頭から疑うでも、鵜呑みにするでもなく、自分で考えて忌物を理解した。お前は、ずっと前から霊に接している。その姿を見ることに耐性がある——というより、当たり前に見えちまうんじゃねえか？　だからすでに死んだはずの子供が階段に座っているのを見て、保護しなきゃと思ったんだろ？」

図星だった。あまりに図星を指され過ぎて、否定する気にならないほどに。

「日下部さんがお前を俺に紹介したのも、そういう理由からだ。その素質のせいでお前の相棒は死にかけた。お前が罪の意識を感じているのは、警官としての判断不足でも力量不足でもなく、その部分だったんだろうよ」

思い出したくもない苦痛が脳裏をよぎり、宗子は無意識に胸に下げたペンダントに手をやっていた。ひんやりとした透明な石の感触を指先に確かめつつ、そっとうなずく。

「……たしかにその通りです。小さい頃から、幽霊……みたいなものが視えました。でも人に話したら不気味がられるだけだし、信じてもらえない。警官を辞めた理由も、あなたがおっしゃる通りです。そのことを日下部さんに話したのは、ほとんど勢いっていうか……お世話になった人に嘘をつきたくなかっただけで、信じてもらえるとは思っていませんでした」

宗子の話をじっと聞きながら、阿弥陀は何かを見定めようとするみたいに無言を貫いていた。獲物を狙う猛禽《もうきん》のように獰猛な眼差しが宗子を捉えている。

二人の間に、息苦しささえ感じさせる沈黙がおりた。

「――社長、お話のところ失礼します」

呼びかける声がして、宗子は詰めていた息を吐きだした。

障子がするすると開き、先程のボブカットの女性が顔を覗かせた。

「どうした宝生《ほうしょう》?」

「依頼人がお見えです」

宝生、と呼ばれた女性が感情の欠片も籠らぬような声で連絡事項を伝達する。

「そうか、じゃあ通してくれ。俺とこいつで話を聞く」

さも当然のように、阿弥陀は宗子を指差した。

「え、ちょっと待ってください。私まだ働くとは……」

当惑する宗子をよそに、阿弥陀は宝生へと目配せをする。宝生は軽く一礼して廊下に身を引き、入れ替わりに一人の女性が広間に足を踏み入れた。

「ようこそ阿弥陀堂へ。さあ、そこにかけてくれ」

大仰な口調で阿弥陀が宗子の座っていたソファを示したので、とっさに荷物を抱えた宗子が踵を返そうとすると、

「どこ行くんだ。お前はこっちに座れ」

「いや、でも私……」

「いいから座れ。この愚図」

──なんて強引な……。

命令口調に不満を感じながらも、依頼人の手前それ以上抵抗するのは躊躇われた。

結局、宗子は彼の隣に腰を下ろし、依頼人と向かい合う。

「あの、ここに来れば霊を貸してくれるっていうのは本当なんですか……？」

二十代前半の、端整な顔に疲れを滲ませたショートカットの女性が開口一番に訊ねた。

「もちろんだ。依頼人の要望に従い、最適で最良の霊を貸し出すのがうちのモットーでね」

彼女の不安や疑惑にみちた眼差しを真正面から受け止めつつ、阿弥陀は大げさな身振り手振りを添えて調子よく言い放つ。それからぐっと身を乗り出すようにして、質問してきた女性の顔を至近距離から見つめた。

「──それであんた、どんな霊を探してるんだ？」

2

「よう君塚《きみづか》。また残業か？」

後ろから肩を叩かれ、君塚隼人《はやと》はＰＣから顔を上げた。もう何十分も画面に見入っていたせいで、振り返った先にある同僚の顔にピントが合わず、ごしごしと目をこする。

「なんだ長田《ながた》か。明後日の会議の資料がちょっとな……」

自分でも驚くほど低い声が出た。もう何日も寝ていないかのような疲れた顔を見て、長田は苦笑を漏らす。

「相変わらず真面目だな。そんなもん去年の資料いじって、ちゃちゃっと片付けちまえばいいのに」

「そういうわけにいかないだろ。何かミスしたら、課長に何を言われるかわからないし」

ちら、と横目で窺うと、通路を挟んだ向かいのデスクには険しい表情でPC画面を凝視している課長の姿があった。ぶ厚い眼鏡の奥で、神経質そうな目が忙しなく動いている。

「それが仕事だと思ってるんだから、言わせてやれよ」

けらけらと軽口混じりに笑い、長田は首元のネクタイを軽く緩めてシャツの第一ボタンをはずした。

「それより飲みに行こうぜ。総務の新入社員の子たちとの合コン、お前も頭数に入れておいたから」

「俺はいいよ」

そっけなく返すと、長田はおい待てよ、と慌てて追いすがってくる。

「お前が来てくれなきゃ、女の子たちだって喜ばないだろ。たまにはぱーっと騒ごうぜ」

「長田……」

「こんなこと言うのもアレだけどさ、花代《はなよ》ちゃんが亡くなってからもう二か月だろ。お前がいつまでもそんな顔してたら、彼女だって浮かばれねえよ」

周りを気にするように声を潜めた長田が、肩に置いた手にぐっと力を込めた。

「そうかもな……」

同意したように見せながらも、隼人はそう簡単なことではないのだと言外に訴える。ポジティブシンキングで悩みが解消されるなら、誰も苦労はしない。

「ところで、例の妹の方は、その後どうなんだよ？」

再び周囲を窺ってから、長田は小声で問いかけてくる。隼人の胸中に、どろりと粘つくような不快な感触が広がった。

「大丈夫だ。あれ以来何もない」

「そうか。しかし今思い出しても悲惨だったよなぁ。あれ以来みんながお前を見る目が変わっちまったっつうかさ」

「仕方ないよ。大勢の前であんな……」

あんな騒ぎが起きたんだから。そう内心で続けた隼人は、口にすることすらはばかられる重々しい記憶を脳裏に浮かべていた。

今から二週間ほど前、午前の仕事を終え、誰もが一息つこうと気を抜いていたタイミングで、西野美月《にしのみづき》は突然オフィスに現れた。今すぐ銀行強盗を起こしてもおかしくないような、鬼気迫る表情をした美月に対し、入り口の側にいた女性社員が用件を尋ねた。すると美月は、大声で隼人の名を叫んだ。フロア中に響き渡った彼女の声に誰もが驚き、手を止めて美月に注目した。隼人が立ち上がると、美月はいきなり摑みかかってきた。

「あんたがお姉ちゃんを殺したんでしょ！」

　彼女の怒鳴り声が、オフィスにいた全員を驚かせたのは言うまでもない。

　美月の姉、花代は隼人や長田と同期入社した女性社員で、この二年間、隼人と交際していた。いつも笑顔を絶やさず、誰にでも優しい人の好さも相まって、多くの男性社員の憧れの的だった。

　そんな花代と隼人との距離が急接近したのは入社して十か月ほどが過ぎた頃だった。ある取引先との接待の帰り、珍しく酔っぱらった彼女の介抱を隼人が押し付けられた。隼人は足元のおぼつかない花代に肩を貸しながら、引きずるようにして駅へと急いだが、終電には間に合わなかった。どうしたものかと途方に暮れていると、むにゃむにゃと寝言のような声色で花代が言った。

「君塚さんの家に行きたいです」

　その日から二人の関係は始まった。社内の人間には内緒で週に何度も逢瀬を重ね、関係はみるみる深まっていった。付き合ってみると、花代が驚くほど子供っぽく、おっちょこちょいな一面があることに気付かされた。外とは違う一面を見せる花代がかわいらしく、また危なっかしくも思え、自分がそばについていてやらなければならないと思った。

付き合いだしてから二年が過ぎようという頃には、どちらともなく結婚の二文字がちらつくようになった。隼人自身、彼女を深く愛していたし、彼女のすべてを受け入れたいという気持ちもあった。しかし、ただ一点、どうしても許容できないことがあった。それが妹の美月である。

花代と美月の両親は、花代が高校二年生、美月が中学三年生の時に交通事故で他界した。その後、祖母に引き取られて暮らしていたが、花代が大学二年の時に祖母も他界。妹を短大に行かせるために、花代はバイトをいくつも掛け持ちして、勉強そっちのけで働いたという。妹思いの花代の頑張りのおかげで美月は短大へ進み、希望していたデザイナーとしてアパレル関係の企業に就職することができた。

肩の荷が下りた花代は、それを機に隼人との交際を開始した。彼氏ができたことを妹に伝えると、とても喜んでくれたと花代は言っていたのだが、蓋を開けてみると、現実はそう簡単ではなかった。隼人と花代が一緒に過ごしていると、事あるごとに美月からメッセージが送られてきたり、花代が出るまで電話をかけ続け、体調不良を訴えては帰ってきてと泣きつくのだ。最初は良くても、それが何度も繰り返されては隼人としては面白くない。せめて二人でいる時は電話を控えてほしかったが、花代は困った顔をするばかりで妹に強くは出られない様子だった。

花代は「たった一人の妹だから」と美月をかばった。あの子は両親を亡くしたせいでずっと寂しかった。私がただ一人の家族だから、突き放すことは出来ないとも言った。そこまで言われて「妹と俺とどっちをとるんだ」などと迫るほど隼人は傲慢にはなれなかった。

　そういった諸々の不安を抱えながらも、二人は夫婦としてこの先の人生を共に歩むことを決めたのだった。ところが婚約からわずか三か月後――今から二か月前に、花代は突如として命を絶った。

　遺体は美月が発見した。出張先から戻った美月は自宅のバスルームで、水を張った浴槽に服を着たまま沈んでいる姉の姿を発見し激しく取り乱しながら通報したのだという。ワインに睡眠薬を混ぜて飲み、そのまま風呂に入ったというのが警察の見解だった。

　花代の自殺の報は瞬く間に社内に広まり、隼人には同情めいたまなざしが無遠慮に向けられた。心身ともに打ちのめされた隼人だったが、家族や友人、そして長田ら同僚の励ましのおかげで、ようやく仕事に身が入るようになってきた。美月が会社に乗り込んできたのは、その矢先の出来事であった。

　姉を失ったショックから彼女が花代の自殺を隼人のせいにするのは、ある意味では妥当な判断だったのかもしれない。しかし、それがいわれのない誹謗中傷である以上、隼人としても黙っているわけにもいかず、半ば強引に美月を外へと連れ出そうとした。美月は泣きながら抵抗し、オフィスは一時騒然となった。結局、駆け付けた警察官が美月を連れて行き、隼人も詳しい事情を話すため近くの警察署へと同行した。

　隼人はもちろん、会社も大事にはしたくなかったので、被害届は提出しなかった。

それっきり、美月が隼人の前に姿を現すことはなくなったが、それからというもの、社内の人々に白い目で見られるようになってしまった。

二週間も経った今となっては、誰もその時の話題を持ち出したりなどしなかったが、それでも、隼人はどことなく居心地の悪さを感じずにはいられなかった。

「まあ、いつまでもそんなしけた面しててもどうにもならねえだろ。ほら、行くぞ」

長田のしつこさに根負けし、隼人は仕方なくファイルを閉じてPCをシャットダウンした。手早く荷物をまとめ、課長に何か言われる前にそそくさとオフィスを後にする。その後は長田に連れられるがまま、繁華街に最近できたというおしゃれなイタリアンレストランで二時間ほどを過ごした。うまい飯と酒を飲み、くだらないおしゃべりを通じて新入社員の女子たちと過ごす時間はそれなりに楽しかったが、同時に空虚でもあった。時折、思い出したように黙り込む隼人に、誰もが怪訝な想いを抱いていたのは明白で、せっかくの場をこれ以上白けさせるのはさすがに気がとがめた。店を出てカラオケへと繰り出そうとする一行に別れを告げ、隼人は熱波のような夜風に吹かれつつ帰路についた。駅前から郊外へ向かうにつれて人気はなくなっていき、自宅の周辺ともなると、まるっきり人の姿はなくなっていた。

何かを忘れる手段として人がアルコールに手を出す気持ちがよくわかる。飲んで正体をなくしてしまえば何も考えなくて済む。つらい気持ちにもならなくて済む。解決方法とは呼べないかもしれないが、気休めにはなるのだ。婚約者に先立たれた苦しみを抱えながら生き抜くためには、時としてそういうことも必要ではないか。

「残された人間の身にもなれっていうんだよ……」

誰に向けたのか、吐き捨てるように呟きながら角を曲がる。突然、目の前に黒い影が現れ、すれ違いざまに肩がぶつかった。無理やり避けようとしたのが悪かったらしく、衝突の衝撃はかすかなものであったが、隼人は足をもつれさせて路地に尻餅をついた。

「あら、ごめんなさい」

頭上から声を掛けられ、はっとして顔を上げる。背が高く、ピンストライプのパンツスーツに真っ赤なヒールという出で立ちの女性が、ノンフレームの眼鏡の奥からウジ虫でも見るかのような目で隼人を見下ろしていた。

「いや、こっちこそぼーっとしてて……」

咄嗟に答えると、女性はにこりともせずに首を上下させ、そのまま立ち去っていった。たった今、隼人がやってきた角を曲がっていくその後ろ姿は実にしなやかで、まっすぐに伸びた姿勢の良い体軀がやたらと印象に残った。

まるで幽霊にでも遭遇したかのような気持ちを抱えながら、隼人は立ち上がり、再び帰路についた。

隼人が暮らすマンションは3ＬＤＫのゆったりとした部屋で、花代と結婚してからも暮らせるようにとこの春に引っ越したばかりの物件だった。一人で住むには広すぎるものの、すぐに引っ越す気力も湧かず、ずるずると住み続けている。長田は「そのうちいい相手が出来れば一緒に住めばいい」なんて楽観的なことを言っていたが、当分そんな気にはなれそうになかった。

　重々しい気持ちでエントランスに入り、管理人室の前を通ってエレベーターへ。三階へ上がり、三〇四号室の前で立ち止まる。鍵を差し込み玄関のドアを開き、脱ぎ散らかしたままのスニーカーが転がっているのを見下ろしながら後ろ手にドアを閉めた時、不意にカラン、と聞き慣れない音がした。

　その場で周囲を見回すけれど、それらしいものは見当たらない。上体をかがめ、ドアと一体になった郵便受けの蓋を開くと、再び小さな音がして何かが転がった。

「なんだ、これ……」

　拾い上げたのは、これといった装飾が施されているわけではない、ごくシンプルなデザインの指輪だった。裏を見ると何か刻印がされているようだが、すっかり文字が擦り切れていて読み取れない。それをしげしげと眺めながら、隼人は首をひねる。

　誰かがいたずらに放り込んでいったのか。たまたま隼人の部屋の前に落ちていたものを、親切のつもりで入れてくれたのか。いずれにせよ、そのままゴミに捨てるのは抵抗があった。明日にでも管理人室に届けようと思い、下駄箱の上に置いておくことにする。

　靴を脱ぎ、まっすぐ寝室へ向かって電気をつけると、今朝起きた時と同じ状態の乱れたベッドが隼人を迎えた。掃除の行き届いていない室内を憎々しげに見下ろしながらネクタイを外し、シャツを脱ぐ。それから部屋の空気を入れ替えようとカーテンを開くと、窓ガラスに映り込んだ隼人の背後に髪の長い女の姿があった。

「うわぁっ!」

その場で飛び上がり、声を上げて振り返る。だが、室内には誰の姿もなかった。

「あ、え……?　あれ……?」

狐につままれたような心地で、隼人は窓ガラスに視線を戻す。映り込んだ室内の様子、驚いたように目を剝いている自分の顔。どこにも女の姿などなかった。

「ふっ、ははは。馬鹿らし」

ひどく自嘲的な声を漏らし、苦笑する。酔っているせいか、それとも疲れているだけだろうか。壁際にある背の高いスタンドライトが白い服を着た女にでも見えたのかもしれない。そう納得したところで、もう一度おかしくなって笑った。

疲れているのだ。花代の自殺や美月の行動といったことに精神を苛まれ、すっかり神経が衰弱している。そのせいで幽霊を見た気になってしまった。

そんな風に自分に言い聞かせながら、気を取り直して熱いシャワーを浴びた。すっかり酔いはさめてしまったが、身体がほぐれたおかげですぐに眠りにつくことができた。


寝入ってから二時間ほど経過した頃、隼人は目を覚ました。

——寒い。

窓を開けっぱなしにしていたせいだろうか。異様な寒気に目を覚まし、開いたままの窓を閉める。再び布団に潜り込んだが、一向に身体が温まらない。タオルケットをかけても、薄手の毛布を引っ張り出して頭からかぶっても、やはり寒い。

何がどうなっているんだと誰に向けるでもない苛立ちを抱えながら、隼人は尿意を感じてベッドを抜け出した。トイレに入り用を足していると、腹がゴロゴロいい始めた。寒さのせいで腹を冷やしたのか。きりきりと痛む腹を押さえながら便座に腰を下ろし、しばらくうんうんと唸っていた時、隼人は唐突に気がついた。

――息が……白い……？

まるで真冬のように、吐き出す息が白くふわふわと宙を舞っていた。むき出しの腕に鳥肌が立ち、うなじの辺りに冷気が突き刺さる。床を踏む足の裏が異様に冷たかった。

「どうなってるんだよ、いったい」

忌々しげに言いながら立ち上がり、トイレを出ようとしたその時。ととと、という微かな足音がドアの向こうに響いた。思わずはっとして動きを止める。廊下を歩く何者かの気配を察知し、隼人はほとんど無意識に息をひそめていた。

ととと、ととと、と。断続的な足音が廊下を行き来している。トイレの前から玄関へ。そうかと思えばまたトイレの前を通りリビングへ。奇妙な繰り返しだった。

真っ先に『泥棒』という言葉が頭に浮かんだ。夜中に部屋に忍び込んでくるなんて、それ以外に考えられない。しかし、それならどうして廊下を行ったり来たりし続けているのだろう。リビングや寝室を物色するような音は聞こえないし、そもそもトイレの電気が点いているのだから、家主がいることもわかっているはずだ。

——泥棒じゃない。

そう判断せざるを得ない状況だった。ならば、この足音の正体は何なのか。新たに浮上した疑問。その答えに辿り着いてしまったら、状況は今よりもずっと悪くなるのではないか。そんな得体の知れない恐怖が、じわじわと足元から這い上がって来ていた。

そのままドアに張り付くようにして、どれくらいの時間、行き来する足音を聞いていただろう。ふと気が付くと、何の前触れもなく足音はやんでいた。依然としてトイレの中は寒く、二の腕が粟立っていたが、凍えるほどではなくなっている。

隼人は恐る恐るドアを開けて廊下を覗き込んだ。月明かりがうっすらと射し込む廊下には誰の姿もない。耳をそばだててみても、誰かが潜んでいる気配はなかった。

そろそろと廊下に出て、まずは玄関を確認する。鍵はかかったままだし、二重ロックもしっかりとかけられていた。次にリビングと寝室だが、どちらも窓は閉まっていて、こじ開けられた形跡はない。室内はどこも荒らされた形跡がなく、取られたものもなさそうだった。

隼人はまたしても狐につままれたような心地でキッチンへと向かう。

——寝ぼけて幻聴でも聞いたかな……。

さっきまでの不安や恐怖は嘘のようにかき消え、急に馬鹿馬鹿しくなってくる。単に寝ぼけていたのだろう。何をそんなに怖がっているのだと自分を笑いたくもなった。

苦々しい気持ちで水切りカゴからコップを摑み蛇口をひねる。流れ出す水を注ぎ、勢いよくあおった。

「ぐふっ」

直後、喉の辺りに痛烈な違和感を覚え、隼人は盛大に噴き出した。激しくせき込みながら、喉の奥から口の中にまで広がる強い異物感にえずく。慌てて突っ込んだ指先に何かが触れた。その正体に思い至った瞬間、隼人はこれまで以上に震え上がった。耐え難いほどの悪寒が脊髄をほとばしり、身体中が粟立っていく。

「なん……で……」

まるで言葉にならない呻き声を発しながら、隼人が喉の奥から引っ張り出したのは大量の髪の毛だった。ずるずると喉の内側を擦るその感触に激しくむせながら、やっとの思いで引っ張り出した毛の塊をシンクに落とすと、べちゃりと湿った音がした。

意思とは無関係にこぼれてくる涙を拭いながら見下ろすと、蛇口から溢れ出した大量の長い黒髪がシンクを埋め尽くし、意思を持ったかのように蠢《うごめ》いていた。

その光景を最後に、隼人の意識は遠のいていった。


リビングの窓から射し込む光が眩しくて、隼人は目を覚ました。

既に日は昇り、いつもなら朝食を忙しなくかき込んでいる時刻だった。ぼんやりと覚醒していく意識の中で、背中や肩、首に鈍痛を覚える。どうしていつものように寝室の柔らかいベッドの上で目が覚めなかったのだろう。どうして自分は、キッチンの床に寝転んでいるのだろう。そんなことを考えながら身体を起こした時、右の太股の辺りに違和感を覚えた。見ると、ズボンに染みができていて、床には僅かながら水が溜まっている。少し離れた位置にコップが転がっていた。

それらを見た瞬間、昨夜目にした異様な光景——蠢く大量の黒髪——を思い返し、隼人は弾かれたように立ち上がった。食器棚に背中を押し当て、瞬間的に加速した鼓動をどうにか抑えつつ、しとしとと水の落ちるシンクを覗き込む。だが、蛇口から少量の水が流れ続けているだけで、昨夜目にした大量の髪の毛は跡形も無く消え去っていた。排水溝に留まっている事も無ければ、蛇口から垂れ下がっている様子も無い。

再び足下に視線をやるが、コップの中にも、それらしいものは残されていなかった。

「うそだろ、なんで……」

昨夜の出来事はすべて夢だった。そう思えたらどんなに楽だっただろう。しかし、悪夢を見ただけならば、何故ベッドではなくキッチンの床で目が覚めるのか。隼人の行動自体は現実で、廊下を行き来する足音や蛇口から大量に流れ出る髪の毛だけが幻だったとでも言うのか。どれだけ自問したところで、これという答えは見出せなかった。

額に浮いた汗がこめかみを伝って流れてくる。室内は蒸していて、朝日が眩しかった。悶々とした気持ちを抱えながらも、再び時刻を確認し、隼人は慌てて身支度を整え、逃げるように部屋を飛び出していった。

焼け付くような日差しに晒されながら通勤し、オフィスの自分のデスクに腰を下ろしてからも、どんよりと沈んだ気持ちは解消されなかった。二日酔いというわけでもないのに、どういうわけか身体がずっしりと重く、肩に何か乗っているのではないかと思うほど凝り固まっていた。

「よぉ、君塚。昨日はあの後、物凄い展開になったぞ。お前も帰ったりなんかしないで、一緒に楽しんじまえば良かったのにな」

朝から精力たくましい目をギラギラさせた長田を適当にあしらいつつ、隼人は職務に取り組んだ。鉛のように重たい身体に鞭を打ち、どうにかして定時を迎えるや否や、荷物を抱え、身体を引きずるようにしてオフィスを後にする。

夕暮れ時になっても、うだるような暑さは相変わらずで、熱されたアスファルトから立ち上る陽炎《かげろう》が町の景色を歪めていた。隼人と同じように勤務を終えた人々が最寄りの駅へと吸い込まれていくさまは、バッタの死骸に群がる蟻の大群を連想させる。何もしなくても頭がぼーっとして身体が重い。まるで水の中を歩いているような感覚にさらされながら、隼人はどうにか自宅へと帰り着いた。

玄関を開けた瞬間、焼け付く荒野のような空気は一瞬で取り払われた。代わりに隼人を迎えたのは、どこかじめっとした、雨上がりのような空気だった。すぐに着替えを済ませ、闇の落ち始めた窓にカーテンをひく。一瞬、昨夜目にした髪の長い女の姿が脳裏をよぎったものの、強引に思考から追い出した。

気分は乗らないが、昼を抜いたせいで腹は減っている。買い置きしていたインスタントラーメンのパッケージに手を伸ばし、鍋に水をためて火にかけてから、沸騰した鍋に麺を放り込んで蓋をした。冷蔵庫からペットボトル入りのお茶を取り出してラッパ飲みしていると、リビングのテーブルに置きっぱなしだったスマホが鳴動していた。

そういえば二、三日前に来ていた母親からのメッセージに返信するのを忘れていた。返事がないのを心配してかけてきたのだろうと当たりをつけ、ろくに番号も確認しないでスマホを耳に当てる。

「もしもし、母さん？」

応答はない。もう一度呼びかけてみても、相手はうんともすんとも言わなかった。そこで初めて、電話の相手が母親ではない事に思い当たり、隼人は息をのんだ。母親ではないにしても、なぜなにも喋ろうとしないのか。不気味に感じて画面を確認すると、登録されていない番号だった。

「……誰なんだ？」

問いかけた声にも、やはり返答は無い。

「用が無いなら切らせてもらう」

一方的に告げて通話を終えようとした時、

『……美月です』

か細い声が聞こえ、隼人は慌ててスマホを耳に当て直す。

「美月ちゃん？」

『はい、いきなり電話してすみません』

会社に押しかけてきた時とはまるで違う、沈んだ声だった。考えてみれば、姉の死の責任を隼人に押しつけてきたのも、到底抱えきれない巨大な悲しみからどうにかして逃れようとした末の、ある種の自己防衛策だったのかも知れない。そう思うと、美月に対して抱いていた苦手意識が僅かに緩和され、同時に何か、相談事があるなら聞いてあげたいという気持ちにもなった。

『今日は、お願いがあって電話しました』

だから、そう言われた時にも、隼人は素直な気持ちで「俺に出来る事があるなら何でも言ってくれ」と応じていた。美月は隼人の受け答えに驚きを示し、それから、おずおずと窺うような口調を向けてくる。

『ありがとうございます。それじゃあ、自首してもらえませんか』

「……え？」

耳にした言葉が要領を得ず聞き返す。

『自首して下さい。お姉ちゃんを殺した罪を認めて欲しいんです』

平然とした口調を向けられ、美月に対する同情めいた気持ちが音を立ててしぼんでいく。代わりに浮上してくるのは、理不尽な言いがかりに対する正当な怒りだった。

「馬鹿なことを言わないでくれ。どうして俺がそんな――」

『お姉ちゃんは怒ってるわ。あなたに殺された恨みを抱えて、今も成仏できずにこの世を彷徨《さまよ》ってる。あなただって心当たりがあるんでしょ？』

昨夜の出来事が隼人の脳裏にフラッシュバックした。即座に否定できなかった事で、美月はそれを肯定の証と受け取ったらしい。

『やっぱり。ふふ、お姉ちゃん、そこにいるんだね』

確信めいた美月の言葉に全身が粟立つ。

「やめろ」

『お姉ちゃん、ああ見えて執念深いのよ。いつだったか、私が勝手にケーキを食べた時だって一週間以上口を聞いてくれなかったし。ドライに見えて案外、根に持つタイプなの。だからきっと今もあなたの側にいて、こう言ってるわ。「裏切者。どうして殺したの」って、何度も何度も――』

「いい加減にしろ！」

怒号と共に、隼人はスマホを床にたたきつけた。鈍い音がして液晶にヒビが入り、画面が暗転する。暑くもないのに汗が吹き出し、こめかみから頬を伝って落ちた。深呼吸の最中、不意にリビングの明かりが明滅する。ハッとして顔を上げると、二度、三度とまるで瞬きをするみたいに、点いたり消えたりが繰り返された。

――まただ。

そう思った瞬間、室内が音もなく冷えていった。シャツから伸びた腕が原因不明の冷気に晒されチクチクとしびれるような感覚を覚える。吐き出す息は明らかに白く、やがて明かりが完全に消えると、リビングは深く凍てついた闇に包まれた。

隼人は床にたたきつけたスマホからじりじりと後ずさった。既に沈黙しているスマホからは美月の声は聞こえてこない。

「ふざけるな。花代は自殺したんだ。俺は何もしていない」

自分でも驚くほど無意識に、そう呟いていた。まるで、ここにはいるはずのない『誰か』に言い訳をするみたいに。

しばらくの間、暗闇の中に立ち尽くしていると、ぱっとリビングに光が戻った。同時に鍋の吹きこぼれるような音がして、隼人は慌ててコンロの火を消した。

――馬鹿馬鹿しい。何を怖がってるんだ俺は。

シンクに両手を突いたまま、忌々しげに息をつく。

花代が自分を怨んでいる。だから化けて出てきている。そんなテレビの心霊特集のようなことが現実に起きていると本気で思っているのか。

戯言だ。百歩譲って花代の霊が出てきたとしたって、自分を憎むはずがない。なぜなら自分たちは愛し合っていた。他の誰よりも花代を愛し、大切に扱ってもいた。花代だって同じ気持ちだったはずだ。その花代が自分を怨むはずがない。多くの時間を共に過ごしてきた。苦しい時も二人なら乗り越えられる。そう思ったから婚約していた。にもかかわらず身勝手に命を絶ったのは花代の方だ。

湧き上がる怒りに任せて、隼人は握りしめた拳をシンクに叩きつけた。

——どうして自殺なんか……。

強く噛みしめた唇がぶつ、と裂け、じわりと血が滲んだ。

大きく深呼吸を繰り返し、今にも破裂しそうな感情の波をどうにか鎮めると、ようやく気持ちが落ち着いてきた。いつまでも沈んでいても仕方が無い。とにかく今は腹ごしらえをして、気分を少しでも上向きにしなければならない。美月とどう接していくかは、その後でゆっくり考えれば良い。きっと良い方向に向かうはずだと自分に言い聞かせながら、隼人は食器棚からどんぶりを取り出し、箸を持って鍋の蓋を取る。

鍋の中央に女の生首があった。ぐつぐつと煮立った縮れ麺に囲まれた女の首だ。

「——花代」

反射的にその名を口にした瞬間、女の瞼がぱちりと開く。

女は隼人を見上げ、血走った眼を大きく見開きながら、ぬるりと嗤った。

3

まもなく定時になろうとするオフィスで、隼人はぼんやりと柱にかかった時計を見上げていた。ブラインドの隙間から射し込む西日が、一日の終わりを予感させている。

斜め向かいのデスクに視線をやると、せわしなくPCを操作しながら、同僚を相手に何事かまくしたてる長田の姿があった。軽薄そうなその顔に似つかわしくない真剣な面持ちを見るともなしに眺めていると、何をそんなに一生懸命になっているのかと可笑しくなってくる。

今日はほぼ一日中、デスクに座ったままだった。外回りにも出かけていないし、準備を進めていた会議は後輩社員が代打を打ってくれた。当然、課長には叱責されたが、隼人がろくな反応を示さないのを見て「疲れているなら早引きして帰れ」と眉をひそめていた。

再び時計を見上げ、思わず溜息をついた。マンションに帰るのが怖い。ずっと会社にいられれば、真冬のような寒気を感じることもないし、視界の端に人影が現れることもない。原因はすべて、あの女があの部屋にいるからだ。今こうしている瞬間にも、隼人の帰りを手ぐすね引いて待っているのだ。

幽霊。そう言葉にしてしまうとひどく滑稽ですらある。しかし、それ以外に表現のしようがなかった。あれはいったい、どこからやってきたのか。そして何のために自分に取り憑いているのか。今日一日、そのことばかりを考えていた。そして、至る答えは常に一つ。あの霊は花代ではないかということだ。

成仏しきれない花代が、何かを訴えるために隼人の元へ現れている。そう考えるのが、この非現実的な状況を現実的に説明する唯一の手段のように思えた。美月は電話口で、花代が隼人を恨んでいると言っていた。隼人への憎しみが花代の魂を成仏へは向かわせず現世に留まらせ、怨霊となって現れているということではないのか。

だとしたら、その目的は……。

そこまで考えたところで、腕時計のアラームが鳴った。定時だ。鞄を手に立ち上がった隼人は、こちらを盗み見るような社員たちの眼差しから逃げるようにオフィスを後にする。ビルから外に出ると、顔をしかめたくなるような熱気が全身を包み込んだ。額や首筋から一瞬にして汗が吹き出てくる。

「——あの、君塚さん」

鉛をぶら下げたみたいに重い身体を引きずって歩き出そうとした時、背後から声をかけられた。振り返ると、総務の小坂景子《こさかけいこ》が小走りに駆けてくるところだった。

「よかった。追いついた。何度も呼んだんですよ」

「ごめん、聞こえなかった」

歩きながら、また嫌なことを考えていたらしい。自分でもうんざりしながらため息をつき、景子に謝罪した。彼女は立ち止まって隼人を見上げる。黒縁眼鏡の奥で小ぶりな瞳がきらきらと揺れていた。

「君塚さん、体調でも悪いんですか?」

「まあ、少しね。夏風邪かな」

「そうなんだ。残念。久しぶりにご飯でもどうかなと思ったのに。君塚さん、先週の飲み会でも一次会ですぐに帰っちゃったから」

そう言って、景子は軽く口を尖らせた。彼女は総務課に所属する女性社員で、フロアは同じだが仕事上で接することはほとんどない。にもかかわらず気さくに話ができるのは、長田の催す飲み会などでよく一緒になるからだった。隼人よりも二期後輩で、一見するとおとなしそうに見えるのだが、言うことははっきりいうタイプで、表裏のない女性である。前に一度、仕事帰りに食事をしたことはあるが、特別親しい関係というわけではない。だから、彼女の方から食事に誘ってきたのには素直な驚きを感じた。

「ごめん、今日は早く帰って休まないと。最近、どうにも疲れが取れなくて」

自分の発言に、隼人はぎょっとした。本当は家になど帰りたくないのに、気付けばそう口にしていた。ごく自然に、何の違和感もなく。まるで見えない誰かに言葉を操作されているみたいに。

景子は眉を八の字にさせ「そうですか。じゃあ、また今度」と寂しそうに言った。彼女がどんな気持ちで誘ってくれたのかはわからないが、なんだか申し訳ない気持ちになり、隼人はもう一度「ごめん」と言い残して歩き出す。

そのまま数歩進んだところで、再び呼び止められた。

「あの、それじゃあ君塚さんのおうちに行きませんか？」

「え、何？」

振り返り、怪訝に問い返すと、景子はどこか控えめにはにかんで、軽く首を傾ける。

「君塚さん、具合悪いんですよね。私、元気の出るもの作ります。ね、そうしましょう」

有無を言わさぬ調子で、景子は話をまとめてしまった。隼人が戸惑っているのをよそに、彼女はさっさと歩き出す。どうしてそこまで親切にしてくれるのか。おせっかいだとしても、少々強引すぎやしないだろうか。そんな疑問が頭をよぎったものの、そのことについてここで立ち話をするのも気が引けたし、誰かが家に来てくれるのは素直に嬉しかった。一人ではないというだけで、恐怖が薄らぐ気がしたからだ。

最寄り駅で電車を降り、駅前のスーパーで簡単な買い物をしたあと、二人は肩を並べて住宅街を歩いた。すでに陽は沈み、マンションまでの道程は暗く沈んでいる。

隣を歩く景子は横顔に、うっすらと笑みを浮かべている。隼人の視線に気付き、はっとこちらを向いた彼女は、普段は見せない照れくさそうな顔をして、何かを誤魔化すようにはにかんだ。

「私、前から君塚さんともっと話したいと思ってたんです。でも君塚さんには西野さんがいたし、あんなことがあって、どう接していいかわからなくて……私も悩んだんですけど……」

言いづらそうに口ごもった景子は、上目遣いに隼人を見る。青白い街灯の光の下でも、彼女の頬が上気しているのがわかった。

「俺は、その……」

景子の気持ちに驚く一方で、隼人は大きな戸惑いを抱いてもいた。彼女の気持ちは素直に嬉しい。だがどんな言葉をかけるべきかわからなかった。

奇妙な沈黙を守りながら二人は歩き続け、角を曲がって、ようやくマンションの前に差し掛かる。

「ごめんなさい。やっぱり不謹慎、でしたか？」

「いや、そんなことは――」

言いかけたところで、隼人は言葉を失った。辿り着いたマンションの前、こちらに背を向け、エントランスを覗き込んでいる人影を見つけたせいだった。

「美月ちゃん……」

美月は信じられない程やせ細っていた。ぐるりと上体をねじってこちらを向いた美月は、青白い顔に卑屈な笑みを浮かべる。

「やっぱり女がいたんだ。お姉ちゃんに浮気がバレて、それで殺したんでしょ」

「何をばかなこと言って……」

「それとも、別れ話がこじれて殺したの？」

「違う。そうじゃない。彼女は何の関係も――」

「嘘をつかないで！　お姉ちゃんはね、あんたを恨んでるのよ。だから戻ってきた。今もあんたの部屋にお姉ちゃんが来てるでしょ？」

「うるさい、離せ！」

摑みかかろうとしてきた美月の骨ばった腕を強く振り払うと、彼女は驚くほど簡単に地面に倒れ込み、おいおいと泣きじゃくった。

「お姉ちゃんはあんたを絶対に許さない……お姉ちゃんは……うぅぅ……」

「いい加減にしろ。もうたくさんだ。何が花代の霊だ。俺たちは結婚の約束までしてたんだぞ。なのにどうして俺が憎まれなくちゃならない？　全部君の作り話だ。妄想なんだよ」

これまでの鬱憤を吐き出すように言い放つと、美月はうずくまるような体勢になって、小刻みに身体を震わせた。

「もう二度と俺の前に現れるな。これ以上付きまとうなら、いくら君でも容赦しないぞ」

叩きつけるように言って景子の手を強引に摑むと、隼人はエントランスへと駆け込んだ。


鍵を開け、玄関のドアを開いたまま中の様子を窺った隼人は、物音一つせず、また不可解な冷気をも感じないことを確認してから景子を中へと招き入れた。

「お邪魔します……」

遠慮がちに言いながらパンプスを脱いだ景子が、静かな足取りでリビングにやってくる。花代以外の女性がこの部屋にいるのは初めてで、何となく気恥ずかしかった。

「今、お茶でも入れるよ」

言いながらキッチンに来ると、シンクの上でひっくり返っている鍋が視界に入る。幸い、中から飛び出しているのは乾いた麺だけで、女の髪も、生首もそこにはなかった。

立ち尽くしている隼人を見て思うところがあったらしく、景子はキッチンを覗き込むようにして、

「あの、嫌じゃなければ私がやります。君塚さんは、シャワーでも浴びてきてください」

「いや、でも……」

「いいからいいから。まずは汗を流して、それから何か食べたほうがいいですよ」

美月とのやり取りを見て、気を遣ってくれているのだ。景子はまるで、普段からそうしているかのように自然な動作でキッチンに立ち、手際よくシンクを片付け始めた。その姿を見るともなしに見ながら「じゃあ、お言葉に甘えて」と隼人はバスルームに向かう。熱いシャワーを浴びると、全身にこびりついた疲労が剝がれ落ちていくようだった。

髪の毛を適当に乾かし、新しく用意した部屋着に着替えてリビングへ向かう。

「この匂い、もしかしてシチュー？」

「保証はしませんけど、それなりに味は良いと思いますよ」

景子が少々、照れくさそうな顔で言った。

「悪いね。こんなことまでしてもらって」

「いえ、いいんです。それより、さっきの人……」

鍋をお玉でかき混ぜながら、景子は横目に隼人を窺う。

「ああ、婚約者の妹だよ。花代が自殺したのは俺のせいだと思ってる。それで、花代の霊が……」

「霊？」

「そう、花代の霊がこの部屋にいて、俺に取り憑いているっていうんだ」

「まさか、そんなこと……」

あり得ない、と呟きながらも、景子はキッチンの小窓からリビングを覗き込んだ。つられて視線をやったが、今は何者の姿も確認できない。

「馬鹿げてると思うだろ。俺もそう思うよ。死んだ人間が幽霊になって出てくるなんて、安いホラー映画じゃあるまいし。いくらなんでもあり得ないよ」

「……でも、君塚さんは何かを見たんじゃないですか？」

「——え？」

思いがけない質問に、隼人は内心ぎくりとした。

「君塚さんの様子がおかしかった理由、なんとなくわかった気がします」

お玉を置き、コンロの火を切った景子が隼人に向き直る。

「婚約者を失ったことで自分を責めていたんですよね。私、毎日見ていたからわかるんです。君塚さんがずっと苦しんできたこと。自分を責めるあまり、誰にも心を開けずにいたことも」

「いや、俺は……」

何か言おうとする俺の口を、景子の指がそっと塞いだ。

「いいんです。言わなくても分かりますから。私、君塚さんのことならなんでも……」

ひんやりとした彼女の指の感触を唇に感じながら、隼人は呆気に取られていた。こんな風に自分を見てくれている人がいたことが信じられなかった。花代が生きていた頃は、景子の存在など会社の風景の一部でしかなかった。しかし今こうして目の前にいる彼女を見ていると、その言葉が嘘いつわりのない本当の気持ちであることが驚くほど素直に受け入れられる。

隼人は半ば無意識に、口を塞いでいた景子の手を握った。

「あ、すいません。なんか一人で喋っちゃって……」

景子ははっと我に返ったように目を見開き、せわしなく視線を泳がせた。隼人はその小さな両肩を優しくつかんで引き寄せる。

「君塚さ――」

景子の瞳が右へ左へと忙しなく揺れていた。何か言おうとするのを遮って隼人が唇を重ねると、一瞬強張った景子の身体から徐々に力が抜けていく。抱きしめた身体の柔らかさに陶酔めいた感覚を覚えながら唇を離し、至近距離で見つめあう。景子の頬は紅を差したみたいに赤く染まり、潤んだ瞳が隼人を見上げていた。

「シャワーを、浴びさせてください」

泣き入りそうな声で景子が言った。誘惑に抗い、隼人が身体を離すと、景子はバスルームへと小走りに駆けていった。何かから逃げる小動物みたいな動きがかわいらしくて、つい笑みがこぼれる。ほどなくシャワーの流れる音が聞こえてきて、隼人は身体をソファに沈めた。

景子の言う通りだ。恋人を失ったショックをまともに受け止められず、その悲しみを和らげるために自らを傷つけていた。自責の念に駆られ、ありもしないものを見てしまった。そしてそれを花代だと勘違いし、美月の言葉を真に受けて、花代が霊となって現れたのだと思い込んでしまった。

冷静に考えてみればみるほど馬鹿馬鹿しい。だが、そのことに気付かないほど自分は追い詰められていたのだ。そう自覚できたのも景子のおかげだった。感謝しなくてはならない。いちいち恩着せがましい長田なんかより、よっぽど頼りになる。

そう思うと、なんだか急に可笑しくなってきた。

——俺は何をそんなに恐れていたんだ。

静まり返ったリビングに、隼人の乾いた笑いが響く。

——あんな些細なこと、気にする必要なんてないじゃないか……。

シャワーの音が途切れ、隼人は物思いから立ち返った。少ししてからバスルームのドアが開き、景子がやってくる。

「タオル、勝手に借りちゃいました」

「ごめん、着替え用意しておけばよかっ――」

言いながら振り返った隼人は、口を半開きにさせたまま不自然な格好で凍り付いた。目に飛び込んできたのは、頭のてっぺんから足のつま先まで、全身を真っ赤に染め上げた景子の姿だった。

「うわあああ！」

ソファから転げ落ちた隼人は、手足をばたつかせて後ずさりする。唐突な反応に驚いた景子はやたらと白い眼をぱちくりさせながら、赤黒い液体の滴る髪をずるりとかき上げた。

「どうしたんですか君塚さん、大丈夫ですか？」

それはこっちのセリフだと内心で叫びながら、隼人は景子の姿をもう一度凝視した。

景子の身体は手も足も、首も顔も頭も髪の毛の先に至るまで、ペンキで塗りたくったように血まみれだった。半そでのカットソーとひざ丈のスカートには、いくつもの血の痕が点々と広がっている。むせ返るような血の臭いがリビングに充満し、赤く濡れた髪の先から血の雫《しずく》が床に滴っては、ぬらぬらと輝いていた。

何より異常だったのは、自分が血まみれであることに、当の景子がまるで気付いていないことだった。

「どうなってるんだよ……君、なんで……」

「しっかりしてください君塚さん。いったいどうし……」

「来るなぁ！」

　差し伸べられた景子の手を反射的に払いのけ、隼人は更に後ずさった。拒絶されたショックからか、景子は真っ赤な顔に驚きと戸惑いを混在させ、小さな体をさらに縮めた。接触した拍子に、隼人の手にも生々しい血がべったりと付着する。臭い立つほどの生暖かさと粘着性を確かめ、それが幻でないことを改めて認識する一方で、やはり景子にはこの血が見えていないことを理解した。だからこそ彼女は、隼人が何を恐れているのかがわからない。説明したところで、わかってもらえるはずもなかった。

　隼人がそのことに思い至るのを待ち構えていたかのように、リビングの明かりが突如として明滅し、室温が急速に低下していった。吐き出す息が白く、みるみるうちに指先がかじかんでくる。

「な、なに、これ……？」

　その冷たさは感じられるらしく、血まみれの顔を恐怖に歪めながら、景子は自らの二の腕をさすっている。

「君塚さん、これってどういう……」

「……でていけ」

「え？」

「出て行ってくれ！」

隼人は立ち上がり、戸惑いがちに肩を縮めていた景子を強引にリビングから追い立てた。

「ちょっと待って、なんで――」

「いいから、もう二度と来ないでくれ！」

一方的な言葉を叩きつけ、荷物と一緒に景子を部屋から追い出した。突き飛ばされてマンションの廊下に倒れ込んだ景子は、血まみれの顔に涙をいっぱい浮かべて隼人を見上げている。その姿にはわずかながら胸が痛んだが、それよりも恐怖が先に立った。叩きつけるようにドアを閉めると、景子のすすり泣く声は、やがてゆっくりと遠ざかっていった。

あちこちに血痕が残るリビングへ戻ると、フローリングの床にわずかながら霜が降りていた。足の裏と床板が張り付くような感覚がする。チカチカと明滅を繰り返す明かりの下、風もないのにカーテンがふわりと揺れた。

――絶対に、逃げられない。

視線を巡らせると、いつの間にかリビングの隅に現れたワンピース姿の女性と目が合った。

「――悪かった」

そんな言葉が口を突いて出た。勘違いなどではなかった。思い込みでもなかった。そういった都合の良い解釈はやめて、これこそが現実なのだと認めなくてはならない。目の前にある光景こそが真実なのだと受け入れ、自らが犯した罪を認める。今がその時なのだ。花代はそれを求めて、自分の元へ戻って来たのだから。

「全部、俺のせいなんだよな……」

美月の言う通りだ。花代は怒っている。隼人がすべてを認め、自分が花代の命を奪ったという事実を受け入れない限り、許さないつもりだ。それをわからせるために、彼女は戻ってきた。

二人で暮らすはずだった、この部屋に。

「花代……」

名前を呼んだ瞬間、白いワンピースに一点、赤いシミが落ちる。次の瞬間には、そのシミがじわりと広がり、やがてバシャバシャと音を立てて大量の血を床へと滴らせた。

「許してくれ……」

粘つくような笑みを浮かべる女性の霊をまっすぐに見つめたまま、隼人はうわごとのように何度もそう繰り返した。

4

翌日、景子は出社しなかった。周りの社員たちは、勤勉な彼女が無断欠勤したことを心配し、仲の良い女子社員が連絡してみると、景子は電話口で「もう辞める」と喚き、一方的に電話を切ってしまったのだという。噂好きな連中があれこれと想像を膨らませる中、当事者である隼人は会話に入ろうとはせず、素知らぬふりを決め込んでいた。

もし景子が、昨夜のことを誰かに話して、そのことについて詳しい説明を求められたとしても、隼人には昨夜の出来事を理屈立てて説明することなどできなかっただろう。そもそも、どこまでが現実でどこからが隼人の幻覚なのかすらも曖昧なのだから。

この日は午前中に二か所の取引先が打ち合わせをすっぽかされたという理由で苦情を寄せてきた。どちらも隼人の担当している取引先だ。電話を回され、謝りはしたが、隼人の覇気のない応対が原因で、先方は余計に腹を立ててしまった。たぶん、もう二度と仕事は回してもらえないだろう。

午後には別の取引先の社員がやってきて、課長と部長を相手になにやら喚いていた。あとで聞いたところによると、その会社の顧客情報が競合他社へと流出したらしい。部長に呼ばれ、流出の原因が隼人が誤送信したメールだとして強く叱責された。そのまま二時間以上こってりと絞られ、ようやく自分のデスクに戻った隼人に、長田がいつになく真剣な顔で近づいてきた。

「おい、お前どうしちまったんだよ」

と神妙な顔で訊いてきた。

「何が？」

「ここのところ輪をかけておかしいぞ。何かあったのか？」

隼人が無言でいると、無神経な質問だったと自覚したのか、長田は即座に「すまん」と詫びた。

「花代ちゃんのこと、まだ引きずってるんだよな。無神経なこと訊いて悪かった。けど、最近のお前を見ていると心配なんだよ。全然、仕事に身が入っていないじゃないか。ひげも剃ってないし、ひどい顔色だぞ……」

さも言いづらそうに語尾を濁しているが、口元には軽薄そうな笑み。まるで気持ちの籠っていない上っ面の言葉。そして、こちらを見下ろす嘲りの眼差し。そのすべてが隼人の心をざわつかせた。

「とにかく俺は、お前のことが心配なんだよ」

白々しい口調で肩に手を置かれた瞬間、カッと頭に血が上った。隼人は立ち上がりざまに長田を思い切り突き飛ばす。不意を突かれた長田は隣のデスクの物をなぎ倒しながら、もんどりうって床に倒れ込んだ。

「——心配しているから、花代を誘ったのか」

「な、何言って……」

「俺に隠れて、二人で会ってたんだろ」

何か言おうとするのを遮って詰め寄ると、長田はあからさまに視線を泳がせた。

「何言ってんだよ。俺は……」

更に言い逃れしようとする長田を殴りつける。周囲から悲鳴じみた声が上がり、オフィスは騒然とした。長田は頬を押さえながら、この世の終わりみたいな顔をして隼人を見上げた。

「君塚……待て、ちょっと待てよ……」

制止の声をものともせず、もう一発見舞ってやろうとこぶしを振り上げると、長田は「やめろ、やめろって！」と怯えた声を上げた。

「俺はただ、お前と花代ちゃんとの仲が心配で相談に乗っただけだ。二人で食事に行ったのだって、彼女が入院した時にお見舞いに行ったのだって、そういうやましい気持ちからじゃなかった」

「デタラメを言うな」

「デタラメなもんか。彼女は悩んでたんだよ。他の男と喋っただけでキレたり、メッセージのやりとりや買い物のレシートまでいちいち確認される。婚約してから、束縛がよりひどくなっていくって嘆いてた。結婚するのが不安だとも言ってた。自殺したのだって、お前が――」

喋り続ける長田を突き放すように視線を外し、隼人は踵を返した。

「おい、待てよ君塚。おい――」

追いすがる長田の声を背中に聞きながら、隼人はオフィスを後にした。

会社を出た隼人は最寄り駅へは向かわず、何かに導かれるような心地で歩き続けた。昼間、散々熱されたアスファルトが今も熱気を立ち上らせている。その熱気の中をおぼつかない足取りで進む姿を、周囲の人々は気味の悪そうな顔をして避けていく。けれどそんな状況すらも今の隼人にとっては些末な事にしか思えなかった。

——何もかも、もうどうでもいい。

投げやりになっているわけではない。自棄《やけ》になっているわけでもない。それなのに、すべてが取るに足らぬことのように思え、考えることすら面倒くさくなっていた。そんなことよりも気にしなくてはならないことが他にあるのだと、自らに言い聞かせながらひたすら歩き続け、自宅に帰り着いた頃にはとっぷりと日が暮れていた。

隼人はマンションの前に立ち、エントランスを見上げる。気付けば足が震えていた。フルマラソンを走りきった後のように力が入らない。疲れているのではなく、怖いのだ。家に帰ることが怖くてたまらない。それなのに、まるで誰かに身体を操られているかのように足が勝手に動く。手がエントランスのガラス戸を開き、エレベーターに乗り、あっという間に自室の前に辿り着く。ドアノブを回すと、きぃと高い音を立てて玄関ドアが開かれた。室内から噴き出てくる冷たい風が肌に触れた瞬間、首筋に刃を立てられたかのような感覚を味わった。

靴を脱ぎ、廊下に足を置くと、フローリングの床が凍り付いているみたいに冷たかった。扉一枚隔てただけで夏から冬に変化してしまったみたいだ。廊下の壁や寝室、トイレのドアには爪でひっかいたような傷がいくつも残されている。床には真っ赤な足跡が点在し、それらは一様に隼人のものより一回り小さい女性のものだった。

昨夜、全身血まみれの景子がつけた足跡は、彼女が帰った後にふき取ったはずだから、今ここにあるのは彼女のものではない。

今すぐ逃げ出したい。ここにいてはいけない。そう思っているのに、正体不明の誘惑にかられ、抗うことができなかった。

リビングへのドアを開くと、女がこちらに背を向けて立っていた。白いワンピース。長い黒髪。服装はともかく、よく見慣れた後ろ姿を前に、喜びとも戸惑いともつかぬ感情が隼人の心をかき乱した。

「花代……」

名を呼ぶと、女はこちらを振り返る。全身にわずかながら靄がかかっており、その姿はどこか虚ろだった。特に顔はモザイクがかかっているみたいにぼやけ、はっきりとした人相はわからない。だが、およそ人間とは思えぬこの存在が花代であるということに、隼人は一分の疑問も抱いてはいなかった。

「すまなかった。花代」

語り掛けても、それが聞こえているのかいないのか、女は何も答えようとはしなかった。身じろぎ一つせず直立したまま、白く光る眼で隼人を見つめている。

「許してくれ。俺が悪かった」

ゆらり、と女の姿が陽炎のように揺れた。そうかと思えば、すすす、とすり足のように音もなくこちらに近づいてくる。

女は嗤っていた。くすくすと声を漏らしながら目をひん剝き、口を三日月の形にして、生前の姿からは想像もつかないほどにおぞましい顔をこちらに向けながら、これでもかとばかりに嗤っている。靄のかかった曖昧な姿でも、そのことだけははっきりと理解できた。

「……わかったよ」

諦めたような口調で呟くと、隼人はキッチンから包丁を持ち出し、リビングに戻る。刃先を自らの首元へとあてがった状態で女の霊と正対し、小刻みに呼吸を繰り返した。

「これでいいんだろ花代……これで……満足するんだよな?」

途切れがちに問いかけても、女は何も答えない。隼人のとった行動が愉快でたまらないとでも言いたげに、ただただ嗤い続けていた。邪悪で汚らわしいその嗤い声が、質問の答えであるかのように。

「すぐ、そっちにいくから……」

意を決して両腕に力を込める。鋭く光る切っ先が、隼人の首の皮膚を裂き、ぷつ、という感触と共に流れ出した血が、ワイシャツの襟に赤くにじんだ。

そのまま、一気に刃を突き立てようとした矢先、唐突に玄関のチャイムが鳴った。

「……誰だよ。こんな……」

不平を漏らす間にも、二度、三度と立て続けにチャイムは鳴らされ、そうかと思えば、突然がちゃりと玄関が開かれる音がした。

「悪いな、邪魔するぜ」

言いながら、断りもなく部屋に上がり込んできたのは、このマンションの管理人と思しき人物だった。まだ若く、三十代そこそこといった年齢のその男は、刃物を握る隼人を無遠慮に見据えながら帽子を取り、長い前髪をがりがりとかきむしる。

「おっと、取り込み中か？　それとも、お楽しみ中だったか？」

からかうように言われ、隼人はつい顔をしかめた。

「いったい、何の用ですか？」

「邪魔するつもりはねえよ。勝手に続けてくれ」

更にふざけた口調で言いながら、男はきょろきょろとリビングを見まわす。つられて室内を見回した時、隼人は女の姿が無くなっていることに気がついた。

「——お、これだ。こんな所にあったのかよ。おいレイコ、いい仕事ぶりだったぜ」

男はキャビネットの上に無造作に置かれた古い指輪を拾い上げ、目の前に掲げながら言った。

「レイコ……？　あんた何言ってんだ。誰に話しかけてるんだ？」

「誰にだぁ？　今更それを聞くのかよ。この数日、ずっと一緒にいただろうが」

「ずっと一緒にって……まさか花代のことか？」

問いかけると、男は呆れたように鼻を鳴らし、溜息混じりに頭を振った。

「違うなぁ。あの女はあんたの婚約者なんかじゃねえ。俺が依頼人に貸し出した別人の霊だ」

「べ、別人の……霊……？」

隼人は耳を疑った。この男が何を言っているのか、さっぱり分からない。

「それじゃあ、さっきの女は花代じゃないのか？」

「当たり前だ。この忌物に取り憑いた女の霊が、この部屋で悪さをしていただけなんだからな。ちなみにレイコが恋人に捨てられて目の前で自殺したのは今から六年前で、その時の年齢は三十六歳だ。少し若作りに見えるかもしれねえが、あんたの婚約者とは十も年が離れてるし、顔だって全然似てねえよ」

――なんだ。こいつは何を言ってるんだ。

何がおかしいのか、ひたすら軽薄な笑みを浮かべる男を呆然と見つめながら、隼人は自問した。だが、答えなど見つかるはずもない。管理人の格好をしているが、正しい意味での管理人ではないのだろう。ならば一体、こいつは……？

「どうなってるんだ……。霊を貸し出した……？　本当にそんなことがあるのか……？　あれは本当に、花代じゃないのか？」

「そう、あんたの勘違いだよ。冷静になれば別人だとわかったはずなのに、あんたはあれが婚約者の霊だと信じた。罪悪感に負けて死のうとした。それは何故だ？」

「いや、俺は……」

「あんた、彼女に暴力振るってたんだろ？　外ではできる男の振りをして、家に帰れば恋人を殴る。嫉妬深くてプライドが高い。冗談が通じず独占欲の強い典型的なクズだったようだなぁ」

「な、何を根拠にそんなことを言うんだ。だいたいあんた誰なんだよ」

好き勝手な言動に我慢できず言い返すと、男は小さく息をつき、それから腰に手を当て、顎を持ち上げては、ひどく不遜な態度で隼人を見下ろした。

「俺か？　名乗るほどの者じゃねえが、あえて名乗るなら『死人《しびと》の口入れ屋』ってところだ」

「なんだって？　死人の……？」

「ふん、別に覚えなくてもいい。ただの戯言さ。俺はただ、依頼人との契約が期限を迎えたんで忌物を回収しに来ただけだ。本当は本人が返しに来るのが筋なんだが、すっかり連絡がつかなくなっちまったんでなぁ」

意味の分からないことを言って、男は少々くたびれたように苦笑いをする。要領を得ない発言に隼人は戸惑うばかりだったが、少なくともこの男は、隼人と花代の関係について、まったくの無知というわけではないらしい。ひょっとすると、美月が雇った探偵か何かだろうか。

「誰に聞いたのか知らないが、俺は暴力を振るってなんかいない。カッとなって少し手が出ることはあったけど、後でちゃんと謝って仲直りしていたんだ。あんなもの、暴力のうちにはいるもんか」

「『少し手が出た』だけで、相手を半年間に二度も入院させるなんて、どう考えても異常だと思うがなぁ」

「だ、黙れ！　俺がやったっていう証拠はどこにもない。それにあいつは……花代は一度も抵抗しなかった。自分から進んで罰を受けていたんだ。俺だって好きで殴っていたんじゃない。彼女は少し抜けている所があったから、俺が教育してやったんだ。そういうのも全部、彼女を愛すればこそだった。それなのに、はっきりとした理由も言わず勝手に死なれた俺の気持ちがあんたに分かるのか？」

隼人は昂ぶる感情のままに、一息にまくしたてた。質問の答えも待たず、勢いに任せて更に続ける。

「だいたい、忌物だかなんだか知らないが、霊を貸し出すだって？　そんな胡散臭いものに金を払う奴がいるわけがない。いきなりやってきて訳の分からないことを言われても、俺にはあんたが嘘をついているようにしか思えないな」

強く言い放つと、男はほんの一瞬だけ押し黙り、その後すぐに首を横に振って、あからさまに溜息をついた。

「やれやれ、往生際の悪い奴だな。別にあんたが認めようが認めまいがどうでもいいことだけどよぉ、このオレ様を嘘つき呼ばわりする生意気な態度にはカチンときたぜ」

男は手にした指輪をもう一度眼前に掲げ「出て来いよレイコ」と呼びかける。次の瞬間、室内の温度が急速に下降し、身震いするほどの冷気に包まれた。そして背後に誰かが立つ気配を感じた隼人は、そっと背後を振り返る。

ワンピース姿の女の霊が、隼人のすぐ後ろに立っていた。口元を邪悪に歪め、血走った眼で隼人を睨みつけているその顔は、しかしよく見ると、確かに花代とは似ても似つかぬ別人だった。そのことに気付いた瞬間、ふつふつとこみ上げるような悪寒が全身を包んでいく。うまく呼吸ができず、凍り付いたように表情を固めていた隼人はやがて、さっきまでとは全く別種の、得体の知れない恐怖に取り憑かれて無様に悲鳴を上げた。

「ひぃぃ！　な、なんだよ！　誰なんだよぉ！　うああああああ！」

隼人は床を蹴り、転げるように玄関の扉を開けてマンションの廊下へと飛び出した。その際、男と同じ作業着を着た女性と衝突し、相手を転倒させてしまったが、構ってなどいられなかった。無我夢中で階段を駆け下り、エントランスから転がり出る。そのまま建物の前の地面に手をつき、コンクリートの塀に背中を預けた隼人は、荒い呼吸を繰り返しながら頭を抱えた。燃え盛るような蒸し暑さの中、瘧《おこり》にかかったように震える隼人は、すぐそばに人が立つ気配を感じて顔を上げた。すると二メートルほど先に、街灯の光に照らされてこちらを見下ろす細い影――美月の姿があった。

いや、正確には美月だった者、と言うべきだろうか。昨日見た時より、さらに一回り程身体が小さく感じられた。白いTシャツにショートパンツ姿の美月は、露出した手足や首筋、顔に至るまで、まるでミイラのようにやせ細り、水気を失った肌がどす黒く変色していた。

「――もう少しだったのに」

隼人を洞穴のような瞳で見下ろしながら、美月がかすれた声を出す。

「もう少しで……せたのに……」

もごもご聞き取りづらい言葉を発しながら、美月は更に一歩、隼人に近づいた。

「美月ちゃん……まさか君が、あいつを雇って俺を……？」

先程の男が言っていたことが脳裏をよぎる。答えを待っていられずに立ち上がった隼人に対し、美月は思いがけぬ素早さで飛び掛かり、右手を一閃した。ひゅっと風を切る音がして、何かが隼人の鼻先をかすめる。

次の瞬間、鼻頭に鋭い痛みが走り、真っ赤な血が地面に滴った。

「……え？」

何が起きたのかと呆気にとられる隼人へと、美月は手にした出刃包丁を振りかざし、叫びながら切りかかってきた。

「人殺しぃ！　白状しろぉー！」

美月がでたらめに振り回した刃が、隼人の腕や身体をかすめていく。か細い指で握りしめた包丁の切っ先が街灯の光を受けてギラギラと輝いていた。

「やめろ……俺は違う……俺じゃ……」

「お前が殺したんだ！　お前がお姉ちゃんを殺した！　お前が！　おまえがああぁ！」

「やめ……やめてくれ……！　誰か助け……！」

「死ね！　死ね！　死ね死ね死ね死ね死ねええへへへへ！」

その目に殺意をたぎらせ、涙と涎を垂れ流した美月が隼人に馬乗りになった。こんな細い身体のどこにそんな力があるのかと思わせるような怪力で、美月は隼人を押さえつける。

――だめだ。殺される！

鼻先に突きつけられた包丁の刃がゆっくりと上昇し、そして振り下ろされる。いよいよもって死を覚悟した隼人は固く目を閉じ、やがて訪れる残酷な衝撃を覚悟した。

「――ちょっとあなた！　やめなさい！」

だが次に訪れたのは、暗闇を引き裂く強烈な怒声と素早く駆け寄ってくる靴音。そして、美月の絶叫だった。

「やめてえええ！　離して！　いやあああ！」

カラン、と刃物の落ちる音に恐る恐る目を開けると、捻りあげられた腕を背中に回され、地面に押さえ込まれた美月の姿が飛び込んできた。押さえつけているのは、ついさっき部屋の前でぶつかった作業着姿の女性だった。

「もうやめて。おとなしくするのよ！」

「離して！　なんで邪魔するの！　私は……」

身体の自由を奪われ、それでもなおその身をよじって抵抗しようとする美月。そんな彼女を作業着姿の女性が力いっぱい押さえつける。その女性の姿からは、どことなく堂々とした覇気のようなものが感じられた。こういう場面に直面しても動じない胆力の強さが内側からあふれ出しているかのようである。

女性たちの攻防を唖然として見守りながら、隼人がどうするべきかとおろおろしていた時、すぐ背後に急ブレーキで車が停車し、屈強な二人組の中年男性が飛び出してきた。

「暴れるな、大人しくしろ！」

「西野美月だな。傷害の現行犯、および西野花代殺害容疑で逮捕する」

いうが早いか、刑事らしき男性二人組は、作業着姿の女性を押しのけるようにして美月を改めて拘束。鈍い金属質の音を響かせて骨ばった両腕に手錠をかけた。

「……なんで……？　なんで私が……？」

それまで暴れていたのが嘘のように、美月は愕然と呟く。

「――人殺しはあの男よ。私じゃない。お姉ちゃんを殺したのは、あたしじゃない！」

両腕の手錠を信じられないものでも見るような目で見下ろし、虚ろな表情をやがて般若のように歪めて、耳をつんざくほどの奇声を発した。

5

依頼人である西野美月が逮捕された翌日。宗子は阿弥陀堂の広間でソファに座り、面接の時と同様に阿弥陀と向かい合っていた。

「美月さん……いえ、西野美月は逮捕直後こそ錯乱していたようですが、時間が経つにつれて冷静さを取り戻し、事情聴取にも素直に応じているようですね」

ネットニュースに載った事件の続報を読み上げる。さほど興味もなさそうに、テーブルの上に広げたいくつもの忌物の手入れをする阿弥陀を一瞥してから、宗子は先を続けた。

「西野花代さんを殺害したのは君塚隼人ではなく、妹の美月で間違いないそうです。警察も少し前から証拠固めをしていて、彼女自身、疑われている事にも気付いていたんでしょうね。だから捕まる前に君塚隼人に罪を着せようとしていた。ここへやって来たのも、半信半疑で忌物を借りていったのも、ほとんど苦肉の策だったってことでしょうか」

「実の姉を殺した動機はわかったのか？」

　阿弥陀がようやく興味を持ったように顔を上げた。

「かなり仲のいい姉妹だったんだろ？」

「ええ、周囲がうらやむほどの。だからこそ悲劇は起きたようですね」

　阿弥陀の視線が宗子へと注がれる。隙のない眼差しに試されているような気がして、少々の息苦しさを覚える。

「たった一人の肉親である姉を、妹は心から愛していた。だが姉は妹が就職したのを機に自分の人生を歩む決意をした。恋愛をして、結婚をして、やがて家庭を築こうともした」

「その相手がよりによって君塚隼人のようなＤＶ野郎だったんだから、妹は余計に納得がいかなかったわけだ」

「ええ、美月は自分を捨ててあんな男を選ぶのかと姉に詰め寄り、他の誰かに取られるくらいなら、いっそ自分の手で……と」

自分の言葉にうすら寒さを覚え、宗子は身震いした。

「そうしておきながら、姉を殺したのが隼人だと本気で思い込んでるんだからな。身勝手にもほどがあるぜ」

「そうとでも思わなければ、西野美月の精神は持たなかったという事ですよね」

逮捕された直後の美月の憔悴しきった姿を思い返し、宗子はやり切れない思いに駆られる。

「結局のところ、美月は姉に執着しすぎていた。心のよりどころとしていた姉をとられたくないという激情が殺意へと転じ、その事実を受け入れられず、隼人に罪を着せようとした。隼人を生贄にすることで、壊れそうな精神を保とうとしたんだな」

阿弥陀は茶化すような口ぶりで言い、鼻を鳴らす。

「だからこそ美月は、うちのような胡散臭い店にすがりついた。まさに藁にも縋る思いってやつだ。なけなしの預金をはたいて前金を支払ったわけだ。捕まりたくないというよりは、真相から目をそらしたい一心でな」

言い終えると、阿弥陀はテーブルの上に置かれた指輪を手に取った。鈍色に光るそれは、君塚の部屋に仕掛けられた忌物である。

「それにしても、今回は随分と張り切ってくれたじゃねえか。なあレイコ」

阿弥陀が指輪に向かって呼びかける。次の瞬間、不意に背筋が寒くなり、宗子は息をのんだ。指輪を見つめていた阿弥陀が視線を持ち上げ、その先が自分の背後に向けられている事に気付くと、今度は右肩がずしりと重くなった。

宗子は恐る恐る首を巡らせる。白く透き通るような——いや、現実に透き通った指先が肩に乗っていた。そして、その持ち主である白いワンピース姿の髪の長い女性が、ずいと身を乗り出し、宗子の眼前へと迫る。

「あっ……」

驚きとも悲鳴ともつかぬ声が漏れ、咄嗟に口元を手で覆った。一見、表情を失った能面のように見えた女性の顔だが、よく見るとひどく物悲しい、儚い表情が浮かんでいる。

「ほう、やっぱりお前には視えるんだな。依頼人に貸し出されていない状態の霊は、よほど力のある奴じゃない限り、存在を感じることすら難しいはずだが」

感心しながら、阿弥陀は指輪をケースに戻す。

「とにかく、ご苦労だったな。次もよろしく頼むぞ」

珍しく穏やかな口調でレイコへと語りかけ、阿弥陀はケースの蓋を閉じた。すると次の瞬間には、肩をすぼめるほどに感じていた冷気がすっと失せて、じめじめとした熱気が舞い戻る。たちまち蒸し暑さを取り戻した広間で、阿弥陀は広げた扇子でパタパタと自らを扇ぎ始める。

しばしの間、広間に沈黙が降りた。自分たちの他には誰もいないのに、この場所にはいくつもの人の気配が常に漂っている。そのことを考え、宗子が複雑な想いに駆られていると、

「ぼーっとしてどうした。暑さのせいで朦朧としてんのか？　それともオレ様の美しさに見とれてんのか？」

阿弥陀が軽薄な笑みをその顔に浮かべ、からかうような口ぶりを向けてきた。

「違いますよ。ただちょっと考え事が……」

「考え事だと？」

問い返す阿弥陀に対し、宗子はこの数日、ずっと心にひっかかっていたことを口にする。

「今回、私たちは西野美月を依頼人として忌物を貸し出しました。彼女の依頼は『姉の復讐をすること』で、面の割れていない宝生さんがマンションの玄関ドアにある郵便口へ忌物を仕込み、社長と私が管理人としてマンションに潜入しました。その結果、霊に追いつめられた君塚隼人は自殺を図ろうとした。これってよく考えたら、私たちは殺人犯がさらに殺人を犯そうとするのを手助けしたことになりますよね？」

「よく考えなくても、概ねそういうことになるな。それがどうかしたか」

「どうかしたかって……本気ですか？」

平然と答える阿弥陀に対し、宗子は険の混じった口調を放つ。

「それじゃあ私たちは、彼女の犯罪に加担したことになりますよ。状況次第では罪に問われます。そんなことは──」

「おいおいおい、ちょっと待てよ。いきなり何を言ってるんだお前は？　殺人犯の手助けをするとわかっていたら、うちに面接になんか来なかったとでも言うつもりか？」

　無言でうなずくと、阿弥陀は心底呆れたように溜息を漏らし頭を振った。こちらの発言が、まるで見当違いの戯言であるかのように。

「いいか、俺たちは、依頼を受けて初めて西野美月という人間を知った。あの女を不憫に思い、その話を信じたからこそ依頼を受けたんだ。その俺たちが、どうやって彼女が姉を殺した犯人だなんて見抜けるっていうんだ？」

　問われたところで、宗子には返す言葉はなかった。

「俺たちは犯罪心理学の権威でもなきゃあ、精神分析のプロでもない。カウンセラーでもお悩み相談室のオペレーターでもない。お前だってもう刑事じゃあなく、ただの使いっぱしりだ。普通と違う点と言えば、霊を視て声を聴き、そして認識することだけ」

　だよな、と促され、宗子は再び答えに窮する。

「つまりだ。俺たちにできることなんて何もなかったってことさ。依頼を受けた時点では事前情報なんて何もなかった。事実、俺が西野美月の姉殺しに気がついたのも、宝生に事件の詳細や君塚隼人の身辺を洗わせた後のことだしな。それに最初に言った通り、忌物をどう使うかは依頼人次第。『悪党には貸し出しません』なんてルールを設けてるわけでもねえんだよ」

　でも、と食い下がろうとする宗子を遮って、阿弥陀は強く言い放った。

「だからといって積極的に悪党を求めてるわけじゃあないぜ。生きてる人間っては、死人よりもずっと扱いづらい。だからこそ俺は生きた人間よりも死者の世界に目を向けている」

清々しいほどきっぱりと言い切る阿弥陀を前に、宗子は言い返す言葉を見つけられずにいた。この男の言うことはめちゃくちゃだが、あくまでもビジネスとして忌物を貸し出しているという一貫性はあるように思えた。もちろん、それがモラル的に良いかどうかは別として。

「――霊の姿が見えてしまう。そのせいで、お前がこれまでの人生でどれほど苦労してきたかは察しがつく。前の職場でうまくいかなかったのも、無理はないかもしれない。だがそれはお前が普段、霊から無理に目をそらし、そこにいるのにいない者として扱おうとしたからだ。最初からすべてを受け入れていれば、もっと違う景色が見えていたはずなんだよ」

「私だって、そんなことはわかってるんです。霊が視えても普通に暮らしている人なんてたくさんいるはずですから。社会にうまくなじめないのは私自身の問題です。それに、視えてしまうことを不幸だとか、不便だとか思ったことはありませんから」

「ほう」

阿弥陀が興味を持った様子で喉を鳴らした。まっすぐにこちらを見据える視線に促され、宗子は先を続ける。

「私にとって霊の存在は生きている人間と変わらないんです。姿が透けてもいないし、足だって普通にあります。血を流してもいないし、首と胴体が切り離されてるようなこともない。普通に、ごく当たり前にそこに存在している。だからこそ、その霊を使ってお金もうけをしたり、悪人のいいように使われるなんてこと、あってほしくないって思うんです」

宗子は身を乗り出し、まっすぐに阿弥陀を見据える。その強い眼差しに、阿弥陀はいくぶん、たじろいで目を瞬いた。

「美月さんが人殺しだとはわからなかったにしても、彼女が忌物を使って誰かを精神的に追い詰めようとすること、社長にはわかっていたはずです。結果的に、忌物は彼女の歪んだ凶行を助長することになりました。あと少し何かが違っていたら、第二の殺人だって起きていたかもしれません。そのことに対する危機感をもっと持つべきだったんじゃないですか？」

宗子の強い主張を受け、ソファにもたれていた阿弥陀は「わかった、落ち着け」と大仰な口調でなだめすかしてきた。

「たしかにお前の言う通りだ。否定はしない。それに付け加えるなら、ここへ来た時点で西野美月がひどく追い詰められ、正常な判断を失っていたことも、暴走する危険があったことも、俺はちゃんと理解していた」

「だったら……」

「そのうえ、うちが貸し出す霊はただで動くわけじゃない。生者の生命力を燃料にして活動するから、当然、依頼人には多少なりとも生命力を提供してもらわなきゃならない。人を呪おうってんだから、それくらいのリスクは受けてもらうっていう名目だ」

阿弥陀がテーブルに置かれた血判付きの契約書を示す。

「そのせいで西野美月は、ただでさえ消耗していた心身をさらに痛めつけ、どんどん痩せ細っていった。金も底をつき、うちとの契約を続けられなくなった美月が引き下がれずに刃物を持ち出してしまったのも予測の範疇ではあったさ。結局のところ、今回は仕掛けた美月が自滅するか、仕掛けられた君塚が耐え切れずに潰れるかの二択だったってわけだ」

何もかもを納得ずくで、この男はその状況を楽しんでいたという事らしい。つくづく、人間として大切なものが欠落しているとしか思えない。

「どちらの結果になっても自分たちには関係ない。金さえ入ればいい。そういうことですか」

「平たく言えばそうだな。だが、それが商売ってものだろう」

「ひどい……」

「ひどいだとぉ?」

さも心外そうに阿弥陀は眉を寄せ、顔をしかめた。まるで言うことを聞かない駄犬を相手にしているかのような、横柄かつ傲慢な態度でもって眉を吊り上げる。

「この際だ。何か勘違いしているみたいだから教えておいてやる」

着物の襟を正しながら高らかに告げて、阿弥陀は立ち上がった。

「この世は無情。老若男女も肌の白い黒いも、国境や種族も、道徳心や思想も関係なく、あらゆるものが理不尽に傷つけられ、絶望し、誰かを憎み、そして死を迎える。まさに諸行無常の世界において、すべての人間に共通し、何にも勝る最大の宝は金だ。金は人の命よりも重く、地球環境よりも優先される至宝なんだ」

こぶしを握り締め、阿弥陀は声高に宣言した。宗子はぽかんと口を半開きにさせ、半ば放心状態で阿弥陀の演説を眺める。

「お前が言いたいことはわかる。文字通り人の命をどう考えているのかなんていう、ありがたくも高尚な話だろう。だが俺はちゃんと理解しているぜ。これでも、死者の霊魂を商売に利用している身なんでな。それこそ人の命に関しては、他のどんな商売敵よりもデリケートに扱っているつもりだ」

何がおかしいのか、自分の発言をけらけらと笑い飛ばす一方で、阿弥陀の眼は少しも笑っていない。ことに真剣で迷いのない瞳が宗子を見据えている。

「このご時世、義理や人情、道徳や倫理なんかじゃ金は稼げない。それじゃあ困るだろう。俺は金が欲しい。金さえ稼げれば、依頼人がどうなろうが知ったことじゃない。ターゲットが無実の人間だとしたって関係ない」

「だとしても、お金のために人を苦しめるなんて……」

とっさに言葉が浮かばず、宗子は言葉をさまよわせた。対する阿弥陀は、何がおかしいのか、満面の笑みを浮かべこちらを値踏みするかのように何度も首を縦に振っていた。

「人道的じゃない？　モラルに反する？　ははは っ、いいねえ。まさしく絵にかいたような偽善的意見だ。だがいいか、ここで俺たちと働くというのなら、モラルなんてもんはドブに捨てちまえ。労働に対して必要なのは物事の正当性や正しい思想なんかじゃあない。対価なんだよ。そこに正義やモラルを求めるのはナンセンスだ。そしてありがたいことに、この国の司法は『霊』なる存在を認めていない。俺たちは今回、西野美月の依頼によって、ただの古臭い指輪を君塚の自宅に仕込んだ。結果的に死んだ女性を虐待し追い詰めていたクズが自ら身を滅ぼし、そのクズを殺そうとしたイカレ女が逮捕された。それだけのことさ」

　そこで一呼吸置き、阿弥陀は小さく鼻を鳴らして肩をすくめた。

「俺たちの行いが正義と呼べないことについては認めてやる。だが必ずしも悪と呼べるのかという質問に、お前はどう答える？」

「それは……」

　宗子は更に言葉に詰まった。阿弥陀の言うことが横暴だとわかっているのに、すぐさま反論することが出来ない。熱に浮かされたように頭がぼーっとして、矢継ぎ早に放たれた言葉の一つ一つが不可視の弾丸となって宗子を貫く。

「それでも私は、こんなやり方……」

「――そうそう、ついでに教えてやるよ。お前をここに寄越した日下部さんの話だ」

「日下部さんの？」

　つい反応を見せた宗子に満足そうな顔を向け、阿弥陀はうなずいた。

「どうしてあのおっさんがうちと懇意にしているか、わかるか？」

「どうしてって……」

「お前も知ってるだろうが、日下部さんは署内じゃ有名な落としのプロだ。彼にかかればどんなに口をつぐんでいた犯人も口を割っちまう。まさにいぶし銀とでもいうべき尋問技術の持ち主だ。そうだろ？」

「ええ、そうです。その功績が認められて昇任の話が何度も来ていたのに、それを断ってずっと現場で……」

阿弥陀の顔にこれ以上ないほどのいやらしい笑みが浮いているのに気付いて、宗子は思わず言葉をさまよわせた。

「どうして日下部さんは昇任を蹴り続けたと思う？」

「それは、日下部さんが根っからの刑事だからです」

「いいや、違うね。あのおっさんは自分の実力に見合わない功績を受け入れたくなかった。もっと言えば後ろめたかったんだ。だから昇任を断り続けた」

「ちょっと待ってください。どうしてあなたにそんなことがわかるんですか。日下部さんを悪く言うのは……」

そこで宗子は言葉を切った。ちょっと待て、と心の声が叫んでいる。阿弥陀の話を聞いて、無意識に抱いていた違和感が徐々に膨れ上がり、そして唐突に弾けた。

「まさか日下部さんは……ここで忌物を……？」

「ふん、なかなかお利口じゃねえか」

おどけた口調で言った阿弥陀が邪悪に表情を歪ませた。

「あのおっさんはうちの常連でね。捕まえた殺人犯が自供を拒んだりすると、被害者によく似た霊を借りていくんだよ。留置所で寝泊まりする被疑者の枕元に霊が立つ。当然奴らは自分が殺した相手が現れたと思って怯える。そして罪悪感から犯行を自白しちまう。尋問なんてしなくても、霊のことをほのめかしてやりゃあ自分から罪を認めて許しを請うようになるって寸法だ」

便利だろ？　と続けて、阿弥陀は満足げに胸を反らす。

もはや言葉も出なかった。あの日下部がそのような手段で犯罪者を陥れていた。言いようによっては、とんだペテンである。胸の内に嫌な感触を覚えながらも、宗子は日下部のその行為を、一概に悪と見なすことはできなかった。逮捕しても起訴に至らず、ろくに罪を償わない殺人犯を何度も目にしてきた。司法の理不尽さを嫌というほど目の当たりにしたからこそ、霊でもなんでも利用して、悪人を裁くことができるのなら、それは正当な手段になり得るのではないかと、都合よく解釈する自分が確かに存在していた。

「わかったろ？　正義や悪なんてもんは、たったこれだけの時間でひっくり返っちまう。悪党を裁くためには相応のやり方で挑まなきゃならねえ場合もあるよな。あのおっさんは善人でも悪人でもない、ただ、そのことをよく理解しているだけなんだよ。これでお前も、軽々しく正義を振りかざす偉い子ちゃんには、戻れそうにねえなぁ？」

答える気力も湧かず、しかし、だからと言って阿弥陀の言う通りに認めることもしたくなかった。結局のところ、宗子ができたのは、痛みを感じるほどに奥歯を噛みしめながら、阿弥陀を睨み返すことくらいだった。

「今の話を踏まえて、改めてお前に訊く。凝り固まった倫理観を捨てて、善悪の概念すらも覆してここで働くか、それともこれまで通り、自分の持つ力を重荷にしながら偽りの人生を歩むか。どっちだ？」

そう問いかけられ、宗子は即座に席を立とうとした。今すぐこの建物を出て行けば、こんな卑劣な男と二度と関わらずに済む。今回のことも悪い夢だと思って忘れられる。後味の悪さが残るのも、せいぜい数週間といったところだろう。

だが、その一方で強く後ろ髪をひかれる気もしていた。テーブルに置かれた忌物に、自然と目が吸い寄せられる。日下部の話を聞いてしまったからか、それとも、そうでもしないと覆せないような、人間の狡猾な姿を知ってしまったからだろうか。

そして、だからこそこの男のことをもっと知りたいと思った。このまま終わりになんてできないと思った。

「――ここで働かせてください」

「ほう」

「でも、私はあなたの言うことがすべて正しいとは思わない。だから、それを証明してみせます。霊は単なる金儲けや復讐のための道具じゃない。魂が現世に留まることには、ちゃんとした理由があって、そのために彼らは存在しているってことを」

強く言い切って、宗子は一度伏せた視線を再び持ち上げた。

「でなきゃ、私は――」

その瞬間、宗子ははっとした。衝立の向こうにある無数の気配。薄闇にじっと息をひそめながら、しかし確かにそこにいる霊たちに改めて気が付いたからだった。

彼らが商品だといわれても、宗子には簡単に割り切ることができない。なぜなら彼らは、死してなお何かしらの理由があってこの世に留まっている人の魂そのものであり、生きている人間と変わらぬ、意思を持った存在に思えるからだった。

宗子の視線を追って、阿弥陀は広間を見回した。それから、再びふん、と鼻を鳴らし、呆れたように腕組みをする。

「いいだろう。だが気をつけろよ。霊どもはお前が思っているほど生易しくはない。それでもいいなら使ってやる」

「そんなこと……」

わかっているつもりだった。しかし、そう意識した瞬間に、純粋で温かい存在だと思い込んでいた存在が突如として暗くおぞましいものに思えてきた。衝立の向こうで蠢く無数の魂の残滓が、黒い塊となって襲い掛かってくるような気がして、背筋を冷たいものが駆け抜けていく。

「安心しろ。万が一お前の身に何かがあっても、俺がちゃんと面倒を見てやる」

「面倒を、見る……？」

その言い回しが妙に感じられて、宗子は怪訝そうに繰り返した。意思とは無関係に、指先が胸元のペンダントをまさぐっている。

宗子の不安をよそに、阿弥陀は棚から抜き出した一枚の書類を差し出した。

「お前がもし業務中に『不慮の出来事』に見舞われて死んじまった場合、お前の忌物をうちの商品として迎えることを承諾する契約書だ」

——不慮の事故……？　私の……忌物……？

ひりひりと焼けつくような怖気を感じ、宗子は書類から目を上げた。

その時の阿弥陀の表情は、まさしく仏の皮を被った悪鬼のようであった。

第二話　死者に捧ぐカーテンコール

1

古物商『阿弥陀堂』。この得体の知れない店で久瀬宗子が働き始めて、はや二週間が経過した。

店とはいっても、ここは基本的に来客があるようなことはなく、宗子は先輩社員である宝生と共に事務室で過ごし、阿弥陀は日がな一日、広間に籠って忌物の手入れを行って過ごす。阿弥陀堂は傍から見れば『店』だとは誰も思わないような外観なので、流しの客が訪れることもないのだ。

宗子が入社してからしたことと言えば、忌物の貸し出し依頼が一件と、回収が三件だけだ。この三件の忌物はそれぞれ別の故人が残した遺品らしく、そのいずれにも霊が取り憑いている。それらの霊を適宜利用するために、阿弥陀は今日も広間に籠り、それぞれの霊がどのような人物なのかを見極めつつ、交流を図っているのだという。もちろん、彼がどのような手段で霊と交流を持っているのか。そんなことは、宗子には想像もつかないが。

そもそも『霊を貸し出す』などという、普通ではない商売が成り立っていること自体が大きな疑問ではあるし、何よりこの阿弥陀という人物についても、わからないことだらけであった。彼が霊を使って金儲けを企む目的とは何なのか。いったいどのような手段を用いて、無数の忌物に取り憑いている霊たちをこの蔵の中に封じ込めているのか。

本人の弁によれば、霊は阿弥陀の支配を逃れてしまうとたちまち暴走し、人に危害を加えるという。それは裏を返せば、阿弥陀が霊の暴走を押さえ込んでいるという意味であり、霊もまたそうすることである程度の自我というか、意識みたいなものを保っているようにも窺える。彼らの間に存在するこの奇妙な共生関係がどういう仕組みで成り立っているのかについては、宗子には知りようもない事であった。

「――これ、お願い」

不意に声をかけられ、宗子は物思いから立ち返った。ノンフレームの眼鏡にボブカットがトレードマークの女性社員、宝生がプリントアウトした書類を無造作に手渡してくる。

「引き取った忌物はリストに加えてナンバリングするの。このソフトで、取り込んだ写真を……そう、最後にプリントアウトしたらファイルしてその書棚に……」

事務的な説明にうなずきながら、宗子はクールな先輩社員の横顔をそっと窺う。陶器のような白い顔には、これ以上ないほど絶妙なバランスで目や鼻、口といったパーツが配置されている。眉毛は細い筆で描いたように形がよく、まつ毛が驚くほど長い。そしてガラス玉のように透き通った瞳は、わずかに青みがかっているように感じられた。目元を覆うノンフレームの眼鏡も、彫刻めいた造形をさらに際立たせるかのように、完全に調和していた。

「……そんなにじろじろ見てどうしたの。私の顔に何かついている?」

「いえ……そ、そんなことはないです……すいません……」

怪訝そうに目を細めた宝生が、片方の眉を吊り上げた。その仕草までもが嫌みなほど様になっていて、宗子は意味もなくどぎまぎしてしまう。

「そそ、そういえば、宝生さんはここで働いて長いんですか?」

強引に話題を逸らしながら、宗子は自身のデスクに向き直った。二週間もここで働いているのに、宗子はいまだに宝生の家族構成すらも知らない。世間話程度に先輩社員のことを知りたがるというのは、別段おかしなことでもないだろう。決して、元刑事特有の詮索好きな性分が発揮されたわけではないと自分に言い聞かせながら、相手の反応を待った。

「長い……そうね。正式に働き始めたのは四年前。でもその前からもちょくちょく手伝いみたいなことはしていたから、かれこれ二十年くらいになるかしら」

「にじゅ……え……え?」

さらりと告げられた数字に、宗子は目を剝いた。

——二十年もこの仕事を手伝っている? てことは、この人は今いくつなの……?

指を折って計算しながら、宗子は改めて宝生の顔をまじまじと見つめた。近くで見ても皺やシミの一つも見受けられない透明感のある肌。艶めいた豊かな黒髪。どちらをとっても、三十を越えているようには見えない。だがそれだと、十歳頃からこの店を手伝っていたことになるわけで、およそ現実的とはいえないだろう。ならば十七、八歳の頃から手伝っていたと仮定する。そこから計算すると、今年で三十八歳……？

いや、そんな馬鹿な。吸血鬼か、あるいはサイボーグでもない限り、ここまで完璧な美貌と若さを保っていられるはずが……。

「やっぱり、顔に何かついているかしら？　やけに視線を感じるのだけれど」

「あ、いえ、すみません。何もついてません」

狐につままれたような心地で、宗子は頭を振った。「そう」とさほどの興味もなさそうにＰＣに向き直る宝生に対し、釈然としない気持ちを抱えつつ、宗子は更に踏み込んで質問してみた。

「宝生さん、ご家族は？　兄弟とか、いらっしゃるんですか？」

「両親は健在。兄弟はいないわ。幼い頃からわがまま放題の一人っ子よ」

そうは見えない澄ました横顔が涼しげに言った。

「へえ、いいなあ。一人っ子って両親の愛情を独占できますものね」

「そうでもないわ。父は仕事が忙しくて、一緒に夕食を食べられるのは年に数回。ほとんど出張ばかりでね。母は専業主婦だったけれど、私が小学生の頃に怪しげな宗教にハマってしまって絶縁状態。今は人里離れた山奥で、信者たちと一緒に自給自足の共同生活を送っているそうよ」

きっと死に目にも会えないでしょうね。と事務的な口調で告げた宝生が、表情を変えずに肩をすくめる。その間にもキーボードを打つ手は止まらず、規則正しい打鍵音が繰り返されていた。

「あなたも一人っ子でしょう」

「そうですけど……あれ、でもどうして？」

「入社時に色々と書類を提出してもらったから、家族構成くらいは把握しているわ」

なるほど、と納得しながらも、宗子は「でも……」と言いづらそうに眉を寄せた。

「実は私、一人っ子じゃないんです。正確には姉が一人います」

「――どういうことかしら？」

怪訝に訊き返した宝生がぴたりと手を止めた。

「小さい頃に両親が揃って亡くなってしまって、私はおばあちゃんに預けられました。その時に離れ離れになってしまった姉がいるんです」

「そう、お姉さんが」

彫刻のような顔に、戸惑いの表情が浮かぶ。宗子はうなずき返し、先を続けた。

「小さい頃から両親は仕事で忙しく、ほとんど家にはいなかったので、面倒を見てくれたのはいつも姉でした。しっかり者の姉がいてくれたから、両親も安心して働きに出ていたんだと思います」

「ご両親が亡くなった後、どうして一緒じゃなかったの？」

「うーん、それが私にもよくわからなくて」

自ら茶化すような口ぶりで首をひねる宗子に対し、宝生の表情はさらに曇る。無言の圧力が話の先を強く促していた。

「おばあちゃんが言うには、遠い親戚の家に引き取られたらしいんです。姉がその家の子供として慣れるためにも、私とは会わない方がいいって。それっきり連絡も取っていません」

「そう、それは大変ね」

さほど感情の籠らない声で、宝生は相槌を打った。言葉とは裏腹に、あまり同情している様子は感じられない。けれどそれは宗子にとって嬉しい反応でもあった。今まで姉の話をしたら、大抵は哀れみと同情の念を向けられ、姉を捜したらどうかという助言をされることがしばしばあった。だが宗子はそんな必要はないと思っている。姉はよその家の子供としてもらわれ、そこで新たな生活を始めたのだ。元の生活を忘れるためにも会わない方がいいのなら、そうするしかない。

それに、もし姉が会いたいと思ってくれていたら、会いに来るタイミングはいくらでもあった。そうしなかったということは、つまりそういう事なのだから。

「――もしかして、そのペンダント」

不意に問われ、宗子は無意識に胸元のペンダントを指で触れていたことに気付く。

「いつもつけているわよね。もしかしてお姉さんからもらったものだとか」

「ああ、これですか」

指でつまんで軽く持ち上げると、雫の形をした透明な石が、きらきらと陽光を反射させた。

「実はそうなんです。といっても、私が勝手に姉の持ち物を持ってきてしまったんですけどね。これに触るとなんとなく、姉がそばにいてくれるような気がして心強くなるんです。子供の頃からずっとつけているので、もうボロボロですけど」

宝生は「そう」と合点がいったようにうなずき、軽く目を細めるようにしてペンダントを注視した。

警察官時代は、この話をすると大抵の人に「夢見がち」だの「意外と乙女なんだね」だのと笑われてしまい、そのたびに恥ずかしい思いをしてきた。今回も笑われるのではないかと不安を感じたが、宝生の顔にこちらを揶揄するような表情は浮かんでいなかった。どこか物悲しげに眉を寄せ、じっとペンダントを見つめる宝生の顔に普段とは違った印象を受け、宗子は人知れず戸惑ってしまった。

「あ、あの、すいません、変な話をしてしまって。リスト作りますね」

「気にしなくていいわ。よろしく頼むわね」

宝生はすぐに普段の表情を取り戻し、感情の籠らない平坦な声で言った。ひどく素っ気ない対応ではあったが、過剰に反応されるよりもずっといい。今朝の朝食について話をした程度の味気ないやり取りが、今は何故だか心地よく感じられた。

この年齢不詳のサイボーグみたいな先輩とは、うまくやっていけそうな気がする。

そんなことを思いながらリストの作成を行い、ひと通り終えた頃、事務室の襖がすぱんと開き、阿弥陀が現れた。

「おおい、帰ったぞ」

振り返った瞬間、宗子は「え」と小さく声を上げて固まってしまった。

横柄な口ぶりでやってきた阿弥陀は、今日もトレードマークーの和装姿で、何故か一振りの日本刀を小脇に抱えている。

「社長、どうしたんですかそれ？」

「これか？　ちょっと知り合いに頼まれて回収してきた。ごく最近、心臓病で亡くなった老人の家にあったものなんだが、遺族が気味悪がって処分に困っていたらしい」

阿弥陀はにんまりと笑い、鞘から抜いた刀を高く掲げる。

「その死んだじいさんは若い頃、売れない役者をしていてなぁ。有名俳優にバッサリと切り伏せられる役で時代劇にも出演したことがあるらしい」

「世間の脚光は浴びられずとも、その頃の思い出が人生で一番の輝きを放っていた。と言ったところですか」

宝生の鋭い推察に、阿弥陀は苦笑混じりにうなずいた。

「そうらしいなぁ。その思い出にすがりついて、死んだ後もこの模造刀に取り憑いたじいさんが夜な夜な『いざ、尋常に勝負じゃ』なんて言いながら息子や嫁の枕元に立っていたってんだから、家族もいい迷惑だろうよ」

たしかに迷惑なおじいさんである。死後に役を演じられても、遺族は対処の仕様がない。

「模造品にしては造りが丁寧ですし、手入れもよくされているようですね」

宝生が眼鏡を直しながら刀を観察する。阿弥陀は満足げにうなずくと、

「昭和の有名な時代劇俳優が特注で作らせたものらしくてなぁ。じいさんが役者を引退する時に譲ってくれたそうだ。晴れた日にはよく、縁側に座ってこの刀の手入れをしていたんだと。じいさんにとっては家宝だったんだろうな」

死後に魂が取り憑き忌物となるには、それなりの理由があるということらしい。

「それにしても刀ってのは不思議だよなぁ。模造品だとわかってても、こうして構えるだけで気分が高揚してくる。日本人の遺伝子に刻み込まれた侍の魂が呼び覚まされるのかもしれねえな」

よっ、と掛け声を上げて阿弥陀は鞘から刀を抜き去った。そしてその場でチャンバラでも始めるみたいに振り回しはじめる。お世辞にも様になっているとは言い難い手つきだが、服装のおかげでそれっぽくは見えた。

「ちょっ、危ないですよ」

「同感です。振り回すならお庭でどうぞ」

女性二人に非難の声を向けられても、阿弥陀はどこ吹く風とばかりに聞き入れようとしない。

「かてえこと言うなよ。保管する前にちょっと遊びたいだけなんだから……あっ」

案の定というかなんというか、阿弥陀が調子に乗って振るった刃が、宗子のＰＣモニターにこつんと接触した。宗子がきゃっと声を上げ、思わず身を引いた次の瞬

間、モニターは激しい破裂音を立てて白煙を立ち上らせる。

「な、なに……？」

もうもうと立ち込める煙に顔をしかめながら見ると、刀身が触れたモニターは中心から横に真っ二つに切り裂かれていた。

「うおお、まさに一刀両断ってやつだな」

阿弥陀は目を輝かせながら、意気揚々と告げた。

「社長、それ、本当にレプリカなんですよね？」

「ああ、そのはずだぜ。少なくとも真剣じゃあないはずだ」

だったらどうして、こんな風にモニターが真っ二つになるのか。たとえ真剣だったとしても、阿弥陀のへっぽこな太刀筋では、ここまで見事に切り裂くことなんて出来ないはずなのに……。

どうなってるの、と怪訝な言葉を口にしかけた時、宗子は我が目を疑った。阿弥陀の傍らに白い装束姿のおじいさんが立ち、手を重ねるようにして刀を握っている。白く光るその瞳は、目につくものすべてを片っ端から切り裂いてやりたいという強い攻撃的欲求をありありと浮かべていた。

なるほど。あの殺気立った老人がただの模造刀を真剣のように――いや、それ以上の切れ味を与え、軽く触れただけで電子機器を両断するほどの破壊力を発揮させたらしい。もし数センチ切っ先がずれていたら、切り落とされたのは自分の首だったかもしれない。そう思うだけで、宗子は足の震えが止まらなかった。

「やれやれ、随分と凶暴なじいさんだな。また後で遊んでやるから大人しくしてろ」

そう言って、阿弥陀は指先をパチンと鳴らす。すると次の瞬間、老人の姿は煙のようにかき消え、刀身から放たれていた禍々しい瘴気も消え失せた。たったそれだけの動作で、阿弥陀は老人の霊を鎮め、服従させてしまったようだった。

「しかし、こんな凶暴な霊の憑いた忌物を貸し出したりなんかしたら、依頼人が通り魔になっちまうなぁ。ちゃんと借り手がつくように、加減を教えてやらないとな」

阿弥陀は刀に向かって呼びかける。宗子には応じる声は聞こえないが、阿弥陀はまるで老人とのやり取りが成立しているかのように、「よしよし、それでいいんだよ」とうなずいていた。

「ていうか社長、どうするんですかこれ。モニターが……」

こっちの惨状にまるで頓着しようとしない阿弥陀へと、宗子は不満をあらわに訴える。すると阿弥陀はようやく思い出したとでも言いたげに視線を巡らせ、

「あーあ、こりゃあ駄目だな。そのうち新しいの買ってやるよ」

「そのうちって……」

「待てよ。確か倉庫に中古のモニターがあったはずだ。美少女Vチューバーの熱狂的なファンで、食費も生活費も何もかもスパチャにつぎ込んだ挙句、借金で首が回らなくなって餓死した四十代の男の霊が、画面の向こうから四六時中チャットを送ってくるオプション付きのな。それでよかったら……」

「い、嫌ですよそんなの！　ちゃんと新品を買ってください！」

慌てて拒否する宗子に満足げな笑みを向けた阿弥陀は、刀を鞘におさめ、さっさと事務室を後にする。

「それはそうと社長、そろそろ依頼人がいらっしゃる時間ですが」

その背中へと、宝生が声をかけた。するとタイミングを計ったかのように入口の自動ドアが開き、「ごめんください」と控えめな女性の声がした。

廊下に出た阿弥陀が、その足で玄関へと赴き、玄関口に立つ三十代くらいの女性に対して大仰に問いかける。

「ようこそ阿弥陀堂へ。あんた、どんな霊を探してるんだ？」

2

「違う違う、そうじゃないって何度言ったらわかるの！」

鋭く響き渡る怒声。水を打ったように静まり返った稽古場に、あからさまな溜息が響く。

「本当にあなたは覚えが悪いのね。役に入り切れていない人が、どうやって芝居をするつもりなのかしら。まったく、こんなにレベルが低かったなんて聞いてないわ」

「……すみません」

若い郵便配達人の役を演じる劇団員が、しゅんとした顔で頭を下げる。その場にいる全員の視線が彼に集中し、それら一つ一つには、哀れみや同情、そして落胆といった、思い思いの感情が宿っている。

昼間、じめじめした外気にさらされて汗ばんでいた肌が、クーラーの吐き出す冷たい風によって過剰に冷やされるのを感じながら、綿貫亜矢《わたぬきあや》は怒りに打ち震える女性演出家へと視線をやった。

南出真紀《みなみでまき》はつい二週間前に亜矢たちの劇団『トライスター』へとやって来た。劇団の運営を行う株式会社三星《みつぼし》商事の社長、星野忠明《ほしのただあき》が連れてきた逸材で、これまでにいくつもの大きな公演を成功させてきた優秀な演出家なのだという。すでに業界でも注目されているというが、亜矢をはじめとする劇団員の誰一人として、南出真紀という女性演出家の名を知る者はいなかった。

もとは海外の演出家に師事しており、日本に帰って来てからは数か所の劇団を渡り歩いてきたらしいが、詳しい経歴は聞かされていない。ただ、四十二という年齢や、業界経験の長さから言っても、相応の実力の持ち主なのだろうというのが劇団員たちの認識であった。九月の公演に向けて開始された稽古で、容赦なく劇団員たちに檄を飛ばす姿には、並々ならぬ気迫が見て取れ、彼女が今回の公演にかける意気込みが形となって表れているかのようであった。

「あなただけじゃないわ。全員、もっと稽古に集中して。まるで身が入っていないじゃない。何か、真剣になれない理由でもあるのかしら?」

答える声はない。誰もが恐れをなしたようにうつむき、汗だくのシャツの下で胸を上下させている。

「それじゃあもう一度。今度は頭から」

真紀がぱん、と手を叩く。劇団員たちは各々持ち場へつき、自身の出番を待ち構えた。張り詰めた空気の中で稽古が再開されるも、誰の顔にも、どことなく集中の色が見られず、さっきと同じかそれ以上に緩慢な演技の応酬となった。これでは、またいつ真紀の雷が落ちるかわかったものではない。

そう思う一方で、皆が演技に集中できず上の空になってしまうことにはそれなりの理由がある事を、亜矢は理解していた。それは、ここ一週間ほどの間にこの稽古場で囁かれ始めた妙な噂が関係している。

市の中心部からやや外れた繁華街の片隅にある『三星スタジオ』。舞台の公演などに使われるシアターと、演劇の稽古はもちろん、ダンススクールや多人数のワークショップ、楽器の演奏などにも利用される稽古場を備え、劇団『トライスター』の拠点でもあるこのスタジオには最近、夜になると男性の霊が現れるという噂があった。もちろん、それだけでは単に程度の低い噂でしかなく、劇団員たちが真剣に思い悩むようなものではない。問題は、明かりのついていないロッカールームに佇む姿や、シアターの客席、稽古場の鏡の前などに現れては、利用者を驚かせているその男性の霊が、かつて『トライスター』を旗揚げし、長年にわたり率いてきた主宰者の青山《あおやま》によく似ているということだった。

青山要《かなめ》は日本の演劇業界で注目を集めている演出家の一人であり、いくつもの商業演劇を手掛けては成功に導き、来年度にはイギリスの劇団のプロデュースも控え

ていた、まさに売れっ子である。数年前には『トライスター』の公演が日本演劇コ

ンクールで優秀賞を受賞したこともあり、ここ数年ではテレビ業界にもその名が知

れ渡っていた。

　いずれ彼が日本の演劇業界に燦然と輝く名演出家として君臨する日が来ること

を、誰もが信じて疑わなかった。

　そう、彼の死が大々的に報じられるまでは。

　青山は、今から三週間ほど前に不審な死を遂げていた。きっかけは劇団の設立

十五周年記念公演が成功をおさめ、早くも次なる公演へと動き出した矢先に、妻帯

者である青山と、ある女性劇団員との不倫関係が明らかになったことだった。青山

の妻は稽古中に乗り込んできて、件の女性劇団員を激しく罵り、青山にも罵声を浴

びせた。事情を知らぬ劇団員たちは仰天し、結局その日の稽古は中止されてしまっ

た。

　記念公演で準主役を演じていたその女性劇団員は、次の公演では主役の座を与え

られていたが、二人の関係が明らかになったことで周囲から白い目を向けられてし

まい劇団を去った。青山との関係もそこで終わったのだろう。

　青山は今でこそ有名な演出家として認知されているが、ほんの数年前まではほぼ

無名の弱小劇団の座長でしかなかった。ところが、ある演劇祭で知り合い、親密に

なった女性が有名な大企業の令嬢で、その企業をスポンサーとして味方につけた途

端、青山の名声はうなぎ上りに上昇した。とりたてて優れた所のない脚本を、さほ

ど実力があるともいえない劇団員が演じただけの作品が、何故か業界で高く評価され、青山は一躍人気演出家として認知されるようになった。後に妻となるこの女性とその父親の力によって、大きな舞台をいくつも成功させた青山は、現在の地位を手に入れたのだった。

その妻を裏切った青山は家を追い出されただけでなく、劇団における演出家という地位すらも剝奪された。義理の父であり現在の劇団の運営を管理する三星商事の社長が手を回した結果、業界にも青山の居場所はなくなり、彼は酒におぼれてあっという間に落ちぶれていった。そして数週間前の深夜、泥酔した挙句、国道沿いの陸橋から道路に転落し、頭を強く打って死亡している。現場の状況から見て事故死と判断されたが、一部の週刊誌などには、現場から逃げていく女性の目撃証言などもあり、何者かによって殺害されたのではないかという憶測も飛び交っていた。

いずれにせよ、彼が命を落としてから、このスタジオには不可解な心霊現象――男性の霊の目撃情報――がいくつも報告されている。それが、失意の中命を落とした青山の怨念であるという噂が立つのに、さほどの時間はかからなかった。

そんな状況で稽古をしていれば、嫌でも青山のことが脳裏をよぎる。結果、動揺した劇団員たちは演技に身が入らず、新参者の演出家の怒りを買う結果に繋がっているのだった。

「ストップストップ！　もう、何度言ったらわかるの！　もういいわ。全員、今日は寝ないで台本をもう一度頭の中に叩き込んできて。明日は完璧な演技を見せて頂戴」

忌々し気に声を荒らげ、一方的に告げた真紀が肩を怒らせたまま稽古場を出ていった。取り残される形となった劇団員たちは、互いに顔を見合わせては疲れ切ったように肩を落とす。

その後、稽古場の後片付けと掃除が始まる。誰もが重い身体を引きずるようにだらだらと動き、覇気のない陰鬱な空気が室内に満ちていた。

「あーあ、今日も怒られちゃった」

モップを手にしながらぼやいたのは、若松枝里子《わかまつえりこ》という若手の劇団員だった。背が低く、華奢な体つきでぴょんぴょん跳ねるような仕草が印象的で、『トライスター』のマスコット的キャラクターとされている。

「ねえ亜矢さん。あの人が来てからずっとですよ。毎日毎日どやされて、みんなのモチベーションもだだ下がり。どうにかならないんですかぁ？」

「そう言ってもねえ。私にはどうしようもないから」

と濁すと、枝里子は大きく身を乗り出し、

「そんなこと言わないでどうにかしてくださいよぉ。亜矢さん、あたしたちの中で一番古いんだから、意見だって通りやすいはずですよ」

「枝里子ちゃん、無茶言わないでよ。私だってあなたと同じいち団員でしかないんだし、演出家のやり方に口を出すなんてことできないよ」

苦笑する亜矢に対し、枝里子はすっかりしょげた様子で肩を落とす。子供みたいに口を尖らせている所を見せられると、どうにかしてやりたいという気がしないでもないのだが……。

「そうですよね。あたしだって、社長の息のかかった演出家に意見して立場が危うくなるのも嫌ですし。我慢するしかないのかなぁ」

「まあそう言わないで、南出さんは確かな実績の持ち主だって、社長はおっしゃってたでしょ」

「でも、青山さんとはまるで違うんだもん。あたしたち、あの人がいたから今までやって来たんじゃないですか。その青山さんをいきなり追い出して、代わりの演出家ですって言われても、すぐに適応できるほど器用じゃないですから」

枝里子は腕組みをして、眉を逆立てる。彼女は彼女なりに腹に据えかねることがあるようだ。それはきっと、他の劇団員たちも同じだろう。

「こらこら枝里子ちゃん、そんなこと言っても仕方ないじゃない。青山さんはもういないんだし、次の公演の日程も決まってるのよ」

不意に割って入ってくる声。振り返ると、麦茶の入った紙コップを手にした高坂《こうさか》いずみが呆れ顔を浮かべていた。

「それに亜矢の言う通り、南出さんは経験のある演出家よ。あの人が引き受けてくれなかったら、うちはそのまま解散って可能性だってあったんだから」

「いずみさんまでそんなこと言うんですかぁ。そりゃあ解散は困りますけど……」

枝里子はちら、と上目遣いに亜矢を窺う。

「あたしは、この機会に亜矢さんの演出でやってみるのもいいんじゃないかなぁって思ってたんですけどね」

「え、私？」

思わず聞き返した亜矢を、きらきら輝く眼差しで見上げながら、枝里子は強くうなずいた。

「だって、青山さんの一番弟子は亜矢さんでしょぉ？『トライスター』には、あの人の血の通った演出が必要なんですよ。あんな、どこから来たかもわからないようなおばさん演出家なんかには、あたしたちの良さは発揮できませんよ」

こらこら、と苦笑しながら、亜矢は枝里子の頭を軽く小突くジェスチャーをする。

「ホントですって。うちの劇団でそれが出来るのは、亜矢さんしかいないと思うんだけどなぁ。亜矢さんは一番の古株だし、あたしたちの事、誰よりも理解してくれてるでしょ。こんな適任、他にいないのに」

そう言って顎に人差し指を当てた枝里子は、ぴょこぴょこと劇団員たちの輪の中に戻っていく。その背中を目で追いながら、亜矢はもう一度苦笑した。

「若い子はいい気なもんね。公演まで三か月もないっていうのに」

ため息混じりに、いずみが言った。

「そうね。古株のおばさん役者には眩しいくらいだわ」

「やだ、そこまで言ってないでしょ」

顔を見合わせて二人は笑う。

亜矢といずみは、青山が旗揚げした劇団『八馬嵐《やまあらし》』の初期メンバーである。三星商事の後ろ盾を得たあと、劇団『トライスター』と名を変え、多くの人員の入れ替えの末に今の形に落ち着いたが、最初期のメンバーは今や、亜矢といずみの二人だけになってしまった。

いずみとは互いにライバル意識を燃やし、主役を取り合ったことも多かったが、三十を目前にした今では、誰よりも互いを理解している戦友のような関係だった。毎年、若い劇団員が入ってきて、それなりに年季を重ねた団員が辞めていく。その流れの中で、亜矢といずみは必死に劇団にしがみついている最後の古参メンバーとして、劇団員からの信頼も厚かった。誰に対してもズバズバと遠慮のない物言いをするいずみと、あまり感情的にならず、冷静に相手をたしなめることができる亜矢とのバランスも絶妙で、衝突しがちな劇団員たちをうまくまとめてきたという自負もあった。だからきっと、真紀の率いる新生『トライスター』でも、同様の役割を期待されているのだろう。たとえそれが、本人たちが望まぬことだったとしても。

「それにしても、想像していた以上よね」

「南出さんのこと？」

問い返すと、いずみはこくりとうなずいた。

「劇団員たちとまるで打ち解けようとしないし、食事の誘いも全て断る。演技についてこだわりがあって厳しいのは良いことかもしれないけど、毎度毎度あの調子で攻撃的な態度をとられちゃ、萎縮しちゃって本来の力なんて出せるわけない。おまけに台本だって好き勝手に何度も書き換えられちゃ、みんなだってついていくのがやっとじゃない」

言い終えるなり、いずみは深々とため息をついた。

本来ならここで、不安そうにしているいずみの肩に手を置き「きっと大丈夫。そのうち、きっとうまくいくはずだよ」と励ましてやるところだけれど、亜矢はあえて何も言わなかった。それは単に、いずみの発言が的を射ているからではない。

亜矢にはわかっているのだ。真紀がこの劇団で演出家として公演を行う未来など決して来ないということを。

そのために亜矢は、決して安くはないお金を支払って、得体の知れない古物屋から『忌物』などという、如何わしい道具を借り受けたのだから。

後片付けを終え、それぞれ帰路についた劇団員たちを見送ったあと、亜矢は自販機で買ったペットボトル入りのお茶を手に、スタジオの喫煙室へ向かった。正面ロビー脇の廊下、倉庫へと向かう途中にガラス張りの小部屋があり、空気清浄機とパイプ椅子が数脚あるだけの簡素なつくりをした喫煙室には、真紀の姿があった。ガラス製のドアを開けて中に入ると、真紀は顔を上げ、やって来たのが誰かを確認してから視線を手元のスマホに戻した。指に挟んだ煙草はすでにフィルターすれすれまで灰が溜まっており、そのことにも気付かない程、彼女がスマホに食い入っていたことがわかる。

「お疲れ様です。これ、よかったら」

亜矢がお茶を差し出すと、真紀は少しばかり驚いたように目を見開いたが、すぐに表情を戻して軽くうなずいた。

「ありがとう。あなたも吸うの？」

「いえ、私は。ちょっと気になったものですから」

亜矢の言葉に、吸い殻を灰皿に押し付けた真紀が怪訝そうに眉を寄せる。神経質そうな表情が、余計に強調された。

「気になったって、何が？」

「南出さん、少しお疲れのようだったから。何か考え事でもあるのかなと思って」

「そう、ありがたいけど別にないわ。こっちに来てからあまり眠れないのよ。出来の悪い劇団を押し付けられて、ストレスでも溜まってるのかもね」

嫌みたっぷりに言われ、わずかに胸がささくれだったが、表情には出さない。その代わりに、相手を慮るような口調で亜矢は切り出した。

「だったらいいんです。最近、おかしな噂を聞きますから、そのことで悩まれているのかと思ったので」

「――噂？」

「ええ、このスタジオに男性の霊が出るっていう噂です。その噂を真に受けているせいか、みんな浮足立っているんですよね。私も気になって寝不足で……」

亜矢が言わんとしている事に気付くと、真紀はたちまち不機嫌そうに表情を歪め、嫌悪感を剝きだしにした。

「そんなくだらないことで演技に身が入らないなんてプロ失格ね。若い子たちだけならまだしも、あなたまでそんなことを言い出すとは意外だわ」

吐き捨てる言葉に軽蔑を込めて、真紀は鼻を鳴らす。

普段ならここで話すのをやめてさっさと立ち去るのだが、亜矢はあえてこの場に留まった。鼻から深く息を吸い、ポーカーフェイスを貫いて真紀の顔を見返す。

「何よ？　どうかしたの？」

「いえ、ただ南出さんも寝不足のようだから。顔色悪いですよ……何か、悩まれている事でも？」

その瞬間、真紀ははっと表情を固め、わずかに目を泳がせた。一瞬、何か言いたげに口をもごもごさせたものの、すぐに思い直したように目を背け「あなたには関係ないわ」と素っ気ない口調。

だが、亜矢にとっては彼女のその反応だけで十分だった。

最初は半信半疑だったけれど、あの忌物とかいうものは、きちんと効果を発揮しているようだ。真紀のこの取り乱した様子がそれを証明している。

スタジオに現れる男の幽霊。どこからともなく囁かれ始めたその噂通りに真紀の行く先々には男の霊が出現している。スタジオだけではなく、ここへ来るまでに訪れた駅にも、電車の中にも、食事に行った先のレストランにも、そして彼女の自宅にさえも。

しゅぼ、とライターをする音がした。真紀が煙草に火をつけ、貧乏ゆすりをしながらせっかちそうに煙を吐き出す。その横顔に強いストレスの色を見出し、亜矢は意図せず口元を緩めた。

亜矢は視線を転じ、空気清浄機の上に置かれたライターを見る。どこにでも売っている、少々使い古してはいるが何の変哲もない百円ライター。だがそれこそが、二週間前に阿弥陀堂で借り受けた忌物であった。半信半疑で手にしたときの何とも言えぬ気味の悪い感覚を、亜矢は今も鮮明に思い出す。あれを持っているだけで、夜な夜な中年男性の霊が枕元に立ち、行く先々に姿を現すようになる。阿弥陀と名乗った店主はそう言っていた。忌物を仕込まれた者は、直接的な危害を加えられるわけではないが、徐々に精神が追い詰められ、日常生活に支障をきたすようになるだろうと。

誰だって自分の回りに霊が現れることなど認めたくはない。それなのに、スタジオに来るたび劇団員たちが口をそろえて霊の話をしていたら、気になってしまうのは当然だ。真紀が必要以上に苛立っているのは、紛れもなく忌物の効果によるものだ。そして、それは亜矢が求めた都合のいい展開に違いなかった。

理由は言うまでもない。この女を『トライスター』から追い出し、自分が演出家として劇団を率いるためだ。

初めて大役を任されたときは、劇団の看板女優として輝く未来に夢を膨らませた。しかし、この数年は重要な役を与えられることもなく、どんどん現れる若い役者に差を付けられる一方だった。役者としての自分の限界に気付いていてはいたし、年齢的にもいい頃合いだと思っていたけれど、だからといって今更どこかに就職する気にもなれなかった。そんな矢先、青山に演出家として劇団を引っ張っていく気はないかと言われた。

「君には演出家としての素養がある」

驚く亜矢に対し、青山はそう言った。確かに、劇団を立ち上げた頃は、演技だけではなく脚本や演出に口を出し、みんなで一つの芝居を作り上げていた。そのことを思い出すと同時に、ちっぽけな劇団を始めた時の熱い興奮が胸によみがえり、亜矢は演出家としての自分の可能性を真剣に考え始めた。

時間が経つにつれて、亜矢の中でその野望めいた考えはみるみる膨らんでいった。いつか、青山が次のステージに進む時には、この劇団は自分が任される。そう信じて、ひそかに夜間の脚本教室に通ったりもした。なまじ青山の成功を間近で見ていることもあって、その夢は身近な現実として膨らむばかりだった。一介の劇団員ではなく演出家として舞台を成功させれば、先の見えない生活からも抜け出せるかもしれない。平凡な暮らしを捨てて、若さのすべてを劇団に費やした自分の人生にも、ようやく花が咲く時が来る。そう信じて疑わなかった。

ところが青山は唐突に劇団を去った。若い女性劇団員との不倫などというふざけた理由で姿を消し、挙句の果てに死んでしまった。そして、あろうことか彼の後釜に据えられたのは、大した功績もあげていない、業界経験が長いだけの女性演出家だった。

ふざけるな、と。心の声が叫んだ。案の定、幽霊騒動が始まる前から、真紀は団員のやる気を削ぐばかりで、互いの溝を埋めようともしていなかった。このままいけば、次の公演は必ず失敗する。そうなれば星野社長は劇団の運営をやめてしまうかもしれない。かわいい一人娘を裏切った男が大事にしていた劇団になど、思い入れはないはずだから。

そんなことは絶対にさせない。そのためには、まず真紀を排除しなくてはならなかった。問題はその方法だった。青山の一件があるため、これ以上のスキャンダルは避けなくてはならない。そして自分が後釜になることを考えると、真紀との直接的な対立は不利になる。どうすればいいのかと悩んでいた時、亜矢は地元の友人から妙な噂を聞いた。死者の遺品を取り扱う古物屋がこの町にあり、そこでは霊が取り憑いた品を貸し出してくれるという、にわかに信じがたい話だった。代償に法外な金銭を要求されるようだが、それを使えば自分の手を汚すことなく邪魔な人間を排除できる。少し前まで別れた夫のストーキング行為に悩んでいたその友人は、悩みなど何もないような晴れ晴れとした表情で言うと、亜矢にその店の場所を教えてくれた。

きっと、何もかもうまくいく。熱に浮かされたような友人のその言葉を信じて、亜矢はその店を――阿弥陀堂を訪ねた。

「――ちょっと、ねえ」

ぶっきらぼうな声に反応し、亜矢は我に返った。見ると、吸い終えた煙草を灰皿に押し付けた真紀が不審なものでも見るような顔でこちらを窺っている。

「どうしたの？　ぼーっとしちゃって」

「いえ、なんでもないんです。ただ、その霊というのが、青山さんの霊だっていう劇団員がいて、私、そのことが気になってしまって……」

亜矢は横目に相手の顔色を窺う。案の定、真紀の顔には驚きと怯えの入り混じったような表情が浮かび、徐々に青ざめていく様子がはっきりと見てとれた。

「そういえば南出さんは、青山さんと面識があるんでしたっけ？」

さりげない口調を装い、亜矢は問いかけた。すると、真紀は気を取り直すように煙草をひと吸いし、それを吐き出しながら鼻を鳴らす。

「そんなものはないわ。そりゃあ名前くらいは知っていたけど、私に言わせればそれほどでもない、平凡な演出家だった。実力以上にもてはやされて、過剰に評価されていただけよ」

「平凡、ですか」

「そうよ。亡くなった人を悪く言うのもなんだけど、青山さんの脚本は奇をてらってばかりのワンパターンな構成じゃない。演出だって、毎回似たようなものばかり。『新鮮な驚き』が足りないのよ。それなのに、いつまでも過去の栄光にすがるなんて惨めとしか言いようがないわ。今回のことがなくても、ああいうタイプはいずれ誰にも見向きもされなくなっていったでしょうね」

ばっさりと切り捨てるような口ぶりに、亜矢はつい黙り込んでしまった。冷静な分析をしているように見せておきながら、結局は青山への嫉妬に起因する心ない暴言でしかない。いなくなってしまった人間をどれだけ罵ろうが、自分の価値が上がるわけではない。むしろ株を下げる発言にしかならないという事に、この女は気付いていないのだろう。

いけない。笑わないと。今は彼女と口論するためにここにいるわけじゃない。そう自らに言い聞かせる一方で、青山のことを悪く言われて少しなりとも怒りを覚える自分に、亜矢は驚きを感じてもいた。これが感傷というものかと内心で呟きつつ、取り澄ました笑顔を張り付ける。

「だからこそ、星野社長は南出さんに『トライスター』をお任せしたんですよね」

「そうね。でも私がここへ来たことは、あなたにとって残念な結果だったみたいね」

思わず心臓が跳ねた。咄嗟に言葉が浮かばず、亜矢の表情は凍り付く。

「知ってるのよ。あなた演出家志望なんですってね。青山さんが亡くなった後、役者ではなく演出家として劇団を引っ張っていきたいって社長に直訴したそうじゃない」

「いや、それは……」

「ごめんなさいね。せっかく青山さんがいなくなって、チャンスがめぐってきたのに」

あからさまな嫌みに亜矢はたっぷりと十秒以上、時が止まってしまったみたいに固まってしまった。それでも動揺を最小限に抑え、顔の筋肉を一つ一つほぐし、徐々にぎこちない笑みを浮かべては努めて平静を装う。

「いいんです。ちょっとした思い付きで言ってみただけですから。まさか本気で演出家になりたいだなんて、そんな身の程をわきまえない発言はしませんよ」

「そうね、それがいいと思うわ。無謀な夢を語って高望みをしても、それが叶わなかった時につらくなるだけだもの」

「ええ、そう思います」

真紀が無遠慮に放つ皮肉にあえて明るい口調で返しながら、亜矢は自身の口元にさりげなく手をやって、不格好に引き攣った笑みを覆った。それから深呼吸を二度ほど繰り返して胸のざわつきを抑え込んだ後、再び真紀の横顔を窺った時、その視線があらぬ方向を向いていることに気付いた。

「あの、南出さん？」

呼びかけた声に応じる様子もなく、煙草を持つ手すらも止めたまま、真紀は亜矢の後方、ガラス扉の向こうにある廊下を見つめている。わずかに口元をわななかせ、大きく見開いた眼には、強い怯えの色が浮いていた。

その様子を見て、亜矢は内心で理解する。今この瞬間にも、真紀は亡き青山を彷彿とさせる男性の霊を見ているのだ。たった今自分がこき下ろし、蔑んだ青山が恨みつらみを抱えて現れた。彼女はそう思い込んでいるに違いない。

「……私、そろそろ行かなきゃ」

真紀は警戒心の強そうな顔を更にしかめて立ち上がる。煙草と一緒に、亜矢がこっそりと入れ替えておいた忌物のライターを手に取り、乱雑にバッグに詰めて喫煙室を後にする彼女の背中を見送りながら、亜矢は自分の望みがもうすぐ叶うという確信を強く嚙みしめていた。

もう一押しも二押しもすれば、きっと真紀は限界をきたして逃げ出すだろう。もとより、亡くなった演出家のピンチヒッターとして呼ばれただけの身ならば、恐怖を抱えながらもここに留まる理由もないだろうから。

これこそ完全犯罪――いや、犯罪ですらない。亜矢は自分の手を汚すことなく、誰かを傷つけることもなく夢を手に入れることができる。

素晴らしい。本当に素晴らしい。『死人の口入れ屋』にまつわる噂や、それらしい店が実際に存在することを教えてくれた友人には、本当に感謝してもしきれない。すべてがつつがなく成功したら、きちんとお礼をすることにしよう。

窓の外に通りを歩いていく真紀の姿を認め、その背中が徐々に小さくなっていくのを確認してから亜矢は立ち上がり、喫煙室のガラスドアを開く。廊下に出ると、清掃員らしき二人の男女がさっと身を引くようにして亜矢に道を譲った。

「ご苦労さまです」

声をかけてきた清掃員を一瞥し、ひょいと軽く会釈を返した亜矢は、つい口元が緩みそうになるのを意識して堪えつつ、小走りにスタジオを後にした。

3

喫煙室で話をしてから二日後の稽古に、南出真紀は姿を現さなかった。

次の日も、そのまた次の日の稽古にも、やはり真紀は現れない。不審に思い、亜矢やいずみが連絡を取ろうとしたけれど、電話に応じる気配すらもなかった。

「やめるならやめるで連絡くらいくれてもいいのに。ホント困っちゃうわ」

いずみが愚痴っぽくこぼす。彼女だけではなく他の劇団員も、真紀の不在を戸惑い半分、喜び半分といった様子で受け止めていた。

稽古の方はというと、演出家が不在だとしても続けないわけにはいかず、そうなると必然的に亜矢が全体の指揮をとるようになっていった。

「やっぱり、亜矢さんに演出してもらった方が絶対にうまく行きますよ。青山さんだって亜矢さんに劇団を任せたいと思っているに決まってます」

稽古の終わりにそう言って目を輝かせたのは枝里子だった。他の若いメンバーたちもおおむね同意見らしく、亜矢はまんざらでもない様子でうなずき、戸惑いながらも劇団のために抜けた穴を必死に埋めることを約束したのだった。

そんな調子で五日ほど過ぎた頃、自宅アパートで遅い夕食をとっていた亜矢の元に、星野社長から直々に電話が入った。

「南出くんはもうトライスターを続けていく気は無いようだ。二日前に私の元へ連絡が来ていたよ」

社長は忙しくてメールのチェックが遅れてしまったことを詫びたうえで、次の公演は中止にはできないから、亜矢に任せたいと依頼してきた。それは単に演出家としての役割を引き継ぐだけでなく、実質的に『トライスター』の座長を務めるということでもあった。

亜矢は二つ返事で承諾した。願ってもない要請に、電話を持つ手が震えた。まさか、こんな簡単に事が運ぶとは思っていなかった。亜矢は小躍りしたくなるのを必死にこらえながら、スマホを持つ手に力を込めた。いよいよ願いが叶う。青山の後釜となり、劇団『トライスター』の看板を背負った演出家として華々しくデビューする。その夢が叶うのだ。

社長に礼を述べて電話を切り、すぐにいずみに連絡を入れて、翌日からの稽古や劇団の今後について打ち合わせをする。いずみはさほど驚いた様子もなく「仕方ないね。私たちだけで頑張らないと」と気負った声を出していた。亜矢が演出家のポジションにつくことに対しては、「それが一番いいと思う」と言ってくれた。

いずみとの電話を終えた後も、亜矢は胸の興奮が冷めやらず、居ても立っても居られなかった。だが、すでに時刻は深夜に差し掛かり、壁の薄いアパートで騒ぐわけにもいかない。洗面所に立ち、鏡に映り込む自分の顔と向き合って、亜矢は呼吸を整える。

「——演出家、綿貫亜矢」

目を閉じ、カーテンコールの舞台で拍手喝さいを浴びる光景を想像する。熱に浮かされたような観客の眼差し。いつまでも止まぬスタンディングオベーション。数えきれないほどのカメラのフラッシュ。そして最大限の賛美の声が、まるで現実のもののように亜矢を包み込んでいく。

恍惚めいた衝動をその身に感じ、亜矢は身悶えした。蛇口をひねり、冷たい水で顔を洗う。それから深く息をついて顔を上げ、鏡の中の自分をじっと見つめた時、斜め後ろのドアの影から、ぬっと顔を出す男の姿が視界に入った。

「ひっ……！」

反射的に声を上げて振り返る。だが室内には誰の姿もなかった。目をこすり、慎重に様子を窺っても、やはり人の気配はない。廊下の先に目をやると、玄関のドアにはしっかりと二重ロックがかけられていた。誰かが侵入してきたというわけでもなさそうだ。

「気のせい、かな……」

自分に言い聞かせるようにして、再び洗面所の鏡に向かう。ハンドタオルで顔の水滴を拭い、高鳴る鼓動を落ち着かせた。変に興奮したせいでおかしなものを見たのだろう。この部屋に霊なんて出るはずがない。そう、霊が出るのは真紀のところであって、ここではない。

そこでふと、亜矢は思い出した。

「貸出期間……」

ぽつりと口走りながらリビングに戻り、バッグの中を漁る。阿弥陀堂に行って忌物を借りた時に、期限を記した契約書の写しをもらってきたはずだ。

「たしかここに……あった」

ご丁寧に拇印まで求められた契約書をバッグの中に見つけ、摑み上げようとした矢先、テーブルの上でスマホが鳴った。登録していない番号だった。不審に思いながらも慎重な手つきで画面をタップし耳にあてる。

『阿弥陀堂の宝生といいます。綿貫亜矢様ですね？』

「あ……ええ、そうです」

示し合わせたようなタイミングの電話に、薄気味の悪さを感じる。だがそのことはおくびにも出さず、相手の要件を聞いた。

『当社が綿貫様にお貸ししました忌物の返却期限がすでに二日、過ぎております。本日はそのご連絡でした』

「ええ。わかってます。ちょっと忙しくて……ちゃんと返しに行き――」

言いかけたところで、亜矢は言葉を切った。

しまった。忌物は真紀が持ったままである。あまりにことがうまく運び過ぎたせいか、忌物の回収をすっかり失念していた。

『いかがされました？』

「いえ、あの、もし借りた商品を返さなかったらどうなるの？」

『その場合は、ご返却いただく日までの追加料金を頂戴することになります。忌物の紛失という事であれば、それなりの弁済金を支払っていただく可能性もございますね。ただ万が一、どちらも難しいということがありましたら、相応の方法で、という選択肢もご用意できますが……』

追加料金、弁済金。それらの言葉を聞いて、亜矢の背筋を冷たいものが伝い落ちていく。あれを借りる時に、少ない貯蓄はほとんど使い果たしてしまった。言葉の調子からして、それらの金額も決して安いものではないのだろう。無い袖は振れないが、だからと言って金銭的なトラブルを抱え込むのは面倒である。『相応の方法』というのも、なんだか聞くのが恐ろしくて嫌だ。

『また、忌物は当社独自のシステムで管理しております。貸し出し期限を過ぎても返却されない場合、一時的に霊の管理が行き届かず、最悪の場合、暴走をきたす可能性もございます』

「暴走って、どういう……」

『端的に言いますと、霊の標的が依頼人の方へ向かうのです』

つまり、自分のことかと亜矢は息をのむ。

『霊体がこの世に留まり、物事に干渉するためにはそれなりのエネルギーを必要とします。そしてそのエネルギーは霊が自ら作り出すのではなく、生身の人間から吸収する必要があります。そのエネルギーが尽きてしまうと、霊は存在できなくなる。したがって依頼人の元へ戻り、その生体エネルギーを……』

──冗談じゃない。

宝生の説明を話半分で聞きながら、亜矢はスマホを握る手に力を込めた。つまりは自分が利用した霊に、今度は自分が呪われるという事ではないのか。しかも、ただ驚かすだけだった霊が依頼人の生命エネルギーを吸い取る。早い話が、命を吸い上げると言っているのだ。

少し前までなら、そんな馬鹿げた話を鵜呑みにすることなどなかった。霊の存在すらも眉唾ものだと感じていた。だが、今となっては、それを否定することなど到底できない。自分の身に起きた幸運は、紛れもなく忌物に取り憑いた霊がもたらしてくれたものだからだ。

だからこそ、電話口の女性の話がデタラメだと切り捨てることなんて、とてもできそうになかった。

『──綿貫さま？』

「ええ、聞こえてます。近いうちに必ず返しますから」

『左様でございますか。ではお待ちしております』

自動音声か、ＡＩなのではないかと疑いたくなるほどの無感情な声を最後に電話は切れた。

ついさっき、鏡越しに見た男の姿が脳裏をよぎる。まさかあれは、あの古ぼけたライターに宿っている霊だったのか。期限切れが近づき、エネルギーを失いかけた霊が亜矢から命を吸い上げるために戻ってきて……。

ぞわぞわと全身を這いまわる怖気に見舞われて、亜矢は床に膝をついた。

「取りに……行かなきゃ……」

亜矢は自らに言い聞かせるような口調で、そう呟いた。


翌日、亜矢は真紀の家へと向かった。

星野社長から聞いたところによると、真紀はスタジオから電車で二駅の所にマンションを借りているのだという。教えてもらった住所を頼りに繁華街から一本裏手に入った住宅街を進むと、ほどなくして瀟洒なたたずまいのマンションに辿り着いた。宅配業者の後にくっついてオートロックを抜け、真紀の部屋である二〇四号室へ。インターホンを鳴らしてみても反応はなし。無駄だとわかっていながらもドアに備え付けられた郵便受けを覗いてみたが案の定、中の様子は窺えなかった。

再度、インターホンを鳴らしてもやはり反応はない。どうしたものかと考えを巡らせながら何気なくドアノブを摑むと、思いがけず軽い感触。

「開いてる……」

刑事ドラマによくあるシーンのように呟きながら、亜矢はこわごわ、ドアを開けた。

「南出さん、いるの……？」

応じる声はない。玄関は几帳面にそろえられた二足の靴。一つは白いスニーカー、もう一つはやや低めの赤いヒール。真紀がいつも履いていたものだった。留守ではないようだが……。

「うっ……！」

突然、鼻先に異臭を感じた。思わず声が漏れ、無意識に空いている方の手で鼻と口を覆い、わずかに身を引く。

臭いは明らかに室内から漂ってきている。夏を間近に控えた午後、室内の気温は高く、共用廊下の方がよほど涼しい。熱波と呼ぶにふさわしいような空気と共に、凝縮された異様な臭気が逃げ場のない部屋の中に立ち込めていた。

何かがすえたような、それでいて甘ったるいこの臭いは何なのだろうと考えを巡らせつつ、亜矢は部屋の奥を覗き込む。玄関の先には短い廊下があって、右に二つ並んだドアがある。そして突き当たりには中央に磨りガラスのついたドアがあり、どれもしっかり閉じられていた。これといった調度品のない簡素な廊下は綺麗に掃除されていて、埃一つ落ちていないような印象。臭いの元になりそうなものは見つからなかった。

だとしたら、臭いの元はいずれかのドアの向こうにあるはずだ。だが、ドアの隙間から漏れ出ただけの臭いが、ここまで強烈に感じられるものだろうか。もしそうなら、何かとんでもないものがこの先にある様な気がしてくる。

とんでもないもの、と内心で繰り返しながら、亜矢は進むべきか引き返すべきかの選択に迫られていた。臭いの元を確かめたいという心理的欲求は嫌というほど感じているが、その一方で今すぐ引き返し、知らぬふりを決め込むべきではないかという、臆病の虫も騒いでいた。ただ一つ確かなのは、真紀の身に何かが起きたという事だ。

わずかな逡巡の後、亜矢は中に足を踏み入れた。靴を脱ぎ、慎重な足取りで廊下を進む。靴下の裏につるつるとしたフローリングの感触を確かめながら、突き当たりのドアに張り付き、ノブを握ってそっと押し開く。

途端に「ひっ」と喉の奥に引っかかるような声が出た。真紀はリビングの中央であおむけに倒れていた。両手の爪を立て、Tシャツの胸元をかきむしるような体勢。紫色に変色した顔はひどく歪んでおり、すっかり人相が変わってしまっている。強く見開かれた大きな眼が恨めしそうに中空を睨み据えていた。

死んでいる。それは間違いない。問題は何故そんなことになったのかである。さほど親しくはないが、知らない間柄でもない女性の亡骸を前に、亜矢は冷静なのかそうでないのか、自分の心中すらも分からないような感覚に陥っていた。心臓の鼓動は早く、額には玉の汗が浮いている。その一方で指先はひどく冷たかった。ふと感じた涼しげな風の元をたどると、エアコンが点きっぱなしだった。おかげでリビングの温度はそこそこの涼しさを保っている。窓から射し込む陽光のせいで、廊下の気温だけが高くなっていたようだ。

「警察……警察に電話……」

熱に浮かされたように繰り返しながら、震える手でスマホを引っ張り出し、何度も操作を間違えながら警察に通報した。電話を終えた後、警察が到着するまでの間、亜矢はリビングの端っこに立ち尽くしながら、物言わぬ真紀の亡骸をぼんやりと見つめていた。あまり感情を表に出さず、常に冷徹な表情を浮かべていた真紀の顔には今、苦痛に満ち満ちた表情がこれでもかとばかりに浮かんでいる。いったい、彼女の身に何が起きたのだろう。

見たところ、誰かに殴られたり、首を絞められた様子はない。血が流れていないし、ロープのような痕も残っていないからだ。リビングの様子を見ても争ったような形跡はないし、転倒して家具などに激突したというような様子もなかった。となると自然死か、あるいは……。

そこでようやく、亜矢は一つのことに思い至った。おぼつかない足取りで部屋を進み、ダイニングテーブルに近づく。テーブルの上には吸い殻がこんもり載った灰皿と、空になった煙草のパッケージ。そして古びた百円ライターが無造作に置かれている。そのライターに手を伸ばし、そっとつまみ上げた。

「まさか、これのせいで……？」

誰にともなく言いながら、ライターを眼前に掲げる。ごく平凡で、ボロボロであるという以外は何の変哲もない、どこにでも売っている安っぽいライター。しかしこれは忌物で、中年男性の霊が取り憑いている。その霊が返却期限を過ぎたせいで制御が利かなくなっている可能性があった。

　亜矢の脳裏に、恐ろしい想像がよぎる。期限を過ぎた後も忌物を所持していた真紀は、暴走した霊に取り殺されてしまったのではないかという、最悪の想像だ。

　――私がちゃんと回収しなかったから、南出さんは……。

　彼女が邪魔だった。消えてほしいと思った。そして実際、その願いは叶った。しかし死んでほしいとまでは思っていなかった。劇団から消えてくれさえすればそれでよかったのに、どうしてこんなことになってしまったのか。

「どうして、こんな……」

　無意識に嘆きながら、亜矢はライターを持つ手をだらりと垂らし、再び倒れている真紀を見据えた。もう何をしても、彼女は言葉を発することはない。団員たちへ向ける怒声じみた指導の声も、喫煙室で煙草を指に挟みながら「眠れないのよ」とこぼした声も、亜矢の耳には鮮明に残っている。だがそれらは二度と、現実のものとして亜矢の鼓膜を震わすことはない。

　気付けば室内に射し込む光が緋色に染まりつつあった。どこからともなくパトカーのサイレンが聞こえてくる。すぐにこの部屋に警察官が駆け込んでくるだろう。そのことに思い至って、亜矢はようやく我に返った。握りしめていたライターをハンカチで包みバッグに入れる。代わりに取り出した別の百円ライターをテーブルの上に置いた。以前、忌物と入れ替えたものだ。もし警察が亜矢の不審死を怪しみ、このライターから指紋が出てきたとしても、前に借りたと言えば済む話だ。亜矢が部屋に来たことだって、心配で様子を見に来たと言えば不審に思われることもないだろう。それに、真紀の正確な死亡時刻はわからないけれど、亜矢は今日までこのマンションを訪れたことはなかった。それは監視カメラの映像が証明してくれる。

そう思うと、少しずつ冷静さを取り戻してきた。

——そうよ。しっかりしなきゃ。大変なのはこれからなんだから。

自分に言い聞かせるようにして、亜矢は深く呼吸を繰り返した。

その後、駆け付けた警察の調べによって、いくつかのことが分かった。

まず第一に真紀の死因は心臓発作で、もともと心臓が弱かった彼女は、ここ最近続いていた慣れない仕事のせいでかなり追い詰められていたらしいという事。ストレスによって心臓に負担がかかり演出家を降りはしたものの、無理がたたって倒れてしまった。すぐに病院に運んで治療をすれば命を落とすこともなかっただろうが、一人暮らしをしていたうえに隣近所とのつながりを持たなかったせいで、誰にも発見してもらえなかった。つまるところ、早すぎる孤独死を迎えてしまったのだと、事情聴取をした刑事は教えてくれた。

それを聞いて安心した亜矢だったが、同時に真紀のことをひどく不憫にも感じてしまった。しかし、だからと言って彼女の死の責任が自分にあるというふうには考えないようにした。真紀が心臓に疾患を抱えていたことなど知らなかったし、忌物の回収が遅れてしまったのも決してわざとではない。彼女を『トライスター』から追い出すことが本来の目的だったわけで、殺意などこれっぽっちもなかった。今回、彼女が死んでしまったのは不可抗力なのである。そう言い聞かせることで、亜矢は自分を納得させることにした。

警察署で事情聴取を終えて自宅に帰りついたのは午後十時に近かった。途中、阿弥陀堂に立ち寄って忌物を返却すると、対応をしてくれた宝生という女性は「三日間までの延滞については料金は頂いておりませんので」と、こちらが拍子抜けするほどあっさりと告げ、何の感慨もなさそうにライターを受け取った。てっきり追加料金を請求されると思っていたから安心していいはずなのに、どうにもすっきりしない気分になる。なんだか、慌てていた自分が間抜けに思えてしまった。真紀の死についても、自分の早とちりであり、霊は暴走などしていないのではないかという気さえしてくる。もちろん、そのことを宝生に問い質す気にはなれなかったけれど。

家に帰るなり、亜矢は熱いシャワーを浴びた。汗と一緒に、今日目にした光景を脳内から洗い落とすことができたなら、どんなによかっただろう。目を閉じると、すっかり変わり果てた真紀の死に顔が鮮明に浮かんでくる。それを強引に振り払うようにして、亜矢は全身を念入りに洗った。

バスルームを出ると、さっそく星野社長やいずみから連絡が入っていた。警察から真紀の死を聞いて、社長はひどく取り乱していたが、事件性は無いようだと伝えると、いくらか安堵した様子だった。真紀を愛人としてあのマンションに住まわせていたことが警察にばれるのも時間の問題だと思ったのだろう。しかしそんなことは亜矢だけでなく劇団の誰もが感づいていた事であった。社長の後ろ盾があったからこそ、真紀は好き勝手に脚本をいじくりまわした挙句、あそこまで横柄な態度をとっても平気な顔をしていられたのだろうから。

いずみはというと、真紀の死に驚き、ショックを受ける一方で、やはり話題は劇団の今後のことになった。予定通り亜矢が演出を担当すること、次の公演では座長としてパンフレットにも記載する旨を相談した。

いずみは劇団の皆には自分から説明すると言ってくれた。もし必要なら、何日か稽古を休もうかとも言われたが、それは拒否した。

「公演に向けて、今は一分一秒でも時間が惜しい。休んでなんていられないよ」

「そうだよね。わかった。それじゃあ明日も予定通りで」

いずみとの電話を終え、スマホをベッドに放る。

順調だ。予定外の事態には直面したが、劇団については順調に運んでいる。この先、星野社長が運営をやめるとでも言いださない限り『トライスター』はこれまで通りやっていける。亜矢は新たな演出家として、業界に羽ばたくことができるのだ。

そのことを考えるだけで心が躍った。青山は消え、彼の代わりにやって来た真紀もいなくなった。余計なものは全部なくなった。

「そうよ。これからは、何もかもうまくいくんだから……」

自らに言い聞かせるように独り言ち、亜矢は洋服ダンスの引き出しにしまい込んでいた小箱を取り出し、軽く撫でてから蓋を開く。

バラの花を象り、中央にルビーがあしらわれた煌びやかな指輪が、亜矢の新しい門出を祝福するかのように輝きを放っていた。

「そうでしょ？　青山さん……」

4

「それじゃあ、今日はここまで。明日もよろしくね」

ありがとうございました。と声のそろった返事が稽古場に響いた。亜矢を中心に集まった劇団員の表情はみな一様に真剣で、しかしながら、強い疲労の色が見て取れた。

「ああ、それから枝里子ちゃん。明日は遅刻しないでね。あなた一人のために、大勢が稽古に入れなくて迷惑するんだから」

「はぁい……気を付けますぅ……」

不満げに口を尖らせた枝里子にあえて視線を向けず、内心で舌打ちをした亜矢の「それじゃあ解散」という号令によって、この日の稽古は終わりを告げた。

劇団員たちの顔からほんの少しだけ緊張の色が抜け、各々が稽古場を後にしていく。時刻はすでに午後十時を回っており、本来の稽古時間を二時間以上も過ぎていた。南出真紀の死亡と共に、亜矢が代わりの演出家を任されてから、あっという間に一週間が過ぎた。公演へ向けて一刻の猶予もない状況の中、亜矢は劇団員一人一人の演技の実力、今後の課題、そして舞台の完成度など、あらゆる点に目を配らなくてはならない。その上で事務的な手続きや音響、小道具、大道具との打ち合わせも詰めていかなければならず、終始気を抜けない状況が続いていた。

そのせいもあって稽古中に役者に向けて放つ言葉が日に日に鋭くなっていた。彼ら彼女らに個人的な恨みはないが、こと演技に関しては不満が次から次へと噴出してくる。同じ役者同士だった頃は全く気にならなかった個人の癖や弱点なんかが、今はどうしようもなく目についてしまうのだ。役者ではなく演出家として全体を俯瞰して見た時に、この劇団はここまでレベルが低かったのかと改めて思い知らされた気がした。そのたびに、公演を成功に導くなんて到底不可能ではないかと、弱気の虫が騒ぎ出す。

「亜矢」

長テーブルに肘をついて眉間の辺りを押さえていると、不意に名前を呼ばれた。顔を上げると、いずみが心配そうにこちらを窺っている。

「いずみ、どうしたの？」

「稽古場の鍵、預かってきた。受付の人はもう帰っちゃったみたいだから、私たちが施錠して警備員さんに渡しておいてほしいって」

「わかった。ありがとう」

基本的にスタジオの利用は時間厳守なのだが、ここ最近はその決まりも曖昧になりつつある。本来なら許されないことだが、ここは三星の所有するスタジオで、社長が直々に運営を決めた『トライスター』がほとんど独占使用している状態でもあった。そういう事情から、多少時間を過ぎたところでうるさいことを言われることもない。その点はありがたいのだが、その社長が最近では、劇団の存続について難色を示しているという問題が囁かれていた。それは亜矢が想像していた通りの危機が、着実に迫りつつあるという事であった。

もともと社長の道楽と娘婿であった青山の手助けをするという目的で設立した劇団である。娘は離婚し、青山はすでにこの世にいない。そのうえ愛人として囲っていた真紀もいなくなってしまったとなれば、社長としても劇団を続けさせる理由を見出せなくなってしまったのかもしれない。

今回の公演で結果を残せなければ『トライスター』は消滅の危機に瀕する。そう思えばこそ指導にも力が入るのだが、劇団員たちはそのことをわかっているのかいないのか、危機感というものがまるで感じられず、未だにサークル活動の延長のような空気が蔓延している。

せっかくチャンスを摑めそうなところまで来たというのに、このままでは何もかも台無しである。

そう考えれば考えるほど、亜矢はどうしようもなくもどかしい気持ちにさせられるのだった。

「——亜矢、大丈夫？　疲れてるみたいね」

「そうかな。ちょっと最近、あまり眠れなくて」

「どうかしたの？」

「……ううん、別に。なんでもない」

疲れがたまってるのね。と一人納得するいずみをよそに、亜矢は言い知れぬ不快感が胸に広がるのを感じていた。疲れなどではないという言葉が、喉元まで出かかっている。

「無理しちゃダメよ。役者も演出家も身体が資本なんだから」

「わかってる。ありがとね。そろそろ帰ろうか」

通り一遍の励ましに辟易しながら話を断ち切って、亜矢は荷物を手に立ち上がる。それから視線をやった稽古場の入口を、黒い人影のようなものがすっと横切った。

「――どうしたの？」

思わず息を呑んだ亜矢に対し、いずみは怪訝そうに声をかける。彼女には何も見えていないらしい。

いや、いずみだけではなく、このスタジオにいる誰一人として気付いていない。亜矢自身、気付いたのはつい三日前だった。この建物のあちこちで目にする黒い服の女。生前の真紀によく似た佇まいのその女は、事あるごとにスタジオのあちらこちらに姿を現し、油断している時に限って亜矢の視界に入り込んでくる。そのたびに正体を見極めようと思い視線を向けるのだが、気付いた時には影も形もなくなっているのだった。

そうやって姿を現したり唐突に消えたりするばかりで、女は何かをしてくるわけではない。だから気にしなければいいと最初は高をくくっていた。しかし、ことはそう簡単ではなかった。視界の端に映り込む女の姿を認識した瞬間から、亜矢は気味の悪さを覚える。無視していても、湿り気を帯びたような視線が執拗にへばりついてくる。背を向けると、すぐ背後に近づいてきたのではないかという不安が常について回り、耳元に息遣いすら感じられる。耐え切れなくなって振り返るも、女の姿はどこにもない。そんなことが何度も続き、亜矢は精神的に強いストレスにさらされていた。

ただ見られている。たったそれだけのことがこうも苦しく、吐き気を催すほど気味が悪いという事を、亜矢はこの三日で嫌というほど思い知らされた。今さら気にしないなんて不可能だった。なまじ自分が忌物を使い、霊の存在をはっきりと認識してしまったことが、巡り巡って自らに枷をはめる結果になるなどとは思いもしなかった。

スタジオに現れるその黒い服の女が真紀の霊ではないかという疑念は、亜矢の中で日に日に大きくなるばかりだった。同時に、やはり真紀は、忌物を仕掛けた亜矢のことを恨みながら死んでいったのではないかという疑惑が頭の中に浮かんでは激しく騒ぎ立てる。

彼女の死は自分のせいではない。頭ではそう思い込もうとしても、うまくはいかなかった。

目を閉じれば真紀の死に顔がまぶたの裏に浮かび上がる。胸の苦しみに耐えかね、助けを求めようにも誰にも見つけてもらえず、孤独にこの世を去った彼女の憎しみが――死してなお残る怨みが、形となって現れているのではないか。最後に想いを残したこのスタジオに執着し、後を継いで演出家になった亜矢を憎悪しているのではないか。そう思えてならなかった。

「――ねえ、亜矢ったら。本当に大丈夫？」

いずみがやや語気を強め、亜矢の肩を揺すった。

「うん、何でもない。何でもないから……」

空返事をして、亜矢はバッグを抱きしめるように抱えると、急ぎ足でスタジオを後にした。

その翌日。朝から降り続く雨のせいか、あるいは連日の猛稽古によって疲れが見え始めたのか、いつも以上に劇団員たちの演技は精彩を欠いていた。台詞を飛ばす。立ち位置を間違える。音出しのきっかけを忘れる。そんな素人同然のミスが続き、おまけに今日も遅刻してきた枝里子が台詞を噛んでへらへら笑っている姿を見た瞬間、亜矢の中で堪忍袋の緒がブチブチと音を立てて千切れた。

「こんなセリフもまともに喋れないくせに、へらへらしてんじゃないわよ！」

瞬間、稽古場の空気が凍りつき、じめじめとした蒸し暑さが重々しくのしかかってきた。こめかみのあたりを汗が流れていくのを感じながら、亜矢は思いつく限りの罵声を枝里子へと浴びせ、周囲が止めに入るのも無視してひたすら罵った。

最初は「えー、なんですかぁ?」などと人を食ったような態度をとっていた枝里子だったが、眼前に指先を突きつけ、演技よりも劇団内の男をとっかえひっかえして優越感に浸っていることや、青山に色仕掛けをして主役を勝ち取ろうとしたけれど失敗して赤っ恥をかいたことを暴露してやったら、顔を真っ赤にして泣き出した。

「ひどい……」

「いくらなんでも言い過ぎじゃ……」

これにには周囲の劇団員からも同情と哀れみの視線が投げかけられ、何人かの劇団員――おそらくは枝里子に遊ばれていない連中――が仲裁しようとした。だが、こんなものでは亜矢の怒りは収まらず、場を治めようとするいずみを押しのけて、亜矢は更なる怒声を稽古場に響かせた。

「言い過ぎですって? 事実を言っているだけじゃない。大した演技も出来ない小娘がいい気になって学芸会ごっこをしていることについて、あなたたちはもっと怒るべきじゃないの?」

ヒステリックな問いに答える声はなく、やがて訪れる重々しい沈黙。かえってそのことが亜矢の神経を余計に逆なでした。

「才能がないくせに努力もろくにしないようなあんたたちが今まで続けて来られたのは、青山の演出のおかげだったのよ。彼がいなくなった今、あんたたちが舞台に立てるかどうかは私にかかってる。その私が毎日、ゴミみたいな演技に我慢しながら必死に指導してやっているんじゃない。感謝されこそすれ、非難されるいわれはないわ。そんなにいやなら、全員今すぐやめてくれたって——」

「ちょっと亜矢！」

興奮気味にまくしたてる亜矢を、いずみが強く遮った。言葉が途切れたところで亜矢はようやく我に返る。そして気付けば、劇団員一人一人の顔には亜矢に対する怒りや軽蔑の色がありありと浮かんでいた。

結局、いずみが引き攣った表情を浮かべながら稽古の終わりを告げ、この日はそのまま解散となった。一人、また一人と劇団員が重々しい足取りで稽古場を出ていき、一人残された亜矢は稽古場の長テーブルの上に頬杖をついて、使い古された台本を見るともなしに眺めていた。

だだっ広い稽古場に、ぱらぱらと台本をめくる音ばかりが響く。

——私は悪くない。

誰に向けるでもない言葉を口中に呟く。

——悪いのは、足を引っ張る連中よ。

そう自らに言い聞かせた亜矢が台本を手放し、重々しい溜息と共にテーブルに手をついて立ち上がろうとした時、視界の隅で黒いものがもぞりと動いた。

どくん、と大きく心臓が跳ねる。腰を浮かせかけた状態でぴたりと停止し、目だけを動かしてその黒いものの正体を探ろうとするが、はっきりと像は結ばなかった。

また見られている。そう確信した。まるで金縛りにあったみたいに身体が凍りつき、冷や汗が顔の横を伝って流れ落ちる。静かな恐怖に身体を蝕まれながらも、亜矢はその黒い女が息を殺すようにして嗤っていることに気がついた。誰にも相談できない苦しみに耐えかね、周囲に当たり散らして孤立し、それでもなお冷めやらぬ怒りに苛まれている自分を、その女は嘲笑っているのだ。

そう思った瞬間、耐え難いほどの怒りが亜矢の身体を突き動かした。目に見えぬ呪縛から逃れて立ち上がり、その勢いで長テーブルをひっくり返す。けたたましい音が稽古場に響き、ぐわんぐわんと残響した。

モザイク越しのように不鮮明な顔を、カーテンの陰から覗かせている女を睨み据え、亜矢は叫んだ。

「いい加減にしてよ！　私が何をしたっていうの？　あなたは……あなたが死んだのは私のせいじゃ……！」

言いながらカーテンの方へと歩き出そうとした時には、既に黒い女は消えていた。まただ。さんざん存在をアピールしておきながら、こっちが目を向けた途端に消えてしまう。相手が人間ではないという事を思い知らされると同時に、怒りをぶつけることのできない空虚さが、じわじわと胸に広がっていく。

女の笑い声がまだ耳に残っている。耳元で繰り返されるその幻聴を取り払うことができず、亜矢は両手で顔を覆い、その場にしゃがみ込んだ。

——私は悪くない。彼女は……南出さんは勝手に死んだだけなのに……。

そうやって自分を納得させようとするのも、もはや限界だった。今、自分が感じているこの苦しみは、等しく真紀が感じていた苦痛と同じだということを、亜矢は思い知らされつつあった。霊に付きまとわれ、精神的な苦痛を受け続ける。迫り来る霊を前になすすべもなく、徐々に絶望が頭を占めていく。そして最後には……。

——最後には、どうなるっていうの？

空虚な部屋に横たわっていた真紀の死に様が脳裏をよぎる。見るも無残なその顔が自分の顔に置き換わるのに、もうさほどの時間もないのかもしれない。

「そんなの、絶対にいや……」

祈るように言いながらひんやりとする床に額を押し付け、うずくまった亜矢は、どれくらいの時間そうしていただろう。

不意に稽古場のドアが開かれる音がした。

「亜矢」

顔を上げて確認すると、ひっくり返った机を見て怪訝そうに眉をひそめたいずみが、心配そうな顔で近づいてくる。

「いずみ……帰ったんじゃなかったの」

「そうしようと思ったんだけど、このまま放っておくのはちょっとね」

困ったような口調で言いながら、いずみは床に座り込んだ亜矢の前に屈みこんだ。

Tシャツの袖からのぞく二の腕をさすりながら、いずみは遠慮がちに切り出した。

「亜矢、もう演出家は降りた方がいいんじゃないかな？」

「……何、言ってるの？」

黒い女の霊のせいで忘れていた感情が、瞬間的に甦った。同時に湧き上がる強い怒りを宿した瞳でいずみを睨みつけ、亜矢は声を荒らげる。

「あなたまで私の邪魔をしようっていうの？　私はね、やっとの思いでここまできたの。それなのに今さら降りるなんて、できるはずがないじゃない」

「それはわかるけど、最近の亜矢はどう見ても普通じゃない。青山さんの代わりを務めることの大変さはわかるし、気負ってるところもあると思うけど、今日みたいなことを繰り返してたら、公演どころか劇団を続けることだってできなくなるわ」

返す言葉が見当たらず、亜矢は言葉に詰まった。いずみの意見はきっと正しいのだろう。しかし、だからと言って「はいそうですか」と彼女の意見を受け入れることなど簡単には出来なかった。

「だから、私に提案があるの」

「提案？」

そう、とうなずき、いずみは身を乗り出す。

「私の大学時代の友達が札幌を拠点にした劇団の演出家をしているの。大きな賞を取ったことはないけど、とてもいい芝居をするのよ。で、その人に今のうちの現状を話したら、喜んでピンチヒッターを受けてくれたわ。星野社長に相談したら、今回はその人にお願いしようかって言ってくれてね」

「……は？　なによそれ……」

自分でも驚くほど低い声が無意識に口から飛び出していた。亜矢を完全に置いてけぼりにした勝手なやり方に対する亜矢の苛立ちが、二人の間の空気を更に張り詰めたものにした。

「いずみ、あなたまで私を追い落とそうとするつもり？　ずっと私の味方をしてくれていたんじゃなかったの？」

「もちろん味方よ。ずっと味方だった。これからだってそう。だからこそ今の亜矢の状況が危ういことも分かるの」

「何が危ういよ。それを言うならこの劇団の現状の方がよっぽど危ういじゃない。次の公演を成功させないと『トライスター』は……」

眼前に掲げられたいずみの手が、亜矢の言葉を強引に遮る。

「わかってるよ。続けられなくなるかもしれない。でもね、今のままじゃ、その公演自体が危なくなると思うのよ。みんなの不満も、もう限界まで高まっているわ」

「不満？　不満って何？　どうせ私のやり方がどうとか、指導の仕方がどうとか、そういうことでしょ。青山さんの時だって、南出さんの時だって、同じような不満は常に一定数囁かれてきたことじゃない。そればかり気にしてがんじがらめになってるようじゃ、それこそ演出家なんてやっていけないわ」

そうだ。青山が名のある演出家になっていけばいくほど、劇団員に求められる演技は厳しいものになっていった。劇団内で不満が持ち上がるたび、亜矢は青山の肩を持ち、間に立って後輩たちをたしなめてきたのだ。それはいずみだって同じだったはず。こういう時、彼女なら率先して後輩をまとめ、自分をサポートしてくれると思っていた。それなのに、あろうことかまた別の演出家を用意するなんて、許しがたい裏切り行為だった。

そのことを強く糾弾しようとした矢先、亜矢はふいに浮かんだ疑惑によって、数瞬の間、言葉を失った。

「何？　どうしたの？」

唐突に沈黙した亜矢に言い知れぬものを感じたのか、いずみは唇を嚙みしめ、複雑な表情を浮かべる。

「まさかいずみ、あなたがみんなを焚き付けて……」

それ以上は言葉にできなかった。はっきりと口にすることが恐ろしく感じてしまったのだ。いずみは取り繕おうとはしなかった。だが、まっすぐにこちらを見据えるその瞳には、一抹の後ろめたさのようなものが確かに感じられる。

「そう、そういうこと……」

熱く煮えたぎっていた感情が、驚くほどあっさりと、何の抵抗もなく凍結した。申し訳なさそうに視線を伏せた親友の姿も、もはや何の感慨も抱かせはしなかった。

亜矢は立ち上がり、いずみの脇をすり抜けるようにして稽古場を後にした。

「待って、亜矢！」

追いすがるような声を無視して、階段を降りようとした亜矢は、そこで追いかけてきたいずみに腕を摑まれる。

「やめて！　離してよ。裏切者！」

「いいから、話を聞いて……」

「いや！　あんたの話なんか――」

摑まれた腕を振りほどこうとしても、それ以上に強い力でいずみの指が食い込んでくる。痛みに顔をしかめながら相手を睨みつけた時、

「私見たのよ！　青山さんのマンションから、あなたが出てくるところ！」

突然、声を荒らげたいずみを前に、亜矢は抵抗することすら忘れて凍りついた。

その反応を見て、いずみは確信めいた表情を浮かべる。

「あなたたち、関係があったんでしょ。たぶん、ずっと前からよね。でも青山さんは佐竹《さたけ》さんとも関係を持っていた。あなた、そのこと知らなかったんでしょ？　あんなかたちで知ることになって、裏切られたことに気付いた。彼のことが許せなかった。だから殺したのよね？」

淡々と語り掛けるように、それでいてはっきりと断ずるようないずみの口調に、亜矢は言葉を失ったまま立ち尽くしていた。

「私も一度、青山さんに誘われたことがあるわ。当然断ったけど、それからは端役しか与えてもらえなくなった。きっと、あの人のプライドを傷つけた罰だったのよ」

そこでいずみはふっと息を吐きだし、乱れた前髪を撫でつけた。

「そんなくだらないことで、私は劇団での地位を失った。しばらくは夢を諦められなくてあれこれあがいてみたけど、結局は自分の限界を思い知ることになった。そ

して思ったのよ。これ以上は続けられないってね」

「いずみ……」

「私、今回の公演を最後に劇団を辞める。結婚しないかって言ってくれる人がいてね。その人と一緒になるつもり」

そう言って、いずみは微かにはにかむような表情を浮かべた。その顔から、未練や悔恨といった感情はこれっぽっちも感じ取れなかった。

さっきとは別の意味で、亜矢は言葉を失っていた。一度に告げられるにしては、あまりにも情報量が多く、脳の回転が追いつかない。

「青山さんはあなたを都合よく繋ぎ止めておくために、演出家をやらないかっておだてていただけ。本当の意味で期待してたわけじゃなかったのよ」

憐れむようないずみの声。亜矢ははっとして肩をびくつかせた。

「違う。そんなの、絶対違う！」

ぶるぶると頭を振り、いずみの言葉を全身で否定する。それを阻むように、摑まれた手が強く揺さぶられた。

「違わないよ。慣れないことをしてみんなに当たり散らして、自己嫌悪から更に自分を追い詰めて。あなたはもう限界。みんなだって苦しいし、間に挟まれた私だってつらい。『トライスター』はもうボロボロなんだよ。ね、最後の公演くらい笑顔で終わりたいじゃない。今まで通り、私たちは役者として――」

「うるさい！　黙れ！」

そこから先は、何が何だか分からなかった。これ以上、嘘か本当かわからないような言葉を聞きたくなくて、亜矢は奇声を発し、振り払った腕をそのまま前に突き出した。まるで時間が静止するみたいにゆっくりと、いずみの身体が階段を転げ落ちていく。その様を、亜矢は何もできずに見下ろしていた。踊り場の床にたたきつけられ、ぐったりと動かなくなったいずみの姿が、あの日目にした青山の姿と無意識に重なっていく。

亜矢は青山を殺してなどいない。彼は浮気がバレて劇団を追い出され、帰る家はもちろん、演出家としての未来をも失い、挙句の果てに若い不倫相手にも逃げられた。この六年間、彼と関係を持っていた亜矢は、自分にも火の粉が降りかかってくるものと怯えていたが、そんな時は訪れなかった。一連の騒動において、亜矢の名前は一度も出てこなかったのだ。浮気相手としても、すべてを失った青山が求める相手としても、亜矢の名が挙がることはなかった。そのことがどうしても受け入れられなくて、亜矢はあの日、青山に会いに行った。

人気のない深夜、国道沿いの陸橋、泥酔した青山は亜矢を見ても何も言わず、興味すらなさそうに一瞥しただけだった。それどころか、面倒くさそうにため息をつき、舌打ちまでして立ち去ろうとした。亜矢は追いすがり、私があなたを守るからと強く訴えた。劇団なんてどうでもいい。この先の人生を二人で支え合いながら生きていきたい。芝居以外では絶対に口にしないような台詞を口走ってしまったのは、本心だったからに他ならない。しかし青山は赤の他人を見るような目つきで亜矢をいで。
目にすることになる亜矢がどれほどのショックを受けるかなど、まるで考えもしないで橋から飛び降りた。道路に叩きつけられ、血と脳漿をまき散らした無残な姿を
はっきりと、そう言った。そして亜矢の手を振りほどいた青山は、手すりをまた

「――誰がお前なんかと」

見ると、

身体を揺すっても、頬を叩いてもまるで反応せず、虚ろな眼で中空を見据える青山をその場に残し、亜矢は逃げた。警察への通報も忘れ、ただただ現場から逃げ出した。今となってはそれが彼の死という事実からの逃避だったのか、彼に拒絶されたことに対する逃避だったのか、自分でもわからなかった。

意識して塞いでいた記憶の蓋が開き、濁流のように押し寄せる耐えがたい苦痛と複雑な感情。それらに見舞われ、亜矢は短い呼吸を何度も繰り返し、踊り場の床に横たわるいずみを呆然と見下ろしていた。

「――大丈夫ですか！」

突然、階下から声がした。慌ただしく階段を駆け上がってきたのは、清掃員姿の女性だった。いずみの傍らに膝をつき「しっかりしてください」と耳元で呼びかけながら、素早くスマホを取り出し耳に当てる。

「突き落とすなんて、ひでえことするじゃねえか。あやうく殺人犯になっちまうところだったぜ」

女性に続き、同じ格好をした男が階段からにゅっと顔を出した。

「あなた……阿弥陀堂の……？」

見覚えのある顔にハッとして、亜矢は言った。

「おう、店主の阿弥陀だ。先日は忌物のご返却、ありがとうございました」

「どうしてここにいるの？　借りたものは返したんだから、もう関係ないでしょ」

亜矢の訴えに対し、阿弥陀はわざとらしく肩をすくめて小首を傾げた。

「確かに、南出真紀を蹴落とすっていうあんたの目的は達成されたし、忌物も返却された。契約はつつがなく完了している。だが俺たちがここにいるのは、あんたのとは別の依頼があったからだ」

「別の依頼……？　なによそれ、どういう──」

「ほら、それだ」

亜矢の言葉を遮るようにして、阿弥陀がこちらを指差した。

正確には亜矢のすぐ背後、稽古場のドアの陰から半身をのぞかせた黒い女の霊に向けてだった。

「いやあああ！」

振り向いた瞬間、間近に目にした女の姿に、亜矢はけたたましい悲鳴を上げた。

逃げ出したいのに足に力が入らず、その場にしりもちをついた亜矢は両手両足をばたつかせ、後ずさりをしてその女との距離を少しでも稼ごうとする。

「やれやれ、そんなに騒がれちゃあ話も出来やしねえな」

場違いなほど呑気に呟いた阿弥陀は、ゆっくりと階段を上がりながら、おもむろに親指と中指をこすり合わせた。ぱちん、と乾いた音が響いた次の瞬間、黒い服装の女は、跡形もなく姿を消した。

「……え？　えぇ？」

状況が飲み込めず、亜矢は目を白黒させながら周囲を見回す。腕組みをした阿弥陀は寒気がするほど冷淡な眼差しでその様子を見下ろしていた。

「あいにくだが、今のは南出真紀の霊じゃないぜ」

「南出さんじゃ……ない……？」

おうむ返しにする亜矢の前に屈みこんで、阿弥陀は亜矢が床に落としたバッグの中を乱暴にまさぐった。

「ちょっと、なにして――」

制止する間もなく、阿弥陀はすぐに手を引き抜いた。その手には見慣れぬ形状をした口紅が握られている。

「何それ？　私のじゃない」

「女ってのはよぉ、化粧道具をあれこれバッグに詰め込んで持ち運ぶよなぁ。そんなにたくさん持ち歩いてりゃあ、自分のものじゃない口紅なんかが一つくらい増えてても気付かないんじゃないかと思ったんだが、案の定、あんたは気付かなかったらしい」

その口紅は、亜矢が普段使用しているブランドのものとは明らかにデザインの異なる、若年齢層向けの派手なデザインをしていた。間違っても、自分のバッグに紛れ込むことなどありえない。そうだ。誰かが故意に忍ばせでもしない限り。

「もうわかったろ？　これはうちが貸し出した忌物だ。そして、さっきの女はこれに取り憑いた霊ってわけさ」

「忌物……取り憑いた……」

再び繰り返した亜矢に対し、阿弥陀はゆっくりと首を縦に振る。

「あんたの劇団の人間が、うちから忌物を借りて仕掛けたのさ。南出真紀の死後、あんたの周りで女の霊が現れ始めたのは、それが原因だ」

「なんで……誰がそんな……」

呻くように声を絞り出しながら、亜矢はハッとした。踊り場に横たわるいずみを見下ろし、かすれた声で「まさか」と呟く。

「おっと、言っておくが犯人はその女じゃないぜ。こんなところから突き落とされた挙句、濡れ衣まで着せちゃ気の毒だからな。一応否定しておいてやるよ」

「じゃあ、いったい誰なの……」

亜矢の頭の中で、十六名いる劇団員一人一人の顔が浮かんでは消えていく。その誰もが怪しく感じられ、疑い始めればきりがなかった。

「心当たりがありすぎてわかんねえか？　それとも、気の弱い連中が忌物なんて使って自分を陥れようとしていると知って、鼻を明かされた気分か？」

図星を指され、亜矢は低く唸りながら言葉を詰まらせた。

「あ、あなた、どうしてこんなことをするの？　最初は私に貸してくれたのに……」

阿弥陀は眉根を寄せ、軽く首を傾げながら失笑する。

「おいおいおい、何言ってんだ。あんたに貸したからと言って、他の人間に貸さない道理はねえだろうが。最初に説明したはずだ。依頼人が忌物を何に使おうが、その結果どのような結果に至ろうが、我々は一切責任を負わないし関与もしない。成り行きを見守るだけだとな」

そんな、と嘆く亜矢を満足げに見据え、口の端を持ち上げた阿弥陀が手にした忌物を亜矢の目の前にちらつかせる。

「といっても、こいつは今日が期限だ。あんたら色々と大変みたいだから、俺が直接引き取りに来てやったってわけさ。自分が呪われたことを知ってむかついたか？　仕返ししたくなったか？　もしご入用なら、またあんたに貸してやってもいいんだぜ。うちとしては払うものさえ払ってくれりゃあそれでいい」

阿弥陀の口から、ひひひ、と卑屈めいた笑みが漏れる。その子供のように無邪気で忌々しい笑顔を前に、亜矢は唐突に理解した。真紀が死んでしまったことも、亜矢がいずみを突き落としてしまったことも、この男にとっては些末なことに過ぎないのだと。契約の時に言われた言葉の通り、貸し出された忌物がどのように作用し、どんな結果を迎えようとも、彼は何も感じない。何の感情も抱かない。その徹底した冷徹な姿勢に、亜矢は改めて背筋を凍り付かせた。自分は、ひょっとするととんでもない相手と契約を交わしてしまったのではないかと、今さらながらに怖くなる。

「あなた、最低ね……」

「お褒めに預かり光栄だ。だが、そういうあんたも相当なもんだろうが」

阿弥陀は、水を得た魚のように嬉々として、歪な笑みをさらに深く刻んだ。

「夢のため、自分の未来のためと言いながら、あんたは南出真紀を陥れた。しかも、霊を使うなんていう常軌を逸した手段を使ってな。いくら性格が悪くても、普通は邪魔者を蹴落とすためにわざわざそんなことをしたりはしない。せいぜい、靴に画びょうでも入れるか、上靴を隠すくらいのもんじゃねえのか？」

「社長、たとえが古いです。今どきの小学生でも、もう少しましなことすると思いますけど」

おどけた阿弥陀をいさめるように、もう一人の清掃員——宗子が言った。彼女の的確なツッコミに動じるそぶりも見せず、阿弥陀はぴんと立てた人差し指を、亜矢の眼前へと突きつけた。

「でも、あんたはやった。忌物に宿る霊が人を追い詰めた結果何が起きるのか。そのことを大して考えもせずにな。まさか死ぬとは思わなかったんだろうが、考えが浅かったな。人ってのは何かが起きた時、自分の考えたいように考え、最悪のことを想像しては最大限の恐怖を抱くもんだ。全く無関係な男の霊を青山と思い込んでしまった南出には、青山に対する後ろめたい気持ちがあったんだろうよ」

阿弥陀の当てずっぽうを、しかし否定する気にはなれなかった。青山を疎んでいたのは南出だけじゃない。かわいい一人娘をないがしろにし、裏切り行為を働いた彼を、社長は決して許さなかったはずだ。そんな彼に対し、離婚だけではなく業界での立場を完全に奪い去るべきだと進言したのは、演出家としての地位を欲していた南出真紀だった。そんな漠然とした推測も、あながち外れてはいないように思えた。その結果、すべてを失った青山は自ら命を絶った。人ひとりを間接的とはいえ死に追いやったことに対し、真紀が自責の念を抱いていたとしたら？

亜矢が思うよりもずっと、彼女に仕掛けた忌物の効果は大きかったのではないだろうか。

「役者の夢も叶えられず、男の愛すらも嘘だった。自分にはもう何もない。そう悲観したあんたは、自分の資質も何もかも度外視にして演出家になることを熱望した。その結果、殺す気のない女を死に至らしめちまったあんたは、タイミングよく現れるようになった見知らぬ霊を南出真紀だと思い込んだ。こうやって並べてみりゃあ、あんたも南出も似た者同士ってことになるな」

阿弥陀は顎に手をやり、わざとらしく考えるような素振りを見せ、

「因果応報ってやつだな。人を貶め、自分の願いを叶えたはいいが、それによって生じたいくつもの事象に心を痛めて後ろめたくなって潰れちまった。そして、南出真紀に行ったことがそっくりそのまま、自分の身に降りかかっている。まったく、笑えるよなぁ。今あんた、どんな気分なんだ？」

「あ、あんたなんかに、あたしの気持ちがわかるわけないわ」

亜矢は苦し紛れに言い放ち、奥歯を噛みしめながら視線を逸らした。

「ふん、この期に及んで自分がいかに醜い人間かってことを認めたくないか。自分には何の罪もないと開きなおって、これからも邪魔な人間を排除していくつもりか？　それとも、すべてを受け入れて、その女の言う通り演劇に見切りをつけて、実家の両親に頭を下げて農園でも継ぐか？」

したり顔をする阿弥陀に思わず驚愕の眼差しを向け、亜矢は心の中で地団太を踏んだ。

二十五を過ぎた頃から、亜矢は実家の両親とは絶縁状態だった。亜矢の演劇への夢を認めようとしなかった父親は去年、脳梗塞で亡くなり、葬式にも行かなかった不義理な娘を、母や姉は絶対に許してくれないだろう。いつか有名になって、自分の夢を笑った家族を見返してやりたかったのに、その機会は永遠に失われてしまった。空虚なこの胸の穴を埋めてくれるはずだった青山も、演出家への道も、すべては虚像でしかなかった。何もない、空っぽの自分に改めて気がついた時、亜矢はがっくりとうなだれ、深い溜息をついた。

その様子を見てか、阿弥陀はいくぶん語気を緩め、嗜虐的ともいえる笑みをようやく取り払う。すると今度は、彼の蔑むような冷たい視線がどうにも息苦しくて、亜矢はたまらず目を逸らした。背筋を原因不明の寒気が襲い、心なしか吐き気まで……。

「うっ……！」

突然、違和感を感じて咳き込むと、喉の奥がごぼりと音を立て、こみ上げてきた熱いものが床に落ち、広がった。

「おいおい勘弁してくれよ。そこの床はキレイにしたばかりなんだぜ。血ってのは落とすのが大変なんだからよ」

――血？

何を言っているのかと怪訝に感じ、目を凝らした亜矢は、たった今自分が吐き出したものが単なる嘔吐物ではなく、どす黒い血の塊であることを知って愕然とする。

「うそ……なんで……」

呆然として呟く亜矢に、阿弥陀は「そうそう、つい言い忘れてたぜ」とわざとらしい口調で言った。

「このところ気分がすぐれなかっただろ？　身体の節々が痛くて、咳も出るし、異常なくらい体温が低かったんじゃないか？」

再び喉がつかえる感じがして、亜矢は唾液と血でぬらぬらした口元を手で覆った。

その仕草を肯定の意ととらえた阿弥陀が、わずかにうなずく。

「それは忌物を長く所持している人間が陥る症状でなぁ、まあ簡単に言うと、霊に生気を吸われてるんだよ。このままじゃあんた、そう遠くないうちに衰弱死するぜ」

「嘘よ。だって、あなたに借りた忌物はとっくに返したじゃない」

「ああ、うちのはな」

意味深長な口ぶりで、阿弥陀が不吉な笑みを漏らす。そして、ゆっくりと持ち上げた手で亜矢の左手を指差した。

「その指輪、あんたのものじゃねえだろ。死んだ人間の持ち物を奪い取るのは墓荒らしと同じだぜ。不当に所持する者には、霊は容赦なく襲い掛かる。そういうもんなんだよ」

全身が総毛だつほどの寒気に襲われ、亜矢は呼吸を止めた。床や壁から無機質な冷気が身体に流れ込み、見る見るうちに生気が失われていく気がして、思わず身悶えする。

左手の薬指に嵌めたルビーの指輪。これはおそらく、青山が不倫相手の佐竹のために購入したであろうプレゼントだ。酒におぼれ、自死する時にも彼はこの指輪を後生大事に握りしめていた。落下した拍子に地面に落ちたのを持ち去った時から、この感覚は始まっていたのか。

認めたくなかった。彼が本当に愛し、必要としたのは自分だったのだと無理にでも思いたかった。指輪を奪ったのは、そのための儀式のようなものだった。

立ち上がり、硬い指輪の感触を指に確かめた亜矢は、こらえきれなくなって噴き出した。自分の有様があまりに情けなくて、哀れで、可笑しかった。

「よかったらその指輪、うちで引き取るぜ。もちろん、命を吸いつくされても手放したくないってんなら無理にとは言わないが」

遠くから救急車のサイレンが響いてきた。それを合図に阿弥陀は踵を返す。亜矢の返事を待とうとせず、ゆったりとした足取りで階段を降り、いずみとその傍らに屈みこむ宗子の脇を通り抜けていった。

その背中を見送り、次に横たわったまま目を覚まそうとしない親友を見下ろしてから、亜矢は吐き出した自分の息が白くなっていることに気付く。じりじりと蒸し暑かったはずの廊下に、正体不明の冷気が満ちていた。

ぞわ、とうなじを濡れた手で触られたような感覚がして肩が震えた。同時に、耳元には誰かの息遣いが……。

――おまえ……なんかと……。

ひどくしわがれた声が、鼓膜を震わせる。

亜矢は深く息を吸い込んだ。肺を凍り付かせるほどの冷気に顔をしかめながら、ゆっくりと首を巡らせる。

鼻先が触れそうなほどの距離にあったのは、あの日、亜矢の目の前で陸橋から落下していった青山の、虚ろな眼差しだった。

5

「――結局、『トライスター』は解散したようね」

翌週の昼休み。コンビニで買ったおにぎりを片手にデスクで適当な動画を眺めていた宗子は、独り言なのか話しかけてきたのかよくわからない宝生の呟きに反応し、新調してもらったモニターから顔を上げた。

「解散、ですか？」

「これよ。〝劇団『トライスター』は次回の公演に間に合わず、運営会社が解散を発表〟ですって」

「ネットニュースで報じられるなんて、それほどファンの多い劇団だったんですね」

感心したように言う宗子とは真逆に、宝生は一切の感情を排したような顔をして、わずかにうなずいた。

「というより、スポンサーの三星商事に忖度した記事という感じね」

「綿貫さん、どうなっちゃうんでしょうね」

思わず呟いた言葉に反応してか、宝生はまつ毛の長い目を宗子に向けた。普段は感情など表さないその瞳が、どことなく複雑そうな色を浮かべている。

あの夜を最後に、阿弥陀と宗子はスタジオへの潜入を終了していた。病院に搬送されたいずみは幸いにも軽症で、頭を打っているという理由から精密検査は行われたものの、脳に異常は見られず翌日には退院したのだという。また自身を階段から突き落とした亜矢のことを訴えるつもりはないらしく、転落は事故として片付けられた。

亜矢はというと、その後の行方が分からなくなっていた。いずみがアパートに様子を見に行ったところ、すでに部屋は引き払われていたという。実家に帰ることにしたのか、あるいはどこか知らない土地にでも行ってしまったのか。行き先は、劇団の誰にも知らせていないらしい。

ちなみに彼女が身に着けていた指輪は阿弥陀堂に持ち込まれることはなかった。別の方法で処分をしたのか、それとも……。

そこまで考えて、宗子はふと我に返った。それから、ソファにどっかりと寝転ぶ阿弥陀を見やる。今日も依頼がないのをいい事に、阿弥陀は気持ちよさそうに高いびき。口を半開きにさせた間抜けな寝顔を見ていると、本当にこの男があの夜、綿貫亜矢へと辛辣な発言を放ち、容赦なく追い込んだ人物なのかと疑いたくなってくる。あんな風に他人の心を見透かし、彼女が隠し通そうとした罪の意識をつまびらかにしてしまった推察力の持ち主が、普段は子供みたいな寝顔を晒し、仕事中に堂々と居眠りを決め込んでいるのだから。

——人は見かけによらないと言うけど、ここまでだと驚く気にもならないわ。

そう一人で納得し、視線を戻した宗子は、なぜかこちらを凝視している宝生と目が合った。

「宝生さん、何かありました？」

「何かって？」

問い返す宝生は瞬きすら忘れてしまったかのように、それこそ穴が開きそうなほど宗子の顔を凝視し、寸分たりとも視線を外そうとしない。明らかに不審な態度をとっているくせに、その理由を言おうとしない辺りもなんだか不気味で、宗子は居心地の悪さを禁じ得なかった。

「いえ、その、そんなに見つめられると……」

そこまで言ってようやく、宝生はこちらの言いたいことに思い至ったらしい。眼鏡の奥の丸い瞳をしばたたき、軽く咳払いをした。

「そういえばあなた、この前言っていたわよね。両親や姉がどうとかって」

「それがどうかしましたか？」

問い返すと、宝生は珍しく逡巡する素振りを見せてから、デスクの引き出しにしまい込んでいた一枚の紙を取り出した。なにやら小難しそうな書類を覗き込むと、それが市役所で発行された戸籍謄本だとわかる。

「どうしたんですかこれ。依頼人の素性調査でもしてるんですか？」

「いいえ、これはあなたの戸籍よ」

「なるほど、私のでしたか」

そうかそうか。と納得しかけたところで宗子は弾かれたように立ち上がり、うええ、と奇声じみた声を上げて宝生に詰め寄った。

「なんで私の戸籍なんか取ったんですか？　ていうか、戸籍って他人が簡単に手に入れられるものではないですよね？」

慌てふためく宗子に対し、宝生は心の底から迷惑そうな視線を向けてくる。

「そんなことは不可能に決まってるでしょ。まあ、うちはちょっとしたルートを持っているから例外的にね。それより、少し声を落としてくれないかしら」

「すみません……て、いや、すみませんじゃないですよ。なんで勝手に……」

なおも食い下がろうとする宗子へと、宝生は有無を言わさず手にした書類を突きつけた。おっかなびっくり受け取った宗子は、はじめて見る自分の戸籍に目を通す。

「この前のあなたの話、少し気になったから調べてみたのよ。そしたら、あなたにお姉さんがいたという記録はなかった」

　父と母、そして自分の名前。宝生の言う通り、そこに姉の名前は記されていなかった。

「でも、私には確かに姉がいます。どうしていないことになんか……」

「それは私が訊きたいわね。よその家に引き取られたにしてもその旨が記載されるはずだから、何も書かれていないのはおかしい。これでは、あなたのお姉さんは戸籍上、ご両親の子じゃないということになってしまう」

　無感情に告げられたその一言に、宗子は思いのほか強いショックを受ける。何度瞬きをしても、目をこすって見直してみても、書面の内容が変化することはなかった。

「あなたの記憶違いってことはないのかしら？　よその親戚の子をお姉さんだと思い込んでいたとか」

「そんなわけありません。物心ついてから、姉とは毎日一緒にいたんです。いくら幼いからって、その記憶に齟齬《そご》があるとは思えません」

　そうよね、と相槌を打つ宝生は、真剣な面持ちで自身のモニターへと視線を移す。そこに映し出されているのは、この店の顧客名簿のようだった。

「そのリスト、何か関係あるんですか？」

問いかけながら画面を覗き込もうとした時、宝生は珍しくはっとして、素早い挙動でマウスを操作する。宗子が画面を見た時には、既にウインドウは閉じられていた。

「いいえ、なんでもないわ。これはただの――」

「――ふがが っ……ぐっ……おいメグミ、てめえふざけんじゃねえぞ！」

何事か言いかけた宝生の言葉は、突然の怒号によってかき消された。

ソファで身を起こした阿弥陀が激しく両手を振り回しながら、怒髪天を衝く勢いで喚いている。

「どうかされたんですか、社長」

「どうもこうもあるかよ。メグミの野郎、オレ様の安らかな眠りを妨げやがって。こんなことして何が楽しいんだあのガキは」

忌々しげに吐き捨てた阿弥陀の額と両頬には、筆で書かれたマルやバツの印がくっきりと残されていた。サイドテーブルには『凶器』とされるであろうキャップの外れた筆ペンが置いてある。更に室内を見回せば、事務室と廊下を隔てる襖が十五センチほど開いていて、廊下をととと、と走っていく足音が響いてきた。

メグミ、というのは宗子がここを始めて訪れた時にも現れた少女の霊で、広間に保管されている絵画の忌物に取り憑いている。阿弥陀が呼び出しでもしない限り、基本的に忌物に取り憑いている霊は姿を現しはしない。だがこの少女の霊は阿弥陀の意思とは無関係に、何かにつけて姿を現し、阿弥陀にちょっかいを出している。

まるで、年の離れた兄に遊びをせがむ妹のような振る舞いは、ここ最近の宗子のひそやかな癒しになっていた。

だが悪戯好きな反面、メグミは警戒心も強く、宗子の前に姿を現してはくれなかった。足音や笑い声は聞こえても、その姿を見て取ることは未だできていない。ゆえに彼女が悪戯を仕掛けるのも、阿弥陀一人に限定されるというわけであった。

「クソ、中途半端に目がさえちまった。今日はやることもなくて退屈なのによ」

「そう思うなら、広間や倉庫の忌物をもう少し整理してください。どこに何があるのか、社長にしかわからないというのは困ります」

「まあまあ、そう言うなって。それより、こりゃあなんだ?」

宝生の小言をさらりとかわし、阿弥陀はデスクから戸籍をつまみ上げた。

「こんなもん、いったい何に使う気だ？　正義正義と喚くばかりで一向に幸せが訪れず、男にも相手にされない惨めで哀れな半生を振り返り、この器量のなさはひょっとして自分がどこぞの白鳥に捨てられた醜いアヒルの子だからではないか、なんて現実逃避するために必要だったのか？」

「だ、誰が醜いアヒルの子ですか。平気な顔で失礼なことを言わないでください！」

突っ込むべきところは他にあるような気がするが、とりあえずそう反論しておく。

「安心しろ。お前はどう転んでもカモか、カラスがいいところだ。間違っても白鳥の子なんかじゃあない。今さら自分のルーツを探ったところで、そのガサツさや、がに股でどたどた歩く癖を直さない限り、嫁の貰い手は――」

「だから違うって言ってるでしょうが！」

次々と繰り出される悪態を強く遮り、宗子はこれまでの宝生との会話をかいつまんで説明した。すると阿弥陀は戸籍を目の高さにまで掲げ、じっくりと見入った後で意味深な眼差しを宗子へと向ける。

「ほう、そりゃあずいぶんとミステリーな話じゃあねえか。おおいに気になるねえ」

獲物を見つけたケダモノのような目で射すくめられ、身の危険を感じた宗子は思わず身体を強張らせた。

「それで、お前自身はどう思ってんだ？　この不可解な事実に対してよぉ」

「どうもこうも、何が何だかわかりませんよ。でも、姉がずっと、私たち家族と一緒にいたことは確かなんです。よその子だなんて絶対に……」

あり得ない。その一言を最後まで言い切ることが出来なくて、宗子は言葉を彷徨わせた。脳みそをかき回されるような眩暈に襲われ、椅子の背もたれに身を預ける。

幼い頃の記憶。いつもそばにいてくれた姉の笑い声も、握った手の感触も、鮮明に覚えている。その姉が家族じゃなかったのかもしれないなんて、悪い冗談としか思えなかった。しかし同時に、おぼろげな像を結んでいた記憶の断片が少しずつ剝がれ落ちていくみたいに、記憶に残る姉の思い出がひどく曖昧であることにも、宗子は気付き始めていた。

――お姉ちゃんが家族じゃないなんて、何かの間違いに決まってる。

無意識のうちに、指が白くなるほど強くペンダントを握り締めていた。

──そうだよね。お姉ちゃん……。

記憶の深いところに確かに残る姉の顔──どこかおぼろげで不鮮明なその姿を必死に蘇らせながら、宗子は内心で何度もそう問いかけた。

第三話　再会の校舎

1

広大な敷地の片隅に追いやられたような土蔵の入口に立つと、ウィン、と機械的な音がして真新しい自動ドアが開く。

ヒノキの香りで満たされた玄関に入り、パンプスからスリッパに履き替えた久瀬宗子は、磨き抜かれたフローリングの廊下を進み、事務室の襖に手をかけた。さほどの力を込めずとも、襖はするすると導かれるように開き、室内から溢れ出した涼しい風が頰を撫でていく。

「おはようございます」

明るく、潑溂とした宗子の挨拶に反応して手を止め、首を巡らせた宝生が軽くうなずいた。

「あら、早いのね。始業時間までまだ三十分以上あるわよ」

「ちょっと今朝は事情があって……」

宝生はさほどの興味もなさそうに「そう」と応じつつも、じっとこちらを見据えたまま視線を外そうとしない。これは続きを促しているのだろうと気付き、宗子は自身のデスクに座ってＰＣを起動させながら先を続けた。

「実は今、親戚がうちに遊びに来てるんですよ。少し早めのお盆休みらしくて」

「親戚？」

問い返してきた宝生に、宗子は困り顔でうなずく。

「同い年の女の子で、私の従姉妹なんです。昔から休みになるとよくお兄さんと一緒にうちに――ていうか、おばあちゃんの家に泊まりに来ていて、私がおばあちゃんに引き取られてからは、いつも一緒に遊んでくれたんです」

なるほど、と宝生が表情一つ変えずに相槌を打つ。まばたき一つせず宗子を凝視している様子からは、更に先を促す気配がひしひしと伝わってくる。

「うちのおばあちゃんは私にも従姉妹にも平等に、愛情たっぷりに接してくれるんですけど、こと仕事に関してだけは、その子と私を比較するんですよ」

「それはつまり、あなたは大した学歴も持たず、うちのような零細企業の見習い社員で、将来の見通しも明るくはない一方、有名出版社に就職した優秀な従姉妹は順調にキャリアを重ねている。そのことを比較し、おばあさまはあなたを憐れんでいるということかしら」

丁寧な口調で、宝生は単刀直入に訊ねてきた。こっちの気持ちにまるで気を遣わないド直球な物言いに、宗子は苦笑いしながらうなずいた。

ちなみに、従姉妹が有名出版社に属していることを何故宝生が知っているかについては、あえて追求しないことにした。身辺調査と称し、宗子の戸籍を勝手に入手してしまう宝生が、親族の情報を把握していないはずがないことは目に見えている。

「久々に再会した従姉妹のキャリアをほめちぎる一方で、あなたの体たらくぶりを嘆くおばあさまにうんざりして、今朝は早めに仕事に出てきたのね？」

「まあ、そういうことになりますね……」

なんとも話し甲斐のない相手である。事実とはいえ、そこまではっきり言われてしまっては、こちらとしても立つ瀬がない。宗子はどうにかしてこのサイボーグのような先輩社員の同情あるいは共感を引き出したくなって、鼻息を荒くさせながら己の窮状を訴えかけた。

「昨日から、従姉妹が仕事の話をするたびに『あんたは昔から優秀だったもんね。宗子とは真逆で』とか『有名な小説家の先生と仕事をしてるなんて、本当に鼻が高いよ。編集者、っていうのかい？　宗子には到底、縁のない職業だもんねえ』だとか、そんな言い方をされてしまって……」

「おばあさまは思ったことをそのまま口にするタイプなのね。そういう方は得てして相手の気持ちになんて頓着しないから、傷つけているという自覚もないでしょうね」

自分のことを棚に上げて、宝生はさらりといった。

「悪気がないことはわかってるんですけど、言われることがいちいちその通りっていうか、嫌みが無いのが余計に嫌みというか。祖母はもともと、私が警察官になるのも反対していたんですけど、それでも現職だった頃はうるさく言われることもなかったんです。けど辞めてからは特に風当たりがきつくなって……」

喋っているうちに気分も沈んでしまい、宗子は再三にわたって苦笑いを浮かべる。

「でも実際、従姉妹はとても優秀で、担当している作家先生はみんなベストセラーを連発しているそうなんです。ゆくゆくは、編集長の座も夢じゃないとか」

祖母がそんな従姉妹と自分を比べるのも、宗子の将来を案ずるが故なのだろう。警察の仕事を辞した原因が、霊を視てしまう体質にあることを、宗子はまだ祖母に打ち明けられていない。だからきっと、祖母の目に宗子は『仕事の長続きしない困った孫』として映っている事だろう。

「あーもう、うるせえガキんちょだな。遊ばねえって言ってんだろ。朝っぱらから付きまとってくるんじゃねえよ」

廊下をどたどたと踏み鳴らす音と共に乱暴ながなり声がして、襖がすぱぁんと開かれる。トレードマークの着流しを身にまとった阿弥陀が仏頂面をのぞかせ、たった今起きましたと言わんばかりの寝ぐせのついた頭をガシガシとかきむしった。

「あん？　何ジロジロ見てんだ久瀬。俺がいい男過ぎて、ついつい見惚れちまうお前の気持ちも痛いほど理解できるが、公衆の面前であからさまに態度に出すのはまずいだろぉ」

阿弥陀はなぜか誇らしげに腕組みをして、舐めるような眼差しを宗子に向ける。

「べ、別に見惚れてなんかいません。ていうか社長、今日は依頼人が――」

「おい、まとわりつくなって。遊ばねえって何度も言ってんだろ。いいかよく聞けよこのじゃりン子。お前みたいに日がな一日、鼻水垂らして走り回っているようなガキと違って、俺は忙しいんだよ。わかったら一人でおはじきでも飛ばして遊んでろ」

　宗子の言葉を遮って、阿弥陀は自身のすぐ後方へと視線を落とす。着物の裾を強引に引っ張ったり、おかしな挙動で事務室内を右往左往するところを見ると、メグミがしつこく食い下がっているのがわかる。

「社長、本日はまもなく依頼人がいらっしゃいます。児戯もほどほどに、せめて顔くらいは洗ってきて下さい」

「おい宝生、お前まで何言ってんだ。これが戯れてるように見えるのか？　このガキはなぁ、朝っぱらから枕元でギャーギャー喚いて眠りを妨げた挙句、俺が大切にとっておいたプリンをどこかに隠しやがって――」

　阿弥陀が言い終えるのを待たず、玄関の自動ドアが開き、「ごめんください」と呼びかける声がした。そちらに気を取られて話を中断した阿弥陀は不機嫌そうに口を尖らせ、メグミが引っ張っているであろう着物の袖部分を乱暴に振り払う。

「依頼人がいらっしゃったようですね。社長、無駄話はその辺にして、さっさと仕事してください」

　有無を言わせぬ宝生の言葉に、阿弥陀は「わぁってるよ」と応じながら、手櫛で適当に寝ぐせを整えた。それから再び後方を見下ろし、

「――なんだって？　私も仕事がしたいだぁ？　あのなぁ、お前みたいなちんちくりんに手伝わせる仕事なんてうちにはねえんだ。わかったら庭でちょうちょでも蛙

でも追いかけて……いや、待て。その前に俺のプリンをどこに隠したか白状しろ、おい！」

どちらが子供かわからないような口調で喚きたてる阿弥陀をよそに、とと、という足音が宗子の後方を駆け抜け、レースのカーテンがふわりと揺れた。窓は閉まっているのに、まるで誰かがカーテンをよけて庭に飛び出していったかのような光景に、宗子は束の間、息をのんだ。

「おい久瀬、なにぼーっとしてんだ？　さっさと行くぞ」

「は、はい！　今行きます」

慌てて返事をして、デスクの引き出しを開けてメモ帳を引っ張り出そうとした瞬間、宗子は凍り付いたように動きを止める。

引き出しの中には、見覚えのないプリンの容器がちょこんと入れられていた。


この日やって来た依頼人は、五十過ぎと思しき男性だった。

「こちらで、霊を貸して下さると聞いたのですが……」

本当でしょうか、と丁寧な口調で続けた男性は、懐から一枚の写真を取り出した。古びたそのスナップ写真の中では、小学生と思しき少年が野球帽をかぶり、ピースサインをして朗らかに笑っている。

「あんたの息子さんかい？」

阿弥陀の問いに対し、男性は深い溜息と共にうなずいた。

その反応を見て、阿弥陀は何事かを察したように溜息を返す。

「どうやら、病気の妻に死んだ息子の姿を見せてやりたいってわけじゃあなさそうだな。一応訊いておくが、霊を借りたい理由は？」

男は軽く顎を引き、わずかに目を細めた。長い年月をかけて刻み込まれた目元の皺が深まり、それだけで彼の表情には息をのむほどの険しさが滲み出る。

「――復讐。それ以外の理由などありませんよ」

なんとも潔い返答である。男性の発する荒々しい気迫のようなものをまともに受け、宗子は痛烈な息苦しさを感じた。

「わかった。あんたに忌物を貸し出してやる。ただし、相応の対価は支払ってもらうぜ」

したり顔で告げた阿弥陀に対し、男性は瞬き一つせず、眉の一つも動かそうとしない。まるで、そんな些末なことになど興味もないとでも言いたげに。

「金で済むのならいくらでも払います。どうか、よろしくお願いします」

「話が早くて助かるよ。それじゃあ最後に教えてくれ」

深々と頭を下げた男性へと再び身を乗り出し、阿弥陀は至近距離から顔を上げた男性を見据える。そうやって男性の瞳の奥におぞましい感情の渦を見出そうとする阿弥陀の顔には、仏とも悪鬼ともつかぬ歪な笑みが浮かんでいた。

「――あんた、どんな霊を探してるんだ？」

2

開放された昇降口で、背の高さほどの下駄箱を目にした途端、大沼佳治《おおぬまよしはる》の脳裏には懐かしい記憶が雪崩のように押し寄せてきた。

学校という場所は不思議だ。日本全国に数えきれないほど存在し、どれもさほどの違いはないように思いがちだが、毎日のように通った校舎の特徴というのは、何年たっても忘れることはないらしい。いくつ年を重ねても、一歩足を踏み入れれば、そこかしこに刻まれた記憶が鮮明に蘇ってくる。

そんな、ノスタルジックともいえる余韻に身をゆだねながら、大沼は同窓会の会場となる体育館へ歩を進めていく。すでに廃校となり、この秋に取り壊しが決定している校舎は、未だ電気が通り明かりが灯っていても、どことなく廃墟然とした雰囲気が漂っている。子供たちが日々勉学に励み、時には駆けまわっていた頃の残り香はほとんど消えかかっていた。代わりにあるのは、会場から聞こえてくる軽快な音楽と学び舎には場違いともいえる大人たちのざわめきだった。

母校が取り壊される前に、同窓会を開催する。その報を受け取った時、大沼は正直言って気乗りしなかった。学校での生活というのは、楽しいこともあれば当然苦しい出来事もあるもので、この小学校での思い出は、大沼にとって楽しかったことよりも、苦しかったことの方が割合が大きい。できることなら二度と近づかない方がよかったのかもしれないと今でも感じている。とはいえ、ぜひ参加してほしいと幹事を務めるかつてのクラス委員に泣きつかれては、無下にすることもできなかった。

十四年前、この学校で起きたある出来事のせいで、大沼のその後の人生はすっかり変わってしまった。長い時間をかけ、ようやく立て直すことができたように思えていたのに、どうしてまたここに戻ってきてしまったのか。考えれば考えるほど胃の辺りがずしりと重くなる。一歩、また一歩と廊下を進むたびにその憂鬱さは勢いを増していき、大沼は深々とため息をついた。

やはり適当に挨拶だけを交わして早めに退散しよう。そう心に決め、渡り廊下を過ぎて会場となる体育館に足を踏み入れる。大音量で流れているのは、今から十数年前、二〇〇〇年代に流行したＪ－ＰＯＰだった。七色の風船で飾り付けられたアーチをくぐって会場を見渡すと、用意された立食テーブルに並べられたオードブルや酒類を片手に、多くの参加者たちがかつての旧友と話を弾ませている。その数はざっと百人を超えており、体育館の中は空調が利いているはずなのに、ちょっとした人いきれで暑苦しく感じられた。

「――失礼、落としましたよ」

まずは飲み物でも、と思い歩き出そうとした時、背後から声をかけられた。振り返ると、警備員の格好をした中年の男性が帽子を目深にかぶり、何かを差し出している。黒い革の、名刺入れだろうか。反射的に自分のポケットをまさぐった大沼は、すぐに自分のものではないと判断する。しかしそのことを伝えるより早く、警備員は名刺入れを大沼に押し付け、さっさと踵を返してしまった。

「あの、ちょっと……」

「あ、よっちだ！　おおーい！」

呼び止めようとした時、またしても背後から声をかけられた。振り返って見ると、ステージそばの丸テーブルを囲む三人の男女がこちらに手を振っている。『よっち』という愛称で自分を呼ぶことから、その相手が誰であるかはすぐにわかった。大沼は意識して笑みを浮かべつつ、軽く手を上げて彼らに応じた。

「すいません、これ僕のじゃなくて……」

言いながら視線を廊下に戻した時、すでに警備員は渡り廊下の向こうに歩き去っていた。ずいぶんとせっかちな人だなと思いながらも、追いかける気になれずに溜息をついた。使い古された名刺入れの中には何故か名刺ではなく、古びて色あせたプロ野球カードが入っているだけだった。そのほかに持ち主を特定するようなものは見当たらない。この会場にいる誰かが落としたのか、それとも廃校になる前に親のお下がりを使っていた児童が落としてしまったのか。真相は定かではないが、急いで持ち主を探す必要もないだろう。後であの警備員に返しておこうと思い、大沼は名刺入れを上着のポケットに入れた。

係の人間からグラスに入ったシャンパンを受け取り、さっきの三人が手招きするテーブルへと向かう。

「よっち遅いよ。あたしたち、もうすっかり出来上がっちゃってるんだからね」

最初に声をかけてきた女性――飯島加奈《いいじまかな》がほんのりと赤くなった顔で笑った。

「よっちは昔っからマイペースが過ぎるんだよな。授業に遅れてくることだって一度や二度じゃなかったもんな」

片眉を吊り上げ、皮肉げに笑うのは森本寛治《もりもとかんじ》。少年野球で鍛えた身体は未だ健在らしく、厚い胸板によってワイシャツの前がパツパツだった。

「ていうか、よっちは全然変わってないな。ひと目見て、すぐにわかったよ」

「お前は少し変わりすぎじゃないか、智樹《ともき》」

森本に肘で小突かれ、前田《まえだ》智樹は「そうかな」と後頭部をかいた。確かに、卒業の時点で身長が百四十三センチしかなかった少年が、今や大沼が見上げるほどの高身長に変身している。その変わりように、大沼はただただ驚きをあらわにしていた。

「ていうかあたしだって色々と成長してるからね。変わったのは智樹だけじゃないっつーの」

加奈が負けじとアピールする。両肩を大胆に露出したワンピース姿はかなり様になっていて、やや日焼けした肌によく似合っていた。ぎらぎらした金色のハイヒールが相変わらずの目立ちたがりな性格をよく表している。

「おいやめろって加奈。よっちがドキドキしてるだろ」

「え、うそ。やだよっち、マジにならないでよね」

「ホントだ、マジで赤くなってるじゃねえか。うける」

けらけらと、手を叩きながら笑う三人を前に、大沼はおかしくもないのに満面の笑みを浮かべていた。もはや条件反射とばかりに、この三人の前に立つと浮かべてしまう作り笑い。十四年の時を経ても身体はしっかりと、その感覚を覚えているらしい。

「あれ、どうしたのよっち。何も喋らなくなっちゃった」

「いやいやいや、冗談だから。すぐマジになるところ、ホント変わんねーよな」

加奈と森本が揃って目を丸くさせ、再び噴き出すように笑う。

「おいお前ら、あんま笑うなって。こういう真面目なところがよっちのいいところだろ。あの頃は俺たち、よっちのおかげで親や先公どもに目を付けられずに済んだんだからさ」

「確かにそうだよな。こう見えて俺ら三、四年の時は学級崩壊を起こした児童なんてレッテル貼られて、校長にまで睨まれてたもんな」

「でもさ、あんたらそう言われてもおかしくないくらいマジでサイテーだったよねぇ。今思い出してもあり得ないくらいにさ」

武勇伝を語るかのように過去を振り返りながら、三人は見ているこっちが吐き気を催すような下卑た笑いを周囲に響かせる。年を重ね、見た目がどれだけ変化しても、持って生まれた性質は変えようがないらしい。

「俺たちが立派に更生して、こうして大人になって母校に帰って来られたのも、よっちがいてくれたからだよなぁ。クラスの連中はみんなビビって近づこうともしなかったのに、よっちだけは俺たちを色眼鏡で見なかったもんな」

「そうだよねぇ。あたしもよっちが間に入ってくれたから、普通に話せる友達も増えたし」

「俺も野球続けようと思ったの、よっちが勧めてくれたからだよ」

三人は口々に、それこそ過剰なほどに大沼を称賛し、うんうんとうなずき合っている。歯の浮くようなセリフを惜しげもなく口にするのは、彼らが十四年前に比べてより狡猾に、そして性根の腐った大人に成長したからに違いない。

いや、実際のところ彼らの中で大沼はそういう存在なのだろう。大いに主観の混じった思い出話も、すべてが嘘というわけではない。誇張を含みながらも本音を織り交ぜているからこそ、真剣なトーンで喋ることができるのだろうから。

だが大沼自身はというと、こんな連中とお友達になった覚えなど微塵もなかった。自分たちが認めている通りの問題児であったこの三人は、親の愛情が足りないのか、あるいは生まれ持った性格のせいか、とにかく周囲を困らせてばかりだった。大人も子供も一緒くたにしてからかい、見下し、陰口を叩かなければ気が済まない最低な連中。それが彼らだった。そんなこいつらが大沼を仲間のように扱おうとしたのも、単なる気まぐれだったのだろう。そして彼らの思うがままに、大沼は常に彼らの顔色を窺い、機嫌を損ねないよう配慮するようになった。無邪気な子供のような顔で求められる要求には、可能な限り応じるように心掛けた。無理な要求に難色を示すと、彼らはやんわりと警報を鳴らした。

――俺らの言う事聞いてくれないんだ。ふぅん。それじゃあ、よっちはもう俺たちと仲良くしたくないってことでオッケー？

ほんの十一歳。まだまだ世間を知らないガキのくせに、彼らのやり口は陰湿でタチが悪かった。別に断ったっていいんだと匂わせておきながら、実際に要求を突っぱねたが最後、どんな目にあわされるかわかったものではない。ある時なんか、帰宅しようとする大沼を待ち伏せていた三人が、数日前の給食の牛乳を大沼にひっかけ、くさいくさいと鼻をつまみながら逃げていった。怒りよりも、苛立ちよりも、そんなことをされてもなお、彼らの機嫌を損ねることが恐ろしいと思ってしまう自分が惨めでならなかった。

それでも大沼は、彼らに立ち向かおうなどとは思わなかった。適当に話を合わせ、言う事を聞いていれば彼らは満足してくれる。他の児童たちや教師たちには彼らにもいいところがあるんだとアピールをして、彼らが孤立しないように尽力した。周りが彼らを拒絶し、つまはじきにしたら、その反動はすべて大沼に返ってくることになる。それだけはどうしても避けたかった。教師連中も、この三人を特別警戒していた。特に前田の親は地元でも有名な建設会社の社長で暴力団ともつながりがあると囁かれていたから、教頭や校長も関わり合いになるのを避けていた。

加奈は当時、母親が札幌のローカル番組に出演していることを周囲に自慢し、自らもモデルやテレビの仕事をしているのだと語っていた。真偽の定かではない彼女の発言を、クラスの女子たちはみな内心ではうんざりしながらも、真剣な面持ちで聞いていた。加奈に同調せず、彼女の語る『芸能活動』を馬鹿にした者は苛烈ないじめのターゲットにされ、登校拒否になった者もいた。

そして森本はというと、当時から身体が大きく、少年野球に所属してはいたが、持ち前のガサツさと練習嫌いが災いし、万年補欠止まりだった。いかつい顔も相まって見た目にはインパクト十分なのだが、試合になるとエラーを連発したり、ここぞというチャンス球をバットに当てられないのだから、チームメイトたちもがっかりしてしまう。ある時、森本を見掛け倒しだと嘲笑したエースピッチャーは、その三日後に学校の階段から転げ落ちて利き腕を骨折した。周りには大勢の児童がいたにもかかわらず、誰一人として彼を突き落とした犯人の名は口にしなかったが、森本以外に彼を妬み、憎む者がいないのは明白だった。

だが当時、これらのことが可愛く思えるほどひどい目にあわされた児童が一人いた。こうして昔を顧みようとすると、必ずと言っていいほど大沼の頭に浮かぶのがその少年のことである。それは彼らも同じなのだろう。三人が口々に語る思い出話は、自然と、その少年の話題へとシフトしていった。

「懐かしい懐かしいなんて言ってよぉ、この学校でのこと思い出してると、やっぱりあいつのことが浮かんじまうよな」

森本が、やや声のトーンを落としていった。はっきりと誰のことかと明言しなくても察しがついたらしく、加奈が視線でうなずくように同意する。

「――おい、あいつの話はするんじゃねえよ」

低い声で、前田はいった。その瞬間、場の空気がキンと冷え、森本と加奈が互いに表情を窺い合う。その反応をじっと観察した後、前田が耐えきれなくなったように吹き出した。

「なんて言いたいところだけど、まあ考えずにはいられないよな」

「おいなんだよ。一瞬マジになったのかと思ったぜ。なあよっち?」

森本が胸をなでおろしながら同意を求めてくる。曖昧にうなずいた大沼に対して、前田が怪訝そうに眉を寄せた。

「あれ、どうしたんだよ。顔が引き攣ってるけど」

「あ、いや……別に……」

大沼は咄嗟に頭を振って、残っていたシャンパンを飲み干す。何事もないように、ごく自然な動作で。

「怪しいなぁ。まさか今更になって罪悪感なんか感じてないよね?」

「な、何のことかな。よくわからないけど……」

しらを切ろうとするのを見透かすように、前田は鼻を鳴らし、必要以上に顔を近づけて嘲るような視線を大沼へと注いでくる。

「古谷《ふるや》の馬鹿がプールで溺れたのは事故だ。俺たちはそれを見てただけ。そうだよな?」

地を這うような低い声が耳朶を打った。一瞬、ひゅっと息を吸い込んだまま呼吸を忘れていた大沼は、至近距離で向けられた前田の鋭い眼光にその身をすくませた。

この目だ、と思った。あの頃、前田は感情が一定の所にまで高まった時、いつもこんな目をして大沼を牽制した。これ以上機嫌を損ねたら許さないとでも言いたげに、頭上から向けられているはずの視線は、どういうわけかあの頃と同じように、下からねめつけるかのようであった。

「おい、智樹。こんなところでその話はやめようぜ」

「そうよ。誰かに聞かれたらまずいじゃん」

二人が揃って前田をたしなめる。彼はただ「ああ」と応じただけで、二人の方を見ようともしなかった。半開きにした口から漂ってくるドブのような口臭に、大沼は軽い吐き気を催した。

そうしてどれくらい前田と見つめ合っていただろう。浅い呼吸を繰り返し、この先何を言われるのかと内心で肝を冷やしていた大沼だったが、唐突に割り込んできた二人組の男女によって、緊迫していた空気がにわかに緩んだ。

「どうもー、一枚よろしいですかぁ？」

「はい皆さん、笑って笑って。懐かしいお友達との再会を祝して、はい、ちーず！」

パシャパシャ、とシャッターが切られ、デニムにTシャツ、その上にポケットのたくさんついたベストを羽織りキャップを被った長身男性と、その隣で同じようにキャップを被ったラフな格好の女性が満面の笑みで会釈をする。その装いから、彼らが参加者ではなく同窓会の様子を撮影するために雇われたカメラマンらしいと気付く。

「あれ、表情が硬いですなぁ。もう一枚行きましょ。ほい、皆さん並んで並んで」

ごつい一眼レフのカメラを構えた男性カメラマンにどことなく怪しげな関西訛りで促される。馴れ馴れしく肩を摑まれ、必要以上にべたべたと身体を触られた大沼は、ぐいぐいと三人の側に押しやられた。拒否することもできず、大沼は無理矢理に笑顔を取り繕う。

「ええ笑顔や。皆さん、仲のええお友達なんでしょうねえ。笑顔ににじみ出てますわ。ほないきますよ。はい、チーズ」

パシャリとフラッシュが閃き、大沼は一瞬目を閉じる。その瞬間、頭に残っていた前田の言葉が、文字となって脳裏をよぎった。

『古谷の馬鹿がプールで溺れたのは事故だ』

カメラマンと助手の女性が別のグループのもとへ去っていったあとも、三人が気を取り直し、同級生の誰が太っただの、誰がハゲただの、誰が整形をしただのと下劣な話題を交わしている間にも、大沼の頭の中では、前田のその言葉が延々とリピートされ続けていた。

——そうだ。事故だったんだ。

内心で独り言ち、大沼は深く息を吸った。

古谷慎《しん》司《じ》がプールで溺れたのは、不幸な事故だった。自分たちは助けようとしたけど、間に合わなくて彼は死んでしまった。

それこそが十四年前にあの場にいたこの四人で作り上げた、都合のいいシナリオだった。

3

前田、森本、そして加奈の三人は昔話に飽きてくると、口々に今の自分たちの生活がいかに充実しているかを語り、半ば自分に酔っているかのような発言を繰り返していた。

前田は親の建設会社を継ぎ、若社長として辣腕を振るっているらしく、この一年で業績は右肩上がりだという。考えの古い父親に比べて先進的な自分の経営方針が功を奏したのだと嘯くその横顔からは、溢れんばかりの自信が滲んでいた。

森本は全国展開している大手スポーツジムのインストラクターで、芸能人や俳優の専属トレーナーを務めることもあるという。指名制度によって常にトップを争い、次期幹部候補として役員から打診を受けているらしい。そして加奈はというと、少し前に商社の受付を退職し、今はフリーの動画投稿者として生計を立てている。いわゆる愛され系インフルエンサーを自称しており、企業からの案件などを受け、美容系の商品を紹介するだけで金がもらえる夢のような仕事だと目を輝かせていた。

「毎日きりきり働く連中の何倍も稼げちゃうんだから、人生って案外イージーモードよね」

場所が場所なら炎上しかねない発言を平気で口にする加奈に、前田と森本は拍手を送り、大沼はただただ引き攣った笑みを浮かべるしかできなかった。

同窓会の参加者の中には、大沼に声をかけてくれる者もいたのだが、その都度、前田らは不愛想な視線を向け、適当にあしらうような言葉をかけては、さっさと追い払ってしまう。そうでなくても、彼らがもともと評判の良い連中でないことは誰もが分かりきっているから、無理に話をしようとする者もいなかった。

そうこうしているうちに会はお開きとなり、幹事を務めた元児童会長によって二次会の案内がされるなか、ぱらぱらとまばらに参加者たちが体育館を後にしていく。その様子を何気ない顔を繕って眺めながら、大沼は安堵の息をついた。

これで解放される。この三人から離れることができると内心でガッツポーズをキメながらシャンパンの入ったグラスをテーブルに置いた時だった。

「よっち、まだ時間あるだろ？」

森本がにやけ顔を隠そうともせずに大沼の肩に手を置いた。反射的に身構える大沼を強引に引き寄せ、小さく耳打ちするように、彼はこう続けた。

「このまま帰るなんて寂しいからさ、ちょっと残っていこうぜ」

「いや、でも二次会が……」

行く気などさらさらないくせに、そんな言葉が口を突いて出た。

「来月には取り壊されちゃうんだから、見られるのもこれが最後なんだよ？　体育館だけじゃなくて、他の所も見ておきたいじゃない」

加奈が言い、それに同調して森本がうんうんと首を縦に振る。唐突な申し出に困惑していると、すっと目の前に割り込むようにして前田が立ちはだかった。
「よっちだって、俺たちともっと話したいだろ？　話したいよな？」
口調は柔らかいものの、そう告げる前田の目は笑っていない。光を失ったような瞳にじっと射すくめられ、大沼は無意識のうちに首を縦に振っていた。

体育館を後にして渡り廊下を抜け、その先の角を曲がって廊下の奥へと進む。途中、保健室や理科室、家庭科室などを覗いて当時の面影を探していると、校舎の探検に最初は乗り気ではなかった大沼の胸にもたとえようのない高揚感が押し寄せてきた。

はしゃぎながら先をいく三人にやや遅れ、図書室の前で立ち止まった大沼は、半ば開かれたままのドアから中を覗き込む。窓際のとある席に視線を向けた瞬間、大沼の脳裏にあの頃夢中になっていた隣のクラスの女子児童の姿が浮かび上がった。苗字は覚えていないが、名前はたしか『さとみ』だっただろうか。陽の光に透かしたような栗色の長い髪に雪のような白い肌が印象的な女の子で、昼休みにはいつも、そこに座って本を読んでいたのを覚えている。大沼は本などまるで読まないが、彼女を盗み見るのが目的で、何度も図書室に足を運んでいた。秘めた思いを胸に抱えながら、一方的に彼女を見つめていた日々。今思い出しても、その時の純粋な気持ちは少しも色あせず、甘酸っぱい記憶となって脳裏によみがえってくる。

ふと、十四年の時を経て成長した彼女の姿を想像しかけて、大沼はすぐにそれを取り払った。そんな想像は野暮でしかないと気付いたからだった。時間は否応なしに人を変化させてしまう。今夜、同窓会にやって来た面々を見ても、誰もがそれなりの人生を経験し、相応の変化を受け入れて生きてきたことがわかる。『さとみ』もきっと例外なく年を重ね、変化を受け入れてきたはずだ。その結果、当時の純真さはもちろん、美しい外見をも失ってしまったかもしれない。ともすれば、再会したことを後悔するほどに……。

だからこそ、彼女のことは思い出のままにとどめておきたいと思った。あの頃の純粋で無垢な瞳をした少女の姿のまま、いつまでもこの胸の中で変わらずにいてほしい。そしてできることなら、あどけない少女の頃の彼女にまた会いたい……。

「ねえちょっと。あたしトイレに行きたい」

不意に響いた加奈の声に、大沼は甘酸っぱい妄想から現実へと引き戻された。二階へと続く階段の脇に男子トイレがあり、隣り合うかたちで女子トイレがある。加奈はいそいそと女子トイレの戸を開けて中に駆け込んでいった。

「俺もしたくなってきたな。ビール飲みすぎちまったみたいだ」

「廃校っつっても、電気が使えるってことは水道だって流れてるんだよな」

「さあ、体育館そばのトイレは綺麗だったけどな。最悪、流れなくてもいいんじゃねえか？　どうせ壊すんだし」

いい加減なやり取りをしながら、森本と前田が戸を開けて中に入る。大沼は大して尿意を感じてもいなかったが、もののついでとばかりに二人の後に続いた。さほど広くはないトイレに足を踏み入れると、つんとしたアンモニア臭とそれを無理やり誤魔化すかのように設置された芳香剤の匂いが同時に鼻を刺した。大沼は三つ並んだ小便器のうち左側と右側を使用している森本と前田に挟まれる形で用を足す。くすんだ銀のボタンを押して水を流し、洗面台で手を洗っていると、森本の何気ない声が背中に向けられた。

「そういえば、よっちは最近どうなの？　仕事とか、順調？」

大沼は無意識に表情を固め、わずかに沈黙した。

「あれ、どうかした？　ひょっとしてうまくいってないとか？」

「いや、そうじゃなくて、その――」

怪訝そうに眉を寄せた前田に向き直り、大沼は軽く首を横に振った。どう答えるべきかを考えあぐね、苦し紛れに愛想笑いを浮かべたその時、加奈のものであろう甲高い悲鳴がトイレの壁越しに響いてきた。

「おい、今のって加奈の声か？」

「そうみたいだな……」

顔を見合わせ、ごくりと生唾を飲み下した前田と森本が駆け出した。一歩遅れて大沼が後を追うと、廊下にしりもちをついた加奈が女子トイレを指差し、半開きにした薄い唇を震わせている。

「どうしたんだよ加奈。そんな所に座り込んで何やってんだ？」

「……イレ……中……子供……」

「あ？　子供がどうしたって？」

二人に交互に問い詰められ、それぞれを一瞥した加奈は、それまで押しとどめていた感情を爆発させるみたいに声を荒らげた。

「子供がいたのよ！　個室の上の隙間から、あたしのこと見下ろしてたの！」

「はぁ？　何言ってんだお前、夢でも見たのかこの酔っ払い」

森本があひゃひゃと声を裏返し、腹を抱えて笑い出す。

「な、何よ、信じないわけ？」

加奈は憤然として森本を睨みつけた。森本は顔を真っ赤にして、勘弁してくれとばかりに手を振っている。信じないどころか、まるで相手にしていない様子だ。

「ちょっと智樹ぃ、本当なんだってば」

「はいはい、本当なんだよな。わかったわかった」

森本ほどではないにしろ、前田もまた同じようなテンションで加奈をあしらっている。二人の態度に業を煮やしたのか、加奈が助けを求めるように大沼を振り返った。

「よっちは信じてくれるでしょ？　あたし、嘘なんかついてないんだから！」

「ああ、うん……ええと……」

大沼が困ったように口ごもると、加奈の苛立ちは更に加速した。駄々っ子のように手足をばたつかせ、「本当なのに、なんで信じてくれないのぉ！」などと喚き散らす。その姿を見る限り、彼女が冗談を言って大沼たちを担ごうとしているようには思えなかった。

「もういいから、ほら立てよ。小便ちびってねえか？」

「ちびってなんかないわよ！　もういいから、ほっといて！」

森本の手を振り払い、加奈は自力で立ち上がった。

「ねえ、もう帰らない？　なんだか気味が悪いわ」

「そんなこと言うなって。せめて教室くらいは見ていこうぜ」

「でも、あの子供が……」

「だから、そんなもん何かの見間違いだって。肝試しに行くと、何でもないものが幽霊に見えたりするもんだろ？　そういうのは大抵が思い込みなんだって。それによ、こんな誰も来ないような場所にいたんじゃ、幽霊だって退屈だろ」

理解できるようなできないような、曖昧な物言いで納得させようとする森本だったが、加奈の眉間に寄った皺は深まる一方だった。

「――おい加奈、まさかその子供が慎司だなんて言い出すんじゃないだろうな」

前田が鋭い口調で言った。低く抑えられた声に反応してか、加奈の顔に緊張が走る。

「そ、そんなわけないじゃん……」

「だったら、これ以上ぐちぐち言うなよ。せっかく楽しもうとしてるのに、水差されるのってイラつくんだよ」

「わかったわよ……」

不満げな表情は変わらずだが、加奈はそれ以上、何も訴えようとはしなかった。

「よし、それじゃあ探検再開だな。ほら、いこうぜ」

ぱんと手を打ち、森本は階段を上りはじめた。前田や大沼が後を追おうとするのを見て、加奈も慌ててついてくる。

彼女が最後にもう一度、トイレを振り返って複雑そうに表情を歪めたのを見た時、大沼はどこか釈然としない、奇妙な感覚を覚えずにはいられなかった。


二階に上がり、同じような間隔で引き戸が並ぶ廊下の先に『六ー三』のプレートが掲げられた教室を発見した四人は、その場に立ち止まった。

「ここだよここ。懐かしき我が教室ってな」

「そういえばさ、卒業式に黒板にみんなでメッセージ書いたよね。覚えてる？」

プレートを見上げる森本に対し、暗い面持ちを取り払った加奈が普段の調子で問いかけた。

「いいや全然。何か書いたっけなぁ。よっちは覚えてる？」

「よっちが覚えてるはずないじゃん。あたしたちだってうろ覚えなのにさ」

加奈は笑いながら「無理無理」と手を振る。前田と森本が「確かに」「そうだよな」と納得した。大沼は無言のまま苦笑いを浮かべて後頭部をかいた。

「机とか椅子とか、まだあるんだよな。自分の席に座ってみようぜ」

「あの椅子、硬くて座り心地悪いのよね。おしりが痛くなっちゃう」

そう言いながらも、加奈はまんざらでもない様子で引き戸へと歩み寄る。勢いよく戸を開けた森本は次の瞬間、「うわあああ！」と悲鳴を上げながら後ずさった。

「ちょっと、急に叫ばないでよ。何が――」

加奈もまた、教室を覗き込んだ瞬間に森本と全く同じ反応を見せ、金切り声を上げて後ずさった。目に見えて取り乱す二人とは対照的に、前田は驚愕にその目を見開き、唖然とした表情で立ち尽くしていた。その視線は教室内部に向けられたままピクリとも動かず、半開きの口からは「嘘だろ……」と嘆くような声が零れ落ちる。

彼らは教室の中に何を見たのだろう。大沼の位置からは別段、変わった様子は見受けられなかった。

見てはいけない。そう頭では理解していたが、気付けば大沼は身を乗り出し、教室の中へと視線を走らせながら、導かれるように足を踏み入れた。月明かりに照らされ、教室内の様子がぼんやりと浮かび上がる。使い込まれた黒板。天板の一部が欠けた古い教卓。整然と並べられた小学生サイズの机と椅子。それらを懐かしく思う暇もなく、大沼の視線は教室の中央の席に座る一人の少年へと吸い寄せられていった。

白い無地のTシャツにジャージの短パン姿。髪の毛を短く刈り上げた活発そうな少年は、虚ろな眼差しを机に注いでいる。心なしか全身がうっすらと光を帯びており、この少年がこの世のものではないということが自然と理解できた。

「君は……」

思わず呟く。だが少年はじっと押し黙ったまま、こちらに注意を払おうともしない。聞こえていないのか、あるいは、聞こえているのに返事をしようとしないのか。どちらであるかはわからないが、大沼はこの時、その少年がかつてこの教室で共に過ごした人物であることに、いささかの疑いも抱こうとはしなかった。霧がかかったように不明瞭で顔の判別が難しく、しかし不思議と見覚えのあるそのシルエットは、大沼の記憶に残る古谷慎司にはっきりと重なっていた。

「慎司……」

再び呟いた声を聞いて、廊下にいた三人がはっと息を呑むのが伝わってきた。彼らもまた大沼と同様に、誘われるように教室内へと足を踏み入れ、物言わず椅子に座る少年の姿を食い入ったように見つめている。

「おいマジかよ。あれってつまり、その、本物……だよな……？」

森本がひどく狼狽した口調で言う。全員の視線を一身に受けながら身動き一つしない少年に多少の安堵感を抱いたらしく、三人は更に一歩近づいて幽霊の姿を観察した。

「本当に、慎司なのか？」

前田が色を失った顔で問いかける。やはり答えはなかったが、次の瞬間に彼らの背後で勢いよく戸が閉まり、木材同士がぶつかり合うけたたましい音が響いた。

弾かれたように振り返る三人をよそに、今度は教室の窓がガタガタと震え始める。

まるで大地震に見舞われたように、壁や天井を軋ませて教室全体が激しく振動した。足元から突き上げるような衝撃にとても立っていられなくなり、大沼は教卓に手をついて体勢を低くした。三人もそれぞれ、壁や床に手をついてしゃがみ込む。揺れは更に大きくなり、教室のあちこちから建物がきしむような音がする。ガタガタと騒がしい音をたてて机と椅子がバタバタ倒れていく。その混乱の中で、少年が目を覚ましたようにゆっくりと顔を上げた。

「いや……開けて……開けてよぉ！」

真っ先に声を上げた加奈が、立つのもままならない様子で引き戸にしがみついている。だが彼女がどんなに力を込めようとも、引き戸はいっこうに開かない。それを見た前田と森本が我先にとばかりに机を押しのけ、後方の引き戸に取りついた。

「こっちも開かねえぞ！　どうなってんだよ！」

「知るか。早くどうにかしろよ！」

互いに罵り合いながら、二人は必死の形相で力を込める。そうこうしている間に、少年は粘りつくような視線を加奈に据えていた。

ひっと喉の奥から悲鳴を漏らし、加奈は前方の戸から手を離した。壁伝いに大沼の背後へ回り教卓の後ろに隠れて少年の視線から逃れようとするが、その途中で何かに引っかかったように転倒してしまう。

「いや、なにこれ、なにこれぇ！　やだ、たすけて！」

早口に喚く彼女の両手足には、床から伸びた複数の手が絡みついていた。まだ小さい子供の腕と思しきものが無数に床から這い出し、我先にとばかりに加奈の身体に摑みかかる。

「どうなってんだよ。なんだよあれはぁ！」

助けを求め喚き散らす加奈を指差して、森本が激しく取り乱した。すでに戸を開けることを諦めた二人は教室を横切り窓際へ。堅く閉ざされた窓を開こうと手をかけるも、こちらも開く気配はなかった。

「なんで開かねえんだよ……うわっ！」

窓ガラスに両手をぴたりとくっつけ、森本が外を覗き込もうとした時、ばん、と強い衝撃が窓ガラスを震わせた。そこにくっきりと跡を残した白く小さな手が、すぅっと音もなく闇の向こうへと消えたかと思うと、次の瞬間には、数えきれないほどたくさんの腕が暗闇から伸びて、立て続けに窓ガラスを殴打した。

ばん、ばんばん、ばんばんばんばんばんばんばん。

騒々しくもおぞましいその響きに恐れをなして、前田と森本は両耳を押さえながら後ずさった。いつの間にか二人の背後に移動していた少年の霊が、振り返った二人をじっと見上げている。

「なんなんだよこれぇ。おい、いい加減にしろよ！」

震える声で精いっぱいの虚勢を張ったのは森本だった。周囲の机や椅子を押しのけて後ずさろうとした彼は次の瞬間、何かに激突したみたいに吹き飛ばされ、空中を横滑りに移動して、タイミングよく開いた掃除用具箱の中へと押し込められた。

そのまま扉が閉まると、中からは助けを求めるくぐもった悲鳴が聞こえてくる。閉じ込められた森本がどれだけ暴れても、扉はびくともしなかった。

「てめえ……慎司……」

ぎり、と奥歯を噛みしめるような音がして、前田が握りしめた拳を震わせている。その前田を無表情で見上げていた少年の霊がおもむろに首を横に傾ける。次の瞬間、彼の首はそのままぼとりと床に落ちた。そして、前田の足元を転がった少年の首はその目をカッと見開き、真っ赤な口を耳まで引き裂いてゲラゲラ笑いだした。燃え盛る憎しみの眼が、血の涙を流しながら前田を見上げている。

「うわぁああ！　やめ、やめろぉ！」

前田はその場にしりもちをつき、床を這いつくばるようにして少年から――不気味に笑い続ける生首から逃れようとした。だがその両手足を、床から現れた無数の腕があっという間にからめとる。

「ちくしょう！　なんだよお前！　俺らが悪いってのかよ。ふざけんな。あれはお前が勝手に溺れたんだろ。恨むなら俺たちじゃなくてその――」

前田が最後まで言いきる前に、折り重なった無数の腕が彼の口を覆った。目や耳を塞ぎ、ずるりと口の中にまで侵入した白く小さな手が前田をもみくちゃにしていく。何度もえずき、全身を細かく痙攣させながらのたうち回って、声にならぬ声を喉から迸らせた前田が、血走った目を大きく見開いて苦痛を訴えた。

ものの数分の間に、三人ともが信じがたい現象に飲み込まれてしまったこの状況を、大沼は呆然として眺めていた。

これが古谷慎司による復讐であることを、大沼は疑いもしなかった。彼はずっと、こんな風にして自分たちに復讐しようと考えていたのだ。命を落とした後も怨みを抱え続け、どれだけ時間が経っても忘れることなく、彼らがこの場所に戻ってくるのを待ち構えていた。かつて自分に向けられた理不尽な行いを何倍にも膨れ上がらせてやり返し、恐怖と怯えの表情に染まりきった彼らを嘲笑するために。

今まさに、彼らが陥っている状況こそがそれを証明していることを、大沼は否応なく思い知らされた。床に落ちた給食を手を使わずに食べさせられたり、掃除用具箱に無理やり閉じ込められたり、服を脱がされ、冷たいタイルの上に正座させられ、トイレ掃除をした雑巾を口に詰め込まれては泣き叫ぶ古谷慎司の姿が、大沼の脳裏にこれ以上ないほど鮮明に甦る。

そして、彼らの卑劣な行為を見て見ぬふりをしていた大沼もまた、無事では済まないということが、はっきりと理解できた。

床から生えた腕にもみくちゃにされ、くぐもった悲鳴を上げ続ける前田を満足げに見下ろしていた少年の霊がゆっくりと振り返る。

同時に、冷たい指先が、おもむろに大沼のふくらはぎを撫でた。瞬間、全身に羽虫がたかったかのような感触が駆け巡り、毛穴という毛穴から体温が漏れ出していく。

逃げろ。と心の中の自分が叫んだ。少年の霊がスリ足のような動きでこちらに迫ってくる。そのことを知覚した瞬間に大沼は矢も盾もたまらず駆け出していた。前田と同様に床に押さえつけられ、きいきい喚きながら助けを求める加奈をまたぎ越え、前方の戸に手をかけると、何故かあっさりと開いた。転げるように廊下へと飛び出して、大沼は無我夢中で走った。そうすることで、耳に張り付いた少年の甲高い笑い声を引きはがそうとするみたいに。

六年三組の教室を飛び出し、闇雲に廊下を駆けた大沼は校舎西側の階段までやってきた。そのまま下に降りようとしたのだが、階段前の防火扉が閉ざされており、先に進めそうにはなかった。

「くそ、なんでだよ」

荒い呼吸の合間に毒づきながら、備え付けられた小さな扉の金属製の取っ手に手を伸ばそうとした矢先、ドスンと重たい音がして防火扉の向こう側に何かがぶつかった。うっと声を上げて後ずさると、二度三度と立て続けに、重く柔らかいもので殴りつけるような音が繰り返される。

「ひ……ひぃぃ……！」

次第に叩きつけられる『何か』の音も変化し、べちゃ、と湿った音をたて始めた。この扉の向こう側で何が行われているのか。それは教室での出来事のように、常軌を逸したことなのだろうか。あるいは、もっと恐ろしい何かが……。

そんな馬鹿げた妄想が湯水のように湧いてきて、大沼の頭を埋め尽くしていた。否応なく脳裏をよぎる最悪の想像を振り払うようにして、大沼は踵を返し駆け出した。校舎北側にある階段を駆け下り一階へ。そして玄関へと至る廊下を行こうとしたところで、またしても防火扉が立ちはだかる。

くふ……くふふ……。

立ち止まりかけた時、どこからともなく響いた子供の笑い声が、大沼を更なる恐怖へと叩き落とした。矢継ぎ早に発生するこの異常な事態は、彼を休ませるつもりはないらしい。防火扉に近づけば近づくほど、笑い声は二つ三つと数を増していく。そのことに対し尋常ならざる危機感を覚えた大沼は、回れ右をして廊下の逆方向へと走った。

気付けば一階の廊下に明かりは灯っておらず、どこまでも続く闇がぽっかりと口を開いている。この先に進めば何があるのか。どこへ通じているのか。大人の足ではさほど広く感じないはずの校舎が、この時は永遠に続くかのように感じられた。

「たすけて……たす……たすけ……」

何度もそう繰り返しながら、大沼はひたすら足を動かし続けた。廊下の窓が突然開かれ、嵐のような勢いで雨風が吹き込んできたり、家庭科室のドアから顔をのぞかせた目も鼻も口もない子供たちに手招きをされたりするたびに自分でも無様に感じるほどの悲鳴が口から飛び出す。ぐるぐるとあてもなく校舎内を逃げ惑った大沼は、全身汗みずくの状態で激しい呼吸に肩を上下させながら、それでも必死に出口を求めて進み続けた。

どこをどう進んだか、もはや自分でもわからなくなった頃、校舎南側の通用口に差しかかった。そこで大沼は、通用口のドアが開放されていることに気付く。そこはプール授業の時に使用される通路で、その先の屋外プールを経由すればグラウンド側へと出られるようになっていた。そのことに瞬時に思い至り、大沼は迷いなく通用口へと急いだ。だが、戸口に手をかけ、外に出ようとしたところではたと足を止める。

プール。そう、プールだ。慎司が何故あの三人と同じように、大沼のことを教室で痛めつけようとしなかったのか。その理由が今わかった。

あの日、授業が終わって他の児童が教室に戻った後、前田や森本にカナヅチを直すための特訓だと言われ、慎司はプールから上がることを許されなかった。デッキブラシの柄で何度も何度も水中へと押しやられ、苦しそうにもがきながら助けを求めていた慎司は、やがて体力を使い果たしたように抵抗するのをやめて水底へと沈んでいった。プールサイドでけらけらと、まるで動物園でアシカのショーでも見ているかのように笑い転げていた加奈はもちろん、彼らの暴挙を止めようともせず傍観していた大沼も、すぐには異変に気付けなかった。

やがて森本が「おい、これやばくないか？」と言い出し、ブラシで何度突いても反応しなくなった慎司を目にしたところで、大沼はようやく事態の深刻さに気付いた。すでに手遅れだということは誰の目にも明らかだった。——いや、むしろここで下手に助けて、救急車が呼ばれるような騒ぎになれば、余計な叱責を受けるのは間違いなかった。そのことに思い至った時、事故に見せかけるしかないというたった一つの解答が、四人の中で一致したのだ。

「駄目だ……プールに行っちゃダメだ……」

自らに言い聞かせるようにして、大沼は戸外に踏み出そうとしていた足を戻した。もし慎司が自分たちに復讐をするつもりなら、最後に残った大沼をプールへ誘導することには何となくの納得がいった。そこで彼が何をするつもりなのか——いや、大沼に何をさせるつもりなのか。あの日のことを謝罪させたいのか、それとも、自分と同じように、冷たい水の中へと引きずり込もうとでもいうのか……。

冗談じゃない。そんなの間違っている。やられてたまるかと鼻息を荒くして廊下を振り返った時、またしてもあの笑い声がした。

くふ……はは……あはははは!

忍び笑いのように響いていた声は、今や哄笑と呼べるようなものに変化していた。その凶暴ともいえるけたたましさに、大沼は身体の芯から震え上がる。

「やめろ……もうやめろ慎司。俺が何をしたっていうんだ!」

気付けば叫んでいた。度重なる得体の知れない現象にさらされたストレスが、いよいよ爆発したのだろう。

ややあって、その声にこたえるかのように、暗い廊下の向こうから、ぺたぺたという足音が響いてきた。それはゆっくりと、しかし一定のリズムで近づいてくる。やがて暗闇の中にぼんやりと浮かび上がるのは、自らの首を両手で大事そうに抱えた少年の姿だった。

「おい、慎司なんだろ。おいったら」

呼びかける声に反応してか、見るもおぞましい姿をした少年が、自身の両手に抱えられた首を軽く持ち上げ、にたりと笑った。今すぐここから逃げ出したい気持ちを懸命にこらえながら、大沼は深く息を吸い込み、決死の覚悟でその場に踏みとどまった。

「――見当違いだぞ、慎司」

呼吸が震えるのを意識して抑えながら、強い口調で言い放つ。

「お前が復讐したい気持ちはわかるよ。あいつらはいつもお前を痛めつけて喜んでいた。昔も今も変わらないクズさ。復讐したいならすればいい。今更止めないよ」

耳を澄まし、相手の反応を窺う。その間にもぺたぺたという足音は続き、近づいてくる少年の姿が大きくなるにつれて、大沼の鼓動はみるみる早まっていった。

「けど俺は何もしなかった。見てただけだ。そうだろ？　一度だってお前を殴ったりしなかったじゃないか。だから、もうこんなことやめてくれよ」

半ば懇願するような気持ちで言い切ると、大沼は強く唇をかみしめた。気丈に見せたつもりでも、内心は怖くてたまらない。

必死の訴えが届いたのか、少年の霊はぴたりと足を止めた。大沼との距離はおおよそ五メートル。互いに言葉を発することなく、そのままの体勢で硬直していた少年の霊は、両手に抱えた首を伏せるようにうつむけた後、素早い動作で高く掲げた。

瞬間、少年の顔が風船を膨らましたみたいに膨れ上がり、穴という穴から大量の血液が迸った。まるで噴水のように勢いよく飛び出した血が壁や窓ガラス、天井にまで飛び散り、瞬く間に周囲を赤く染め上げる。二つの眼球はあらぬ方向を向き、口からは赤黒い舌がだらりと垂れ、異様に長い犬歯が牙のようにぎらついている。そして、開かれた口からは黒板を爪でひっかいたような奇声がけたたましく放たれていた。

「う、うわあああああ!」

大沼は無様に叫びながら踵を返し、一目散に駆け出した。通用口から外に出て、左右を背の高い生垣に囲まれた通路を進み、数段の階段を降りて屋外プールのドアに身体ごとぶつかっていく。

ひと目見ただけで脳裏に焼き付いた少年のおぞましい顔が、すぐ背後に迫っているのではないかという恐怖にさらされ、大沼は泣き喚きながら夢中で走った。身体中から体温という体温が失われ、手足に力が入らず、水の中を歩くみたいに現実味がない。確かなのは、こうしている間にも背中越しに響いてくる足音と、身の毛もよだつあの笑い声だった。

「早く……早く……なんで開かないんだよ！」

声に出して叫びながら、大沼は摑んだノブを祈るような気持ちで回し続ける。それでもドアは閉ざされたまま、開く気配がない。

「悪かった……悪かったよ慎司！　認めるよ！　俺があいつらをけしかけた。お前を虐めるように誘導したのは俺だよ！」

気付けば大沼は、堰を切ったように叫んでいた。これまで誰にも口外せず、ずっと心のうちに隠していた真実を、誰に訊かれても構わないとばかりに惜しげもなく大声で叫んでいた。

「お前が死んだのは、俺の――」

最後まで言い切る前に、大沼の身体は重力を失い、前方へと倒れ込んでいった。

それまでびくともしなかったドアが突然開いたのだった。

「――おい、どうしたんだ」

プールサイドの床でしたたか身体を打った大沼は、両手で体を起こし顔を上げた。ドアの横でこちらを見下ろしていたのは、警備員の格好をした五十代くらいの男性だった。すぐにドアを閉め、男性は再び大沼に視線を戻す。

「俺は……霊が……こども……」

まるで意味をなさない大沼の訴えに、警備員は怪訝そうに眉を寄せた。

「あなた、同窓会に参加していた方ですね？」

酔っぱらいを相手にするような態度で問われ、大沼は何度も首を縦に振った。その場に胡坐をかき、肩を上下させながら、ゆっくりと息を整えていく。そうやって閉ざされたドアの向こうの気配を窺っていたが、少年の霊がそこを越えてやってくることはなかった。

もちろん、ドア一枚を隔てただけで逃げ切れたという保証などどこにもないのだが。

「助けてください。早くこの学校から逃げないと……！」

息も絶え絶えに訴えかけると、警備員は更に険しい表情を見せ、不審者を見るような目つきで大沼を見下ろした。

「あなた、何かに追われているんですか？」

「そうだよ。子供の……霊が……」

そこまで言って、大沼は言葉を切った。まともに説明したところで、信じてもらえるはずもない。そもそも自分は同窓会が終わったにもかかわらず校舎に残っている不審者なのだ。そんな人間が霊から逃げていたなどと言って助けを求めても、余計怪しまれるに決まっている。

「……そうですか。子供の霊に追われているんですね」

ところがその警備員は、大沼を疑うどころか、いともたやすく彼の言葉を受け入れ、納得したようにうなずいていた。

「え……？」

「その子供の霊は、あなたがたを怨んで現れた。お友達は三人ともその霊の餌食になった。そして最後はあなたの番だ。だからここまで逃げてきた。そういうことですね」

「なんでそれを……」

さも見てきたかのように断言する警備員へと、大沼は弱々しく問い返す。得体の知れない事態がまだ続いていることを否応なしに突きつけられる一方で、大沼は警備員の顔に見覚えがあることに気付いた。

「あんた、あの時の……」

体育館に入ろうとした時、大沼のものではない名刺入れを押し付けてきた警備員。

――いや、そうじゃない。

自らの記憶を否定するように、大沼はふいに湧き上がった違和感を心の中で呟いた。自分は前にも、この男を見たことがある。ずっと前に、どこかで……。

――ああ、そうだ。この男は……あの時の……。

その答えに思い至った時、大沼は雷に打たれたような感覚を覚え、改めて言葉を失った。その反応から何もかもを見透かしたかのように、警備員は重々しく息をつく。

「――その子供の死に、あなた方は関係している。そうなんだな？」

穏やかな口調から一転し、地の底から響くような声で警備員は言った。大沼はもはや呼吸をするのも忘れ、あんぐりと開いた口から震える吐息を漏らすばかりだった。

「私の顔に、見覚えはあるか？」

再び質問を重ね、警備員がゆっくりと帽子を脱いだ。

間違いなかった。あれから十四年が経ち、すっかり老けてはいるが見間違えるはずはなかった。

「古谷……さん……」

かろうじて口にすると、警備員はぐっと眉間の皺を深め、激しい怒りに満ちた表情をあらわにした。

「そうだ。私は古谷慎司の父親だ。息子を殺したくせに、罪を償うことなくのうのうと生きてきたお前たちに復讐の一つもできなかった不甲斐ない父親だよ」

手にした警備帽を脇へと放り、屈みこんだ古谷は、鼻先が触れそうなほどの距離にまで顔を近づけ、猛禽類が如き眼を大きく見開いて大沼を凝視した。

「死の恐怖にさらされたあんたはさっき、長らく隠し続けた真実を口走った。そうなんだな」

もはや質問ではない。強い確信に満ちた声で、古谷は更にこう言った。

「やっぱり、あんたがいじめを扇動していたんだ。大沼先生」

4

古谷の強い口調と鋭い眼差しを受け、大沼佳治はこれ以上ないほど狼狽し、声にならない声で呻いた。言葉を発しなくとも、その反応を見れば、古谷が突きつけた言葉が的を射ていることは明らかだった。

古谷は半ば無意識にこぶしを握りしめていた。今すぐこの男を殴りつけ、叩きのめし、バラバラに引き裂いて息の根を止めてやりたい。そんな衝動に駆られながらも、石にかじりつくような心地で自らを抑え込んだ。

この男にはすべてを喋らせなければならない。復讐を果たすのはそれからだと。

「何故、私の息子をいじめのターゲットにしたんだ？」

奥歯が砕けそうなほど歯を食いしばり、古谷は呪詛めいた声を絞り出した。大沼はしばし、質問の意図を理解していないかのような呆けた顔をしていたが、やがて観念したように表情を歪めた。自らが置かれた状況を正しく理解し、既に逃げ道すらも断たれていることにようやく気がついたらしい。

「ちょっとしたガス抜きですよ……」

どこか不貞腐れたように呟き、大沼は口を尖らせた。

「あいつら、三年と四年の時に学級崩壊を起こしていて、学校でも有名な問題児だったんですよ。担任を押し付けられた時、俺のクラスを崩壊させないためにはどうしたらいいかを必死になって考えたんです。ああいうタイプは押さえつけるより適度にガス抜きをさせた方がいい。そうすれば、必要以上に騒ぐこともないだろうから」

さっきまでの狼狽ぶりはどこへやら、急に饒舌に語り出した大沼を前に、古谷は改めて得体の知れない嫌悪感にさらされた。問題児を押さえつけるために、適当なクラスメイトをいじめの対象にする。ガス抜きなどとふざけた言い方をするそのねじ曲がった根性に虫唾が走る。

「だって仕方ないじゃないですか。俺その頃、転任してきたばかりで、前の学校でもちょっと問題っていうか、そういうの起こしちゃって後がない感じだったんですよ。そりゃあ俺だってあの三人は嫌いです。教師の俺に『よっち』なんてふざけたあだ名をつけて、タメ口でやりたい放題だったんですから。今日だって、まるで自分たちが立派な大人にでもなったかのような振る舞いでしょ。いい仕事についただとか、いい暮らしをしているだとか、わけのわからないことでマウント取ってきて、その実中身はあの頃のまま何一つ変わってない。クズは結局、成長してもクズのまんまってことですよね」

へらへらと下卑た笑いを浮かべ、大沼は媚びるような眼差しを向けてきた。

「古谷さんには本当に悪いと思ってますよ。慎司は――いや、慎司君は真面目でいい子だったし、できることなら死なせたくなんてなかった。あいつらが加減を知らないせいで、あの時は本当に大変でした。なにも死なせることなんてないだろうに。ね、わかってくれますよね？　殺したのはあのバカどもで、俺は無関係なんですよ。扇動したなんて誤解――」

気付いた時には頭が真っ白になっていた。大沼が最後まで言い切る前に、古谷は腹の底から迸るような雄たけびを上げて相手の胸倉に摑みかかっていた。

「ふざけるな！　誤解だと？　教え子の機嫌を取るためだと？」

渾身の力で締め上げると、大沼は目を白黒させて抵抗した。だが、ここへ来るまでに気力を使い果たしたのか、怒りに震える古谷を振りほどくほどの力はなかった。

「貴様それでも教師か！　いや、人間か！　そんなくだらない理由で慎司を……私の息子を！」

言いたいことは山ほどある。それこそ数えきれないほどに。だがどういうわけか、それ以上の言葉は出てこなかった。十四年間、ずっと探し求めていた息子の死の理由。きっと何かがあるはずだと思った。息子の死は回避しがたいものであると思いたかった。この瞬間を迎えるために生き恥を晒してきたというのに、ようやく手に入れた答えがこれか。

問題のある児童の機嫌を取るため。そんなくだらない理由で息子は死んだ。古谷と別れた妻が納得できる正当な理由など、どこにもなかったのだ。

古谷の怒りは収まるところを知らず、際限なく膨れ上がっていく。この胸を焦がす憤怒の炎は今にも身体を焼き尽くし、外にあふれ出ては世界を覆い尽くしてしまいそうなほどに荒れ狂っていた。

「やめ……たすけ……事故だっ……から……」

「黙れ！　何が事故だ。何故すぐに助けなかった。お前が……お前がぁ……！」

身体を蝕む果てのない怒りに後押しされ、古谷は両手を大沼の首にかけた。そのまま馬乗りになり、体重を乗せて思い切り絞めつけると、大沼は手足を激しくバタつかせ、顔を真っ赤にさせてもがき苦しんだ。

——殺せ……殺せ……。

頭の中に、何者かの声が響く。古谷にはもはや、それが自分の声なのか、それとも別の誰かの声なのか、判断がつかなかった。だがそんなことはどうでもいい。年端も行かぬ息子の命を奪っておきながら、今ものうのうと生きているこの男の息の根を止める。それが、自分が息子にしてやれるたった一つの罪滅ぼしなのだから。

ふいに、うなじの辺りにひりつくような感覚をおぼえ、古谷は視線を持ち上げた。プールサイドの柵の側に、自らの首を抱えた少年の霊がじっとたたずんでいる。

——殺せ……殺しちゃえ……。

声は、あの少年が発しているらしい。そのことに気付くと同時に少年の顔がパンパンに膨れ上がり、見る影もないほどに歪んでいった。どす黒い血にまみれ、憤怒に染まった少年の怒りが古谷の中へと流れ込んでくる。古谷は耐えがたい激情に突き動かされ、両腕の力をより強めた。

ぎゅう、と喉を鳴らし、白目をむいた大沼の強張った身体から、徐々に力が抜けていく。その様子に言い知れぬ恍惚めいた感情を抱いた古谷は、しかし次の瞬間、どこからともなく現れた黒い影に体当たりされて激しく転倒した。したたかに打ち付けた頬に冷たい床の感触を確かめながら、古谷は熱に浮かされたような感覚から唐突に立ち返った。

「あ、あなたは……」

「目を覚ましてください古谷さん。霊の誘惑に乗ってはダメ」

反射的に問いかけた古谷に対し、床に膝をついたラフな格好の女性は、強くいさめるような口調で言った。顔を確認すると、阿弥陀堂の社員、久瀬宗子であった。

「あ……私は……何を……？」

うずくまり、激しく咳き込む大沼と自身の手とを交互に見比べながら、古谷は嘆くように言った。それから一歩遅れて実感する。自分は今、本気でこの男を殺そうとしていた。もし、宗子が力ずくで止めてくれなかったら……。

そう思った時、古谷は改めて自分の行いを振り返り、ごくりと生唾を飲み下した。

「――やれやれ、ちょっとやりすぎじゃねえのかマモル。あんまり調子に乗ってると後でお仕置きだぞ」

静まり返ったプールサイドに、場違いなほど飄々とした声が響く。顔を上げ、視線を巡らせた古谷は、グラウンドへと通じる入口付近にキャップを被った男の姿を認めた。カメラマンに扮して同窓会に潜入していた阿弥陀である。

やや古びた一眼レフカメラを手中でもてあそびながらこちらにやってきた阿弥陀は、古谷ではなく少年の霊に対し厳しい口調で語り掛けていた。

「おいおい、そんなにしょげた顔すんなって。後で記念撮影させてやるから、少し大人しくしてろ」

阿弥陀がいたずらに構えたカメラを見た少年の霊は、両手に抱えた首をおもむろに正しい位置へと戻し、どこか納得した様子で闇に溶けるように姿を消した。

最初に説明された通り、忌物に取り憑いた霊が阿弥陀の管理下にあるというのは本当であるらしい。もっとも古谷には、忌物に取り憑いた霊にどんな事情があろうとも、それが阿弥陀とどういう繋がりを持っていようとも知ったことではないが。

「……どうして邪魔をしたんですか」

宗子、阿弥陀の順で視線を向けながら、古谷は低く抑えた声で問う。困ったように眉を寄せる宗子とは対照的に、阿弥陀はどこかおどけた様子で軽く肩をすくめた。

「おっと、勘違いするなよ。止めたのはこの新人が勝手にやったことだ。俺は別にあんたの邪魔をするつもりはないよ」

思いがけぬ言葉に古谷は眉根を寄せた。決まりきった説教でもされるのではないかと思っていたが、阿弥陀にそのつもりはないらしい。

「俺が霊を引っ込めたのは、契約に『殺し』が含まれていないからだ。あんたの依頼はこの大沼って奴と上にいる三人を死ぬほどビビらせて、息子の死の真相を聞き出すこと。そうだろ?」

「ええ、その結果、やはりこの男が元凶だったことがはっきりしました。これ以上生かしておく必要はありません」

「だったら、さっさとやっちまえばいいんじゃあねえか」

「……なに?」

思わず聞き返す。無責任な言動とは裏腹に、阿弥陀はにんまりと笑みを深め、楽しみを見つけた子供のように目を輝かせていた。

「ちょっと待ってください社長。どうして火に油を注ぐようなことを言うんですか。古谷さんが殺人犯になってもいいっていうんですか？」

真っ先に異を唱えたのは宗子だった。ジーンズの膝についた砂埃を払いながら立ち上がり、ずかずかと阿弥陀に詰め寄っていく。

「うるせえな。新人は黙っとけよ。当初の依頼は果たしたんだから、このおっさんがそこのクソ教師をどうしようが、俺らの知ったこっちゃねえだろ」

「そういう問題ですか？　目の前で人殺しが行われようとしていたら、普通は止めるでしょう。それが善良な市民の務めです」

腰に手を当て、つんと顎を突き出し胸を反らせた宗子が迷いのない口調で言い放つ。そんな彼女に冷たい一瞥を投げかけて、阿弥陀は頭を振った。

「綺麗ごとは結構だがなぁ、ずっと憎み続けてきた犯人が目の前にいて、ようやく罪を認めたんだぞ。今さら復讐するなって方がこのおっさんには酷だろうよ。大体、こいつを警察に引き渡したところでどうなる？　起訴されたとしても、せいぜい五、六年で仮釈放だろうが。クズが五年間刑務所暮らしをしただけで、息子の死が帳消しになるわけないよなぁ？」

「と、当然だ。この男には、そんなものじゃ生ぬるい」

水を向けられ、古谷は強くうなずいた。それを満足げに見据え、阿弥陀は口の端をついと持ち上げた。

「なあ古谷さんよ。俺はあんたを応援するぜ。人の子を攫って食った鬼子母神は、仏に我が子を隠されて初めて、子を失う恐怖を味わった。こいつらだって同じさ。自分の子供がいたぶられ、無慈悲に命を奪われでもしない限り、おっさんの苦しみを理解することも、自分の行いがいかに鬼畜じみていたかさえも理解できやしねえんだ。目には目を、歯には歯を。力のない者を寄ってたかってプールに沈めた奴らは、同じ苦しみを味わわせて息の根を止めてやる。正しい復讐ってのは、つまりそういうことだろ」

　なあ、と同意を求められ、古谷はぐっと唇をかみしめた。それからわずかな逡巡の後で、ゆっくりと首を縦に振った。

「息子が死んだのに……こいつらは何も変わらなかった。私の息子を殺したことに、これっぽっちの罪悪感も抱いちゃいない」

「そ、そんなことはないです。俺はちゃんと反省して――」

「うるさい、黙れ！」

　古谷が怒鳴りつけた瞬間、大沼は肩を震わせ、両手で口を押さえて黙り込んだ。

「白々しい嘘をつくんじゃない。お前たちの本音は、それを通して全部聞いていたんだ」

　大沼は一瞬、何のことかときょとんとしたが、やがてその意味に気付いたのか、上着のポケットをまさぐって、小さな黒い物体をつまみ上げた。

「なんだよこれ。まさか、盗聴器……？」

体育館で彼らの写真を撮影した時、阿弥陀がさりげなく大沼のポケットに忍ばせたものだった。大沼が口にした疑問に応えるように、古谷は右の耳につけたままのワイヤレスイヤホンを外し、阿弥陀へと放る。それを受け取った阿弥陀は、同じタイプのイヤホンを自身の左耳から外し、大沼に見えるように掲げて見せた。

「せめて一言でも息子の死に責任を感じていると言ってくれれば、私の気だって晴れたかもしれない。だがお前たちに反省の色は微塵もなかった。何もかもきれいさっぱり忘れて人生を楽しんでいる。私はそれがどうしても許せない。この先も、息子が出来なかったことを、こいつらは当たり前のようにするんだ。うまいものを食べ、友人を作り、家族や子を持つ喜びを得る。無慈悲に命を奪われたあの子が得られなかった幸せを、こいつらはこれからめいっぱい味わおうとしている。私はそれが許せないんだ！」

握りしめた拳が、自分でも驚くほど震えていた。しんと静まり返ったプールサイドに、古谷の荒々しい呼吸音が響く。

「でも、あなたが罪を犯したら、それこそ息子さんは浮かばれないんじゃないですか？」

宗子が苦しそうに自身の胸を押さえながら問いかけてきた。彼女の言うことはもっともかもしれない。だが同時に、真の絶望を知らぬ者がのたまうきれいごとでもあった。阿弥陀が指摘したように、我が子を失った古谷の苦悩や苦しみを、子を持たぬ彼女が正しく理解することなど、やはり不可能なのだ。

「……慎司」

気付けば息子の名を呟いていた。大沼を殺そうとして首を絞めあげた手を見下ろし、その感触を思い返す。

「どうしたんだおっさん？　やらねえのか？」

「私は……」

殺してやりたい。そう思っているのは間違いないはずなのに、それができない。自分でも気付かぬうちに、あの少年の霊による影響を受け、この身が燃え上がるほどの怒りに取り憑かれていた古谷が、その怒りから解放された今、抱いているのは、大沼に対する殺意ではなく「何かが違う」という違和感であった。

「くぅ……なんで今になって……私は……」

膝を折り、床に手をついて握りしめた拳を何度も打ち付けた。頭に浮かぶのは最後に見た息子の顔。命の光を失う前の、この世で最も愛しい笑顔だった。

「なんだよ。怖気づいちまったのか？　自分が人殺しになったら、あの世にいる息子が悲しむ。そんな綺麗事を間に受けてんのかよ？」

聞くに堪えない横柄な物言いで、阿弥陀は古谷へと詰め寄る。答えを聞くより先に、彼はひどく歪で邪悪な笑みをその顔に浮かべていた。

「一つ言っておくけどなぁ、死んだ息子を悲しませたくないなんてのも、あんたの錯覚に過ぎないんだぜ。復讐なんてもんは結局、生き残った人間の気持ちを納得させせるためのものでしかねえ。死んだ奴のためにするるんじゃなくて、自分が納得するための手段として復讐があるんだ。あんたはずっと、息子の安らぎのためにこいつらを殺そうとしていた。だが今夜、いざ実行しようとした瞬間に何かが違うと感じた。気付いたんだろ？　この十四年間ずっと、自分が納得するために息子の仇を討とうとしていたことによぉ」

阿弥陀の言葉に、古谷ははっと目を見開いた。否定しようのない本当の気持ちを言葉で突き付けられ、もはや反論すらも出来なくなっていた。

哀れな復讐者がひた隠しにしてきた不都合な真実を見透かし、あえて言葉にすることで古谷をねじ伏せてしまった阿弥陀。その表情には、どことなく落胆めいた色が浮かんでいる。冷たく蔑むようなその目を、古谷はもはや直視することができなくなっていた。

「――社長、もういいです。やめてください」

見ていられないとばかりに宗子が割って入った。わずかに視線を動かして彼女を一瞥した阿弥陀は小さく鼻を鳴らしてから「たしかに、喋りすぎたかな」と苦笑する。

「でもまあ、これだけは教えておいてやるよ。あんたが憎み続けたこの男の現状をさ」

何かのついでのように言いながら、阿弥陀が視線を向けると、大沼は蛇に睨まれた蛙のように悲痛な顔をして身構える。

「古谷慎司の死後、前田たちが卒業するタイミングでここを去った大沼佳治は、いくつかの学校を転々とした後で、親戚が経営する小中一貫の私立校に籍を置いた。そこでこの男は、何人もの女子児童にいかがわしい行為をはたらいて問題を起こしている。すでに学校にはそのことを知られ、現在は停職中だったよなぁ？」

「な、なんでそれを——」

咄嗟に口にしかけた言葉を取り消そうとでもするみたいに、大沼は大きく目を剝いて沈黙した。

「優しい叔父さんはもみ消しを図ったようだが、すでに時は遅しだ。警察は捜査を進め、あんたの容疑を固めている。逮捕されれば、年端も行かない子供を相手に薄汚ねえ欲望を晴らそうとしたクズにふさわしい刑が課されることだろうよ」

「嘘だ！　叔父さんが俺を売るはずない。今までだって何度ももみ消して……」

あっと声を上げて言葉を途切れさせたものの、完全に手遅れであった。自分でも苦しまぎれの言い訳が通用しないことを悟ったのだろう。大沼は忌々しげに顔を歪めながら阿弥陀を見上げ、怒りに満ちた目で睨みつけた。

「おいおい何だよその目は。恥ずかしい性癖を暴露されて悔しいか？　お前、こんなふうに古谷慎司にそういう一面を知られちまったんだろ。その口を塞ぎたくて、いじめの対象にさせてたんじゃねえのか？」

ぐぐぐ、と喉の奥を鳴らし、大沼は激しく狼狽する。

「そうだよ。あのガキに見られたんだよ。隣のクラスの女子児童を隠し撮りした写真をさ。放課後の教室で、あいつ——慎司は俺に言った。『先生はさとみちゃんのことが好きなんだね』ってさ。その時のあいつの目。俺を嘲るような目がむかついたんだよ。いい大人が何やってんだって嘲笑うみたいにさぁ……」

もごもごと口ごもり、大沼はまるで思春期の少年のように口を尖らせた。まるで悪びれる様子のないその姿を前に、古谷は怒りすらも忘れ呆然としてしまった。

息子がいじめの標的にされた本当の理由。それは一人の男の、あまりにも程度の低い自己中心的な被害妄想だった。これではいっそのこと、理由などないと言われていた方がよっぽどましだった。

「そんな……理由で……」

再び全身が怒りに震えるのを知覚しながら、古谷はしかし、それ以上に強烈な不快感に打ちのめされ、身動きすらとれなかった。いつの間にかそばにやって来た宗子が後ろから支えてくれなかったら、その場で倒れていたかもしれない。

長い間憎み続け、本気で殺してやろうと思ったはずの男が、さっきまでとは全く別の意味でおぞましく、醜悪なけだものに見えてならなかった。

「ははっ、いいねえ。あんた、俺の予想の数段上をいくクズだよ」

重く、そして沈痛な空気を引き裂いたのは、神をも恐れぬ不敵な笑い声だった。

「喜べよ、古谷のおっさん。この先コイツは逮捕、起訴されて、人並みの生活は送れない。二度と教師なんて出来ないはずだ。自分よりも力の弱い子供を散々苦しめ、薄汚ねえ欲望のはけ口にしてきたようだが、これからはコイツが搾取される側に回るんだ。出口のない悪夢みたいな現実から解放されるには、それこそ死を覚悟しなきゃならねえだろうなぁ」

嬉々として告げる阿弥陀の声には、どこか別世界から響いてくるような底知れなさが感じられた。単なる脅しのつもりかもしれないが、彼の放った言葉の一つ一つが、見えない刃となって大沼を傷つけ、いたぶっている。その証拠に、大沼は瘧にかかったみたいにぶるぶると震えあがり、血の気の引いた顔で忙しなく目を泳がせていた。

「わいせつ罪だけじゃあない。お前は十四年前の殺人の罪も償うことになる。そうなったらいよいよ、教え子殺しの変態ロリコン野郎に格上げだ。言っておくが、刑務所じゃあそういう奴はまともな人間としては扱われないぜ。子供を殺したり性的虐待を働くような奴に人権はない。いっそ死んだほうがましだと思うような、地獄の日々が待っているからな」

ぴしゃりと告げ、阿弥陀はさも愉快そうに肩を揺らした。顔面蒼白で脂汗を浮かべた大沼は、まるで閻魔大王を前にした罪人が如く、頭のてっぺんから足のつま先まで突き抜けるような恐怖に支配されていた。

「さてと、それじゃあ俺たちはそろそろ消える。最後に一つ、いいことを教えてやるよ」

ひとしきり笑い終えた阿弥陀はそこでふと思い出したように手を叩き、軽く屈みこんで大沼の耳元へ口を寄せた。

「お前らが散々ビビってたあのガキの霊だけどなぁ、古谷慎司とは全くの別人だ」

「……え？　だって、あれは……」

大沼は呆けたような顔を上げて阿弥陀を見返す。

「お前らとはなんの繋がりもない、見たことも聞いたこともない赤の他人の霊なんだよ。にもかかわらずお前らは、あれを慎司の霊だと思い込んだ。わかるか？　誰に言われたわけでもなければ、本人が名乗ったわけでもない。それなのにお前らは、自分たちがいじめた少年の霊が復讐しに来たんだと勝手に勘違いしたんだ」

「そ、それじゃ……最初からなにもかも……？」

「そうさ。俺も古谷のおっさんも、お前ら――いや、お前がいじめを増長させて、慎司が死ぬよう仕向けたってことには気付いてた。だってそうだろ。教師のお前が許可しない限り、生徒だけで居残り練習なんて出来るはずがないんだ。現場を発見したお前がモラルを欠いた教師でもない限り、慎司が特訓なんてしてなかったことも、あの三人の過失で死亡したことも、一目瞭然だったはずだ。お前が率先して事態を隠蔽しようとして、学校側がそれをいいことに事故として処理をした。いじめなどありませんでしたなんてのたまうのは、教育委員会の十八番だもんなぁ？」

かっかっかと、皮肉混じりの笑い声が夜の闇に溶けていく。

「そんな……じゃあ俺たちは、ただ踊らされて……そんなのインチキじゃないか」

「なんとでも言いな。インチキだろうがなんだろうが、お前らの罪は必ず立証される。もう逃げ場はないぜ」

阿弥陀が顎をしゃくって示した先、宗子の手には小さなボイスレコーダーが握られていた。盗聴器から流れてきた音声を含め、すべての会話を録音していたのだろう。

そのことが決定打となり、大沼は完全に顔色を失って脱力した。

「お……おれ……は……ああ……あああ……」

頭を抱え、その場にうずくまった大沼は、小刻みに肩を震わせながら言葉にならぬ嘆きを吐き出した。それはまさしく、精神の均衡を保つ橋の橋脚がいちどきに崩れ、混沌という名の濁流にのみ込まれる寸前の、断末魔めいた嘆きに違いなかった。

そして、これから下される神の鉄槌は、どんな復讐よりも効果的に彼を痛めつけ、二度と立ち上がれないほどに叩きのめすことだろう。

「満足したか、おっさん?」

「……いいえ、そんなもの、出来るはずがない」

空虚な声を返すと、阿弥陀は少々困り果てたように後頭部をかいて顔をしかめた。

「それも当然か。この十四年間、復讐することばかり考えていたせいで、あんたはいろいろな大切なものをその指からこぼしちまった。でもよぉ、復讐以外にも息子のためにしてやれることが、あんたにはあるだろうが」

「……え?」

思わず問い返す。こちらに考える余地を与えるかのように、阿弥陀は数瞬の間をおいてから、宗子に目配せをした。彼女は斜めがけにしたボディバッグから小さなクリアファイルを取り出し、そっと古谷に差し出した。その中には、細長い紙きれのようなものが挟んである。

「これは……」

問いかけようとした古谷を遮るように頭を振った阿弥陀は、有無を言わせぬ調子で話を先に進めた。

「実はうちの社員が、あんたの別れた奥さんに会ってきた。仕事を請けるからには、依頼人のことを徹底的に調べるのがうちの方針でね」

「春子《はるこ》に？」

ああ、と阿弥陀は一つうなずく。

「あんたと離婚した後、介護していた両親も亡くなって、今は広い家に一人で住んでいる。毎日息子の仏壇に手を合わせながら、あんたのことを考えてるそうだ。いつの日か、復讐心から解放されたあんたが、また自分の人生を歩きだせるように。その時は、一緒に歩いていけるようにってな」

その言葉に驚き、声をなくした古谷が息をのむ。まさか、別れた妻がまだ自分を心配してくれているなんて、思ってもいなかったことだ。

「……あの子を失って、春子は私以上に傷つき苦しんだ。そんな彼女から逃げるように私は家を出た。たった一人の家族を捨てた私には、復讐しかなかったんだ。あの子の仇をとりさえすれば、彼女に許してもらえる。そう思って私は……」

呻くような声を絞り出し、古谷はその顔を手で覆った。何か、とんでもない間違いをしでかしてしまったという実感が、今更になってふつふつと湧き上がってくる。

「その考えは、今も変わらないのか?」

強く問いかけられ、古谷は目を見開いた。答えは、口にするまでもなかった。

「……だったら、そろそろ帰ってやりゃあいいんじゃあねえのか。殺したり、死んだりして償うより、生きて償う方がよっぽど罪滅ぼしになる」

そういうもんだろ、と素っ気なくいった阿弥陀は鼻の下を指で擦りながら、視線をそらしてそっぽを向く。

「それが、あんたの息子の願いでもあるしな」

阿弥陀はまるで、直接聞いてきたような口調で告げた。その横顔を見ているうち、古谷は思う。ひょっとするとこの男には、すでにこの世に存在しないはずの息子の姿が見えているのではないか。忌物に宿る別人の魂ではない、正真正銘の慎司の姿が。

古谷は深く息をついた。張りつめていた糸が切れるように、全身から緊張が解けていく。

「……あなたの、言う通りですね」

零れ落ちる涙を乱暴に拭いながら、古谷は言葉を発した。もはや復讐などという言葉には微塵の心残りも感じてはいなかった。その証拠に、床に突っ伏し、無様に震える大沼を見ても、古谷は何の感慨も抱きはしなかった。それはきっと、あの三人を前にしても同じだったはずだ。

「ありがとう。阿弥陀さん」

「……ふん、別に礼を言われるようなことはしちゃあいない。正直、うちとしてもあんたが逮捕されちゃあ、支払いが滞っちまうからな。それじゃあ都合が悪いだろ。あ、でもやっぱり復讐がしたいと思うなら、いつでも歓迎するぜ。うちは意外とお得意さんが多いんだ。あんたの金回りがよくなったらまた――」

「社長、もうやめてください。せっかくの雰囲気が台無しじゃないですか」

抜け目なく営業を仕掛けようとする阿弥陀を見かねたように、宗子が割って入った。発言を遮られたことに対し不満げな顔をしていた阿弥陀は、古谷の真剣な面差しを前に、軽く咳払いをして平静さを取り戻す。

「いずれにせよ、あんたの依頼はこれで終了だ。支払いは三日後までに振り込みかキャッシュで。カードや電子マネーは使えないぜ。昔ながらのにこにこ現金払いってやつだ」

事務的な口調で言ってから、大沼の傍らに落ちていた名刺入れを拾い上げ、そこから古びて色あせた野球カードを取り出した阿弥陀は、空になった名刺入れを古谷へと放ってよこした。

あの少年が取り憑いた忌物――年代物の野球カードを満足げに眺め、踵を返した阿弥陀は、そのまま迷いのない足取りでプールサイドを後にする。「それじゃあ私も」と軽く会釈をした宗子は、踵を返しかけたところでふと思い出したように立ち止まる。そして、名刺入れと同様に床に転がっていた小さなボタンサイズの盗聴器を回収し、ボイスレコーダーを古谷の手に押し付けるようにして脇をすり抜けていった。

霊が取り憑いた遺品――忌物。成仏できぬ霊を使い人を陥れるおぞましい呪具。だがその忌物なんかよりも、それを容易く使いこなし、霊を支配下に置いてしまう阿弥陀の方がよっぽど現実味がない存在に思え、古谷は乾いた笑みをこぼした。

音もなく吹いた夜の風が汗ばんだ肌を撫でていく。それを目で追うようにして、古谷は水の張られていないプールへと視線を留めた。

「……慎司、父さんは……」

その先の言葉は、あえて飲み込むことにした。息子に何か語り掛けるなら、少なくともこの場所はふさわしくない。もっとふさわしい場所が、自分にはまだ残されている。そう内心で独り言ちた古谷は、手に持ったままのクリアファイルから細長い紙きれを取り出す。広げてみると、細長くなったその紙にはこう記されていた。

『家族みんなが、ずっと一緒にいられますように』

十四年前の七夕の夜にあの子が書いた短冊だった。子供らしい稚拙な字で元気いっぱいに書かれたその文字を抱きしめるようにして、古谷は月が覆われたおぼろげな空を見上げた。

そして、自身の心を縛り付けていた時間が、今ゆっくりと動き出したのを、彼は確かに感じていた。

5

悪夢の同窓会は幕を下ろした。

その四日後、阿弥陀堂の事務室でランチ休憩をしていた宗子は、テレビから流れてきたニュースによって、大沼佳治が警察に逮捕されたことを知った。

在籍する私立小学校における六件の児童へのわいせつな行為に加え、十四年前の風見小学校における児童溺死事件。事故として処理されていたはずが、一転して大沼や当時の児童たちの過失である可能性が浮上してきたとの報道が為され、一気に世間の注目を集めることになった。

その可能性というのは、先日の録音データが警察に届けられたことによるものだろう。これが立件されれば、大沼らはようやく正しい裁きを受けることになる。慎司少年の無念も晴らされることになるはずだった。

「大沼だけじゃなく、他の三人も当時のことを追及されるでしょうね。むしろ実行犯は彼らなわけだし。事件当時の年齢を考慮しても、世間が黙っちゃいないはずよ」

パックの豆乳を勢いよくすすりながら、宝生はさほどの感慨もなさそうに言った。

「そうなったら、今の輝かしい生活もどうなることやらですね」

「その表現には、少し語弊があるわね」

同調した直後、突き放すように言われ、宗子は面食らった。どういうことかと怪訝に眉を寄せると、宝生はその鉄仮面を崩すことなく説明する。

「あの三人は、自分で言うほどいい暮らしなんてしていなかったということよ。前田智樹が代表を務めていた建設会社は、地元の暴力団との癒着が取り沙汰されてとっくに倒産。彼はいま日雇いのアルバイトで糊口をしのいでいる状態よ」

「ええ？　無職同然だったってことですか？」

驚く宗子をよそに、宝生は淡々とした口調でさらに続ける。

「森本寛治は所属するスポーツジムでの中年女性客に対する度重なるセクハラが原因で職を追われ、こちらも無職。趣味のギャンブルのせいで借金もかなりあるみたいね。たびたび大学時代の友人や後輩にお金の無心をしては断られているわ」

「幹部候補だとかいうのもデタラメってことですか……」

それにしても女性客に対しセクハラとは。現場が好きだと言っていたのも、結局はそういう目的があったからだろうか。

「最後に飯島加奈だけど、過剰に性的な配信をしたせいで登録者八百人のアカウントは凍結。以前はそこから性的な動画を販売しているサイトに誘導してお金を稼いでいたみたいだけど、それも出来なくなったみたいね。今現在は本業の風俗店の勤務に精を出しているそうよ」

愛され系のインフルエンサーが聞いてあきれてしまう。

意図せず渋い顔を作った宗子を一瞥して、宝生は軽く肩をすくめた。

「彼らが落ちるところまで落ちるのも時間の問題ね。そのうえ十四年前の事故の件で警察に追及されるとなると、周囲からは完全に見放されるんじゃないかしら」

目立ちたい。周りに尊敬されたい。自分を理解してもらいたい。そんな願望が人一倍強い彼らだが、過去の悪事によってマスコミや世間からのバッシングを浴びることになれば、その願望も少しはなりを潜めるかもしれない。

「——結局、ガキの頃に培うべき道徳観をないがしろにしちまったら、大人になってからろくな人生を歩めやしねえってことさ。特にああいう、性根の腐った連中はな」

事務室のソファで居眠りを決め込んでいた阿弥陀がむっくりと上体を起こし、会話に参加する。言っていることはもっともなのだが、着物の胸元をはだけさせ、がりがりと乱れた髪をかきむしる姿は、残念ながら相応のモラルを持ち合わせた大人には見えなかった。

「それにしても宝生、今回もお前の事前調査のおかげで、いろいろとうまくいったぜ。さすがは元探偵ってとこだな。褒めて遣わす」

「それはなによりです」

抑揚のない口調で、阿弥陀の方を見向きもせずに応じた宝生が、ずごご、と音を立てて豆乳を飲み干した。

さも当然のように交わされた会話に、宗子が慌てて待ったをかける。

「ちょっと待ってください。今なんて言いました？　宝生さんが何とかって……」

「探偵だ。宝生はうちに来る前、日本一の実績を誇る探偵社に所属していたんだ。あれ、言ってなかったか？」

「聞いてませんよ。宝生さんが探偵って……いや、でも言われてみれば納得かも」

聞くところによると、その探偵社に所属するのは日本でも指折りのエリートばかりであり、生半可な気持ちでは採用はおろか、入社試験にすらこぎつけることができないのだという。その説明を聞いて、宗子は合点がいったようにうなずきながら、元探偵の先輩社員をしげしげと見つめた。

このポーカーフェイスも、探偵時代に身につけたものなのだろうか。などと勝手な想像を膨らませていると、あまりにあからさまに見入っていたのか「ちょっと、あまりじろじろ見ないで。穴が空きそうよ」などと迷惑がられてしまった。

「なんか、いろいろと納得できました。宝生さんが機械みたいに正確な仕事をするのも、何が起きても動じない仏像のような堂々とした佇まいも、人間離れした勘の良さも。サイボーグだったからじゃなくて、探偵だった頃の名残だったんですね」

「それで悪意のない褒め言葉を口にしているつもりだったら、あなたももう一度小学校に入り直して、道徳観を厳しくしつけてもらった方がよさそうね」

バッサリと切り捨てるように言い放ち、宝生はノンフレームの眼鏡を直した。ぐうの音も出ずに苦笑いを浮かべた宗子は、鋭いまなざしから逃げるようにして阿弥陀へと向き直った。

「それはさておき社長、今回のやり方はあまりにひどかったんじゃないですか？」

目が合った瞬間、阿弥陀はさもいやそうに顔をしかめる。

「なんだよ。まぁた小言でもいうつもりか？　お前はいったい、いつから俺の姑になったんだよ」

「誰が姑ですか。それに毎度毎度、小言を言わせているのは社長の非常識な言動が原因なんですよ。その自覚、ないんですか？」

「ふん、いい年して頭ん中がお花畑のメルヘンポリス風情が、オレ様に舐めた口をきくんじゃあねえよ。そもそもお前は、俺が古谷のおっさんに大沼を殺せと焚き付けたことが気に入らねえんだろ？」

誰がメルヘンポリスだ、と脳内でツッコミを入れながら、宗子は強くうなずいた。

「当たり前です。社長が常識のない人だってことは分かっていましたけど、まさか依頼人に殺人をそそのかすなんて思いませんでしたよ。一応訊いておきますけど、あれ本気で言ったわけじゃないですよね？」

「いいや、本気だ。あの時言ったことは全て俺の本心さ。お前だって、共感する部分はあったんじゃあないのか？」

「そんなこと……」

思わず口ごもった宗子から視線を外し、阿弥陀は窓の向こうへと視線をやった。

「あいにくだが俺は最初から、お前みたいな堅物と議論するつもりはねえんだよ。ここで働く以上は、お前にもそろそろ俺のやり方に慣れてもらわなきゃ困る」

霊を使って諍いを起こし、挙句に依頼人が殺人を犯すのを助長することにかと、宗子は内心で抗議する。口には出さずとも、こちらの考えはお見通しなのだろう。

阿弥陀は苦笑いをして、長い前髪を乱暴にかき上げた。

「どうした久瀬。納得いかねえって顔だな。いよいよ、うちの仕事に嫌気がさしたか？　元警察官の矜持がこんな如何わしい稼業に甘んじることを許せねえか？」

あからさまな挑発に乗せられまいと、宗子はぐっと唇をかみしめてこらえた。

本音を言えば、今回のことがあるまではうまくやっていけるかもしれないという気持ちがあった。忌物という、一見すると危険な代物を扱いつつも、それが結果的に誰かの助けになるというのなら、それもいいのではないかと思った。今回の件に関しても、古谷が阿弥陀堂に依頼しなければ、彼はなりふり構わぬ復讐を実行し、大沼や他の三人を傷つけ、凶悪な犯罪者として報道されていたかもしれない。そういう可能性を未然に摘み取り、今回のような結果に持ち込めたという点では、阿弥陀堂の存在は決して悪とは言い切れなかった。

それでも宗子は思う。あの時、古谷に「やっちまえばいいんじゃねえか」と言った時の阿弥陀の様子は演技などではなかった。鋭い眼光で、瞬き一つせずに彼を見据え、薄ら笑いすら浮かべていたあの時の阿弥陀の顔が――悪鬼のような表情が頭から離れない。その身体から沸き立つ強烈な悪意の波動みたいなものを宗子は確かに体感し、心から恐怖を抱いた。

――でも、それでも……。

「――逃げませんよ。まだ、これからです」

迷いのない口調で、宗子はきっぱりと告げた。

「ほう、そりゃあ意外だ。もしかしてお前、忌物を求めてやってくる依頼人の苦悩に満ちた姿を見るのがクセになって来たんじゃあねえか？」

阿弥陀は不謹慎な笑みを浮かべて問いかけてくる。宗子はすっと息を吸い込み腹に力を込めると、胸の内で渦巻く様々な感情を抑え込みながら頭を振った。

「依頼人の苦しみを目の当たりにして楽しむような趣味はありません。私はただ、確かめたいんです。忌物が――そこに宿る死者の魂が、生きた人間にどのような影響を与えるのか。それが必ずしも、マイナスイメージばかりではないことを……」

息を詰まらせるように言葉を切った宗子は、ひと呼吸おいてから、覚悟を決めたように告げる。

「誰かを癒すものになるということを」

しばしの間、事務室に沈黙が降りる。ゆっくりと、かみ砕くようにして宗子の言葉を受け止めていた阿弥陀は、ちら、とわずかに宝生を一瞥し、それから小さく息をついた。

「……誰かを癒す、ね。まあ好きにすればいいさ。それがお前自身を納得させる動機になるならな」

「自分を納得って……。それってどういう意味ですか？」

「――今日は依頼はなかったよな。寝足りねえから昼寝する」

問い返した宗子をさらりと無視して、一方的に会話を打ち切った阿弥陀はのろのろと立ち上がり、襖を開いて事務室を出ていった。

引き留める暇もなくぴしゃりと襖が閉められ、荒々しい足音をたてながら階段を上っていく阿弥陀の足音。それに続いてとんとんとん、と子供の足音のようなものが聞こえてくる。最初の頃はそれが不気味に感じられもしたが、今となってはもはや慣れっこである。メグミが阿弥陀の後に続いて階段を上っていったのだ。その証拠に、上階では「なんだお前」だとか「俺ぁ寝るんだよ。邪魔すんな！」などと喚く阿弥陀の声が響いてくる。

——またやってる。

釈然としない気持ちを抱えながらも、つい阿弥陀とメグミの微笑ましいやり取りを想像してしまう。するとなんだか、悩んでいる自分が馬鹿みたいに思え、宗子はすっかり毒気を抜かれてしまった。ため息混じりに椅子の背にもたれると、ささくれ立っていた心が少しずつ落ち着きを取り戻していく。

「——それじゃあ私は銀行に行ってくるから、留守番をよろしく」

手首に光る高級そうな腕時計を確認し立ち上がった宝生はマシンのように無駄のない動きで颯爽と事務室を後にしていった。一人残された宗子は飲みかけのジャスミンティーをぐいとあおり息をつく。

——ほんと摑めない人だわ。社長も宝生さんも。

内心で独り言ち、飲み干したペットボトルをゴミ箱へ向けて放る。緩く放物線を描いたボトルはゴミ箱の角に当たって跳ね返り、床の上を転がった。

あちゃあ、などと呟きながら立ち上がり、ボトルを拾い上げようとしたところで、宗子はぴたりと動きを止めた。何気なく視界に入った宝生のＰＣ画面には何か名簿のようなものが表示されている。

「これ……忌物を貸し出した顧客リスト？　もう二十年以上前のものだけど……」

ずいぶんと古い名簿をチェックしていたのだなと思い、何の気なしに画面を覗き込んだ宗子は、そこでハタと気付く。その画面は、少し前に宝生が宗子から隠すようにしていたものとよく似ていることに。

この表があの時と同じものだとして、わざわざ隠すほどの理由があるのだろうか。そう思いながら、枠取りされたセルにびっしりと並ぶ顧客の名前をざっと目で追う。

その中に見覚えのある名前を見つけて宗子は息をのんだ。

「うそ……なんで……？」

口を突いて出た言葉に、しかし答える者はいなかった。強烈な耳鳴りに見舞われ、同時に目の前がちかちかしてきて、脚に力が入らない。

慌てて宝生のデスクにしがみつき、焦点の合わぬ目を強く見開いた宗子は、食い入るように画面を凝視する。

『久瀬政直《まさなお》・法子《のりこ》』

それはまぎれもなく、二十二年前に交通事故で亡くなった両親の名前だった。

第四話　マイホーム・ゴースト

1

今日は朝から、町全体がどことなく陰鬱な雰囲気を漂わせていた。昨晩から降り続く雨が、しつこく尾を引いているせいだろう。

昼間だというのに薄暗い阿弥陀堂の事務室で、ひとりデスクに向かう久瀬宗子は、キーボードを叩く手をふと休め、窓の外に視線をやった。あいにくの空模様は不思議と宗子の心の中を反映しているかのようだった。

「気が滅入るなぁ……」

誰のせいでもない自然現象に対し愚痴を言ってもしょうがないのだが、こぼさずにはいられなかった。さあさあと降りしきる雨音が事務室に響き、耳障りなノイズのように思えてならない。

ふと空腹を感じて時計を見るとすでに午後二時を過ぎていた。昼食をとるのも忘れて何をしているのかと、自分にツッコミを入れたくなった。どんな時でも、昼食だけはしっかり食べるようにしていたのに。

宗子はデスクの引き出しを開け、一枚のコピー用紙を取り出す。過去に阿弥陀堂を訪れた顧客の情報が細かく羅列された名簿であった。

――何もかも、この名簿が悪いのよ。

内心で毒づきながら、宗子は名簿の中ほどにある見慣れた名前に目を留めた。

『久瀬政直・法子』

何度確認してもそこに両親の名前が書かれている事実は覆らない。日付を見ると一九九×年七月八日とある。今から二十数年前の夏。ちょうど今と同じ季節に、宗子の両親はこの阿弥陀堂を訪れていた。いったい、何のために……？

いや、そんなこと考えるまでもないことだ。ここを訪れる人間の目的なんて一つしかない。在りし日の両親はこの店を訪れ、当時の店主――確認したわけではないが、阿弥陀の父親だろうか――に高い金銭を支払い、忌物を借りた。では、その忌物に取り憑いていた霊は、どのような用途に使われたのだろう。

心優しかったあの両親が誰かを憎み、陥れるために忌物を借り受けたという事実を信じたくはなかった。だが、宗子がここで働き出してから依頼にやってくるお客はことごとく、他者を陥れる目的のために忌物を求めていた。この名簿に記載されている多くの名前の持ち主も、きっと同じだったことだろう。自らの手を汚さずに相手を排除したいという、浅ましくも醜い目的を持つ者が多く訪れる。それがこの阿弥陀堂の性質なのだ。

名簿から視線を上げ、椅子の背にもたれて天井を仰いだ宗子は重々しい溜息をついた。幼い頃、内気で友達のできなかった宗子を慰め、優しく抱きしめてくれた母。たまの休みに遊びに連れ出してくれた父。姉にばかり懐いていたせいもあり、両親と過ごした記憶なんて数えるほどしかなかったけれど、それでも二人が他人を陥れようとする姿なんて想像したくはなかった。ずっと心に抱えてきた両親のイメージが、突然見知らぬ何者かに思えてしまうのが怖くて、宗子は強く頭を振った。

気付けば指先が胸元のペンダントに触れていた。窓から射し込む日の光を受け、雫の形をした透明な石がきらきらと輝いている。机の上に反射したその光をじっと見つめていると、不思議と姉に励まされているような気がして、少しだけ気持ちが上向きになる。

顧客名簿に名前がある以上、両親が客として阿弥陀堂を訪れたことは疑いようがない。けれど両親が誰かを憎んでいたのではなく、もっと別の理由で忌物を借りに来ていたとしたら……。

そのように考えを巡らせてみると、やがて宗子は一つの可能性に行きついた。

「もしかして、私を……？」

自ら口にした時、宗子の背筋を冷たいものが這いまわった。

物心ついた頃から、宗子はそこにいるはずのないものを目にしてきた。そのことを両親に伝えても、二人とも困ったような顔をするばかりで信じてはくれなかった。時にはひどく怒られることもあった。心優しい両親でも、宗子が口にする気味の悪い話題だけはいつも避けたがった。だから宗子はその話を、姉以外にはしなくなった。

表面的には見て見ぬふりをしていた両親だったが、もしかすると宗子の『虚言癖』

を悲観していたのかもしれない。心根の優しい両親のことだ。宗子を正常に戻すためには苦労をいとわなかったはずである。宗子が語る霊の話を嘘と暴き、正しく導くための方法を探していた彼らは、宗子を病院や矯正施設に入れるのではなく、この阿弥陀堂を利用したのではないか。忌物を借りて、宗子がその霊に気付くかどうかを試したのではないだろうか……。

——まさか、そんなこと……。

否定しようとする反面、他に両親が忌物を借りる理由が思い浮かばなかった。否定と肯定を繰り返す自分の声が脳内に響き、宗子はたまらず頭を抱え込んだ。

「——おい、おい！　なにぼーっとしてんだよこの給料泥棒が」

「ひゃあああ！」

無様な声を上げて振り返ると、事務室の戸口に立った阿弥陀が風呂敷包みを小脇に抱え、長い前髪をかきあげていた。

考え事をしていたせいで、襖が開いた音に気付くことができなかったらしい。

「お、おかえりなさい。もう戻られたんですか」

努めて平静を装いつつ、引き攣った笑みを浮かべる宗子。そのあからさまに不自然な笑みを気味悪そうに一瞥し、阿弥陀は嘆息した。

「帰るのが早すぎたか？　せっかく一人でいかがわしい妄想を繰り広げていたのに、邪魔しちまって悪かったなぁ」

「い、いかがわしい妄想なんてしてませんから！　それより、忌物の回収はもう済んだんですか？」

強引に話題をそらして問いかけると、阿弥陀は途端に表情を緩め、手にした風呂敷包みを手の中で弄ぶ。

「この通り、活きのいい奴が手に入った。かなり強烈な憎しみを抱えているようだから、すぐに商品としては使えねえかもしれんがな」

阿弥陀がそう言った直後、宗子は不意に訪れた冷気に身震いし、くしゃみを二度繰り返した。気付けば吐く息が白い。

「おっと、またかよ。こいつ、自分の家から離れるのが嫌だったらしくて、すこぶる機嫌が悪いんだ。最初に引き取った質屋なんか夏だってのに店内温度が氷点下になるって騒いでたぜ」

今朝、いきなり電話が入り、仕事上で付き合いのあるその質屋の店主に泣きつかれる形で、阿弥陀はその忌物を引き取りに行ったのだった。

「あれ、そういえば宝生さんは一緒じゃないんですか？」

「こいつがどうして忌物になんかなっちまったのかが気になってな。持ち主の遺族のこと、色々と調べさせることにしたんだ。出所の分からねえ忌物ってのも多いが、こいつは身元のはっきりした霊だから、調査にもそれほど時間はかからねえだろ。すぐに帰って来るはずだ」

どこか他人事のようにいって、阿弥陀は手にした風呂敷包みを目線の高さに掲げる。そして、口中に呟くような声で何事か囁いた。すると事務室に満ち満ちていた冷気がみるみる霧散していき、身体の震えが収まっていく。阿弥陀の呼びかけによって、忌物に宿る霊が冷静さを取り戻したのだろう。

室内をぐるりと見回し、邪悪な気配が消え去ったのを確認した阿弥陀は、満足そうに口の端を持ち上げ、改めて宗子を見た。

「それよりお前、やけに悶々としていたようだが、何か悩みでもあるのか？」

「えっ？　あ、いや……その……ははは、別に何でもないです」

プリントアウトした名簿を後ろ手に隠し、宗子はぎこちなく作り笑いを浮かべた。自分でもおかしくなるほど視線が泳いでしまったせいで、阿弥陀は余計に不信感を抱いたらしく、またしても不審そうな目つきを向けられた。

「なんなんだよその薄ら笑いは？　構ってほしくてたまらないって顔に書いてあるぜ」

うっと言葉を詰まらせ、宗子は弁解も出来ずに押し黙った。おずおずと見上げると、阿弥陀は地獄の鬼でも尻尾を巻いて逃げ出しそうな鋭い眼差しでこちらを凝視している。閻魔様よろしく、あらゆる嘘を見抜かんとするぎらついた目が、容赦なく宗子をいたぶった。

「なんだよ。何か言いたいことがあるなら言ってみろ。宝生にいじめられたか？　機械みたいな無表情女と二人きりで仕事をするのが嫌で胃に穴でも開いたのか？」

「べ、別にそんなこと思ってません。宝生さんはよき上司で先輩ですから」

「へえ、そうかい。新入りに懐かれてよかったなぁ宝生」

阿弥陀が誰もいないはずの空間へ呼びかけるように言った直後、

「――私は、朝の情報番組の占いと見え見えのおべっかは信用しませんので」

背後から切りつけるような声がして、宗子は飛び上がった。振り返ると、赤いハイヒールを手に持ち、庭に面した窓から事務室に侵入して来た宝生の姿があった。

「宝生さん、どうしてそんな所から……？」

まったく気配を感じなかった。元探偵というよりも、これではまるで忍びである。

「社長がでくのぼうよろしく戸口に突っ立っているのが見えたので、仕方なくこっちから入っただけのことよ。他意はないわ」

「嘘つけ。後輩が自分の悪口を言ってるんじゃないかと気になって、ひそかに聞き耳立ててたんだろうが」

茶化すような阿弥陀の発言を軽やかに無視してデスクに着いた宝生は、ルネサンス期の彫刻のように整ったその顔をPC画面に向けた。ノンフレームの眼鏡の奥で、凜々しい瞳がかすかに泳いでいるように見えるのは、気のせいだろうか。

「それで、宝生に対する不満じゃないなら、いったいなんだっつうんだ？」

それ以外は全く問題がないはずなのに、とでも言いたげな阿弥陀の声に辟易しながら、宗子はしばしの逡巡の後で意を決したように切り出した。

「実は……これなんですけど……」

後ろ手に持ったままの名簿を二人に見せる。強く握ったせいで、用紙はくしゃくしゃだった。

「こりゃあ、随分と昔の顧客名簿だな」

　ぽつりと言った阿弥陀にうなずいて、宗子は説明する。

「そこに、私の両親の名前があるんです。少し前に私の家族について話したので、もしかすると宝生さん、このこと知ってたのかなって……」

　おずおずと視線を向けると、宝生は手を止めてこちらを注視していた。驚いているのか、それとも困っているのか。その判断は難しかったが、少なくとも宗子が勝手に名簿を見たことを咎めようという気はないらしい。

「社長もこのこと、ご存じだったんですか？　だから、私を雇おうと……？」

　問いかけながら、じっと息を詰めて阿弥陀を見据える。だが阿弥陀の反応は思いのほか軽く、手にした名簿をさほど見ようともせずこちらに突っ返し、

「――へえ、珍しいこともあるもんだな。だがあいにく俺はその頃、この店のことに関わっちゃいなかった。お前の両親がここへ何をしに来たのかも知らねえよ」

「でも、こんなのおかしいです。偶然にしてはでき過ぎてませんか？」

「でき過ぎだとぉ？」

　阿弥陀はどこか呆れたように首をひねる。

「言っておくが、うちの顧客はお前が想像するよりずっと多いんだぜ。この町の住民だけじゃなく、それこそ他県からでも客はやってくる。うちみたいなサービスをしている店はそうそう見つからないだろうから、お前の両親がここに来てたとしても俺は驚きもしないし、その理由を突き止めたいとも思わねえな」

「でも私は……」

食い下がろうとする宗子を遮り、阿弥陀はぴんと立てた人差し指を左右に振った。

「それに、だ。さっきも言った通り、俺はその頃、この店にはいなかった。だから、お前が考えるような疑問を解消してやることは出来ねえ。そもそも二十数年前の客の子供だからってだけで、俺がお前を雇う理由になるか？」

「ならないと思います……」

「お前を雇ったのは、前にも言った通り、人には視えないものを視る力があるからだ。それ以外に理由なんてねえよ。特別美人でも、優秀でもねえしな」

無神経な言い草にムッとして眉を逆立てた宗子は、しかし一方で妙な説得力を感じてもいた。阿弥陀が宗子に対して隠し立てしたい事実や口止めしておきたい何かがあって雇い入れたのだとしたら、もう少し動揺する素振りを見せてもいいはずだ。

それがないということは……。

――ただの偶然……ってこと……？

突き返された名簿に記された両親の名前を見下ろしながら、宗子は内心で呟いた。そう納得するのが楽だという事にも気がついていた。下手に過去を掘り返し、その因果を解き明かしたところで、いい結果が待ち受けているようにも思えなかったからだ。もちろん、両親が本当はどういう理由で忌物を借りに来たのか。その真相を知るのが怖いという気持ちも、大いに関係してはいたが。

「――社長、お客様がいらしたようです」

宝生が囁くように言った。その直後、電子音がして玄関の自動ドアが開いた。

「おかしいですね。今日は依頼は入っていないはずですが」

ちっともおかしくなさそうな顔をした宝生が小首をかしげる。阿弥陀は事務室の戸口から廊下を覗き込み、玄関口へと呼びかけた。

「ようこそ阿弥陀堂へ。飛び込みの客とは珍しいな。何しに来たんだ？」

「いや、その……」

横柄な口調で質問されたことに驚いたのか、客と思しき人物は言葉に詰まり、二の句を告げずにいる様子だった。宗子は席を立ち、訝しげに眉を寄せる阿弥陀を押しやるようにして廊下に顔を出した。

玄関口で不安そうに佇むその客は、宗子と阿弥陀を交互に見据えながら、

「幽霊を貸してほしいんです。ここは『死人の口入れ屋』なんでしょ？」

強く訊ねられ、阿弥陀は口を開いて何かを言いかけたが、その言葉を飲み込むようにして思案する。突如として現れた飛び込みの客を見極めるかのように目を細め、それから小さく息をついた。

「おい宝生、今週の依頼状況は？」

「今週どころか、二週間先まで真っ白です」

そうか、と苦笑しながら阿弥陀はうなずく。そして玄関先にいる客に歩み寄り、無遠慮に顔を近づけて至近距離から相手の顔を覗き込んだ。

「仕方ねえ。特別に話を聞いてやるよ」

客がはっとして顔を上げる。その驚きと戸惑いに満ちた顔を注視したまま、阿弥陀は言った。

「あんた、どんな霊を探してるんだ？」

2

近頃、この家ではおかしなことが起きている。

夕食時のリビングを見回しながら、僕は心の中で呟いた。ひとりでに動く家具。鏡に映り込む見知らぬおばあさんの姿。誰もいない二階を歩き回る足音。お風呂で頭を洗っている時に、冷たい手に背中を撫でられたこともあった。

四歳の時にこの家に引っ越してきてから、こんなこと一度もなかった。それなのに今は、毎日のように気味の悪いことが起きている。どう考えても普通じゃない、異常な出来事が。

一週間くらい前、この家に空き巣が入った。幸い、防犯装置に驚いた犯人はすぐに退散したみたいだった。父さんはしきりに金庫の金が狙われたのだと言っていたけど、表に出せない『内緒のお金』だから、警察には届けないことにしたらしい。

その直後から、見たことのない白髪のおばあさんの霊が現れるようになった。

僕はしばらくの間、誰にも言い出せずに一人で悩んでいたけれど、みんなが同じ体験をしているということがわかって、少しだけほっとした。夜が訪れると、毎日のように現れるおばあさんの霊に恐怖を覚え、由梨《ゆり》と志穂《しほ》はどうにかしてほしいと父さんに詰め寄った。二人の強い意見を無視できなかった父さんは、高名な霊媒師を招いて除霊をしてもらおうとした。

けれど結果的に、問題は解決しなかった。霊媒師はインチキで、形だけの除霊で高いお金をむしり取っていっただけだった。父さんはそのことをとても怒っていたけれど、謝礼に使ったのはやっぱり『内緒のお金』だったから、警察に訴えることもできなかった。

日を追うごとにおかしな現象はひどくなる一方で、つい二日前にも、僕が学校から帰ってくると、家中に嗅いだことのない匂いが充満していた。父さんが言うには、それは『ショウノウ』の匂いで、田舎のおばあちゃんがよく使っていたものだと教えてくれた。

由梨は学校から帰ってくる時間が遅くなっていったし、志穂もアルバイト先の友達と遊びに行くと言って帰りが遅くなることが増えた。みんな、この家に帰るのが嫌で仕方がないみたいだった。顔を合わせるたびに互いの不安が伝染して、家の中の空気はどんどん重くなっていった。

そんな状態が何日か続いたある日、隣に住む大滝《おおたき》のおじいさんがうちを訪ねてきた。もう何週間も前から飼い犬のベスが行方不明になっているみたいで、玄関口でしきりにベスを見ていないか、どこへ行ったか知らないかと訴えかけてきた。

「そんなこと知ったことか。いつも盛ってばかりの馬鹿犬がいなくなって、こっちはせいせいしたよ」

もともと犬嫌いで、日ごろからベスの鳴き声がうるさくてかなわんとこぼしていた父さんは、そう言って大滝のおじいさんを追い返した。わざわざ作ったというビラを目の前で破り捨てられてしまったことがショックだったのか、おじいさんはしばらく僕たちの家の前に立ち尽くし、悲しそうに肩を落としていた。

「あんなボケ老人は、さっさと病院か施設にでも入れてしまえばいいんだ」

父さんは以前から大滝のおじいさんを嫌っていた。ベスがいなくなってから、おじいさんは何度もうちの庭に勝手に立ち入ったり、朝早くからうちの前に座り込んでベスの名前を呼び続けたりと、おかしな行動が目立ったからだ。見つけるたびに声をかけたり、息子さん夫婦にお願いして連れ帰ってもらうんだけど、同じようなことが何度も続くうち、父さんはおじいさんの顔を見るだけで不機嫌になるようになった。だからといって、乱暴に追い返すのはひどい事だけれど、誰も父さんをいさめることはできなかった。僕も、下手に口を出して父さんの怒りが自分に向いたらと思うと、怖くて何も言えなかった。

その翌日には由梨の担任の高校教師がうちにやってきて、由梨が同級生を相手にお金を要求していたことを話した。普通だったら娘のしたことを叱り、相手の両親に謝るのが当然なんだろうけど、父さんは厳しい目つきで先生をにらみつけて、

「証拠もないのにうちの子を一方的に悪者扱いするなんて、あんた教師として間違っているんじゃないのか。もういい、話にならん。さっさと帰ってくれ」

と事情を説明しようとする先生を一方的に追い立てた。これには気の弱そうな先生も困り果ててしまったらしく、後日、教頭と一緒にもう一度来ますからと汗をふきふき帰っていった。たとえ教頭先生でも、建設会社社長で強面の父さんに詰め寄られたら尻尾を巻いて逃げ出してしまうんじゃないかなと思った。

先生が帰った後、父さんは由梨の頰をひっぱたき、「くだらない面倒ごとを起こすな」と怒鳴りつけた。由梨は何も言い返さなかったけど、部屋に籠る直前、廊下にいた僕を腹いせとばかりに思い切り突き飛ばしてきた。

また別の日、学校から帰ってくると見慣れない車が家の脇に停まっていた。なんとなく気になって見てみたら、助手席に志穂が座っていた。運転席の若い男の人となにか話をしている。たぶん、アルバイト先の友達だろう。志穂がご飯の時によく話題に出す『山岡《やまおか》くん』という人かもしれない。彼女は何かにつけて僕たちに、社員の山岡くんが使えないと愚痴をこぼす。僕はそんな話どうでもいいと思っているんだけれど、何度も聞かされているうちに覚えてしまった。

その山岡くんがどうして志穂を車に乗せているんだろう。雨が降っているわけでもないのに、わざわざ送ってくれたのか。でも志穂はいつも自転車で通勤している。その自転車を職場に置いたまま山岡くんに送ってもらうなんて……。

そこまで考えたところで、山岡くんが思い切ったように身を乗り出して志穂にキスをした。突然の出来事に驚いた様子の志穂は、少し困った顔で相手を見返していたけど、すぐに笑みを浮かべて、今度は自分から山岡君にキスをした。

なんだかいけないものを見てしまった気がして、僕はそそくさと家に入る。道路を横断するとき、ほんの一瞬だけ志穂が僕を見た気がした。それが気のせいじゃないことは、その日の夕食時にわかった。志穂は食事中ずっと「余計なことを言うな」とでも言いたげに僕を睨みつけながら、もそもそと焼うどんを口に運んでいた。そんな風に威嚇されなくても、僕は彼女のことになんか興味はないし、ましてや、外で何をしようと関係ないと思っている。見てしまったことを父さんに告げ口する気だってない。

――壮太《そうた》。

小声で名を呼ばれた気がして僕は我に返った。隣の席に座るお母さんが、心配そうに僕を覗き込んでいる。お母さんは僕が落ち込んでいる時、真っ先に気付いてくれる。父さんに何か言い返すのは火に油を注ぐ行為だとわかっているお母さんは、直接反論したりはしないけれど、いつだって僕を第一に考えてくれる。おかげで僕は、嵐のような言葉の暴力が過ぎ去るのを、じっと耐えることができる。

お母さんに小さく微笑み返しながら、僕は改めて実感した。僕が唯一、この家で大切に思える相手はお母さんだけだということを。お母さんさえいてくれたら、このうんざりするような家族は全員、どこかへリサイクルに出してもいいとすら思う。食事中に志穂に睨まれても、由梨に八つ当たりされ、友達がいないことを笑われても、お酒に酔った父さんに叩かれたりしても関係ない。お母さんが、僕の悲しみを全部受け止めて励ましてくれるから。

「やだ、なんか寒くない？」

「そうね。エアコンの設定はいつも通りなのに」

由梨に同調し、志穂がリモコンを確認しながらぼやく。確かに、さっきからずっと僕の二の腕は鳥肌がおさまらない。外は今日も三十度を超えているというのに、どうしてこの家はこんなにも寒いんだろう。そんなことを考えていると、今度は誰も操作していないはずのテレビが勝手に点いた。しかも、最大音量で。

「うわっ、何やってんだ。早く消せ！」と父さん。

「私じゃないわよ。テレビが勝手に……」

志穂が立ち上がり、リビングのテーブルに置かれたリモコンを操作する。ほどなくしてテレビが消えると、今度は部屋の明かりが点いたり消えたりして、窓ガラスが強風にあおられたみたいにがたがたと揺れ始めた。

僕は慌ててお母さんに身を寄せる。お母さんの手にやさしく抱き寄せられるのを感じながら、僕は部屋の中を見回した。

リビングのドアのガラス越しに何かが見える。目を凝らしてみると、薄汚れた着物を着た白髪のおばあさんが、ガラスに両手を当て、べったりと顔をくっつけて僕たちをにらみつけていた。

「うわああ！」

僕が叫ぶのに続いて、由梨と志穂がそろって悲鳴を上げた。

「また出た！　もう何なのよ！」

「ねえパパ！　なんとかしてよ！」

二人に追い立てられるようにして立ち上がりはしたものの、父さんは何をするでもなく固まってしまった。見るからに普通ではない——というよりこの世のものではないおばあさんを前にどう対処したらいいのかが分からず、「ああ」とか「うぅ」とか言いながら立ち尽くすばかりだ。

「ちょっと、パパったら！」

由梨が更に訴えかける。その間にも、白髪のおばあさんは血走った眼をこれでもかとばかりに見開き、ガラスに顔を押し付けていた。もしおばあさんがリビングに入ってきたら僕たちはどうなってしまうのか。そのことを想像しただけで怖くてたまらなかった。ぶるぶる震える僕を抱きしめてくれるお母さんの手の感触だけが、唯一、頼れる存在だった。

しきりに窓がガタガタと音を鳴らし、あちこちの家具がひとりでに揺れ始める。まるで大地震が起きたみたいに、家じゅうが強い振動にさらされていた。

「いや、助けて！」

由梨が叫ぶ。志穂は何やら金切り声を上げて頭を抱えている。二人の姿を見かねたように、父さんは意を決してリビングのドアへと駆け寄り、体当たりするように勢いよく開け放った。

すると突然、ぴたりと揺れが止み、耳鳴りがするほどの静寂が訪れた。リビングのドアの向こうにおばあさんの姿はなく、父さんは安堵の息を漏らしながら、ゆっくりとドアを閉める。

「ねえ何なのよいったい。あのおばあさん、誰なの？」

「……確かなことは言えないが」

「何よ。はっきり言ってよ」

志穂がもどかしそうに父さんの腕を揺すった。

「隣のばあさんだよ。二年前に亡くなったんだが、あんな見た目だった気がする」

「なんでお隣のおばあさんがおばけになってうちに出てくるのよ？　普通、自分の家に出るんじゃないの？　まさか、隣と間違えて戻って来たなんて言わないわよね？」

「そんなこと、俺に言われても分かるわけがないだろう。隣と言ったって、特別交流があったわけじゃない。俺よりも綾子《あやこ》の方が、そのばあさんとは仲良くやってい た」


ムスッとした口調で言うと、父さんはダイニングテーブルに着いて、そのまま食事を再開する。母さんを見ると、どこか困ったように微笑みながら、父さんの言葉を肯定するようにうなずいた。たしかに母さんは、大滝のおばあさんが生きていた頃、実の親子のように仲良くしていた。

僕は記憶を掘り起こし、母さんと話をする上品なたたずまいのおばあさんの姿を思い浮かべる。真っ白な髪の毛を綺麗に整えたおばあさんの品のある笑顔がまざまざと甦り、そしてその姿が、たったいま我が家に現れたおばあさんの姿にぴたりと一致した。父さんの言うことは、簡単には信じられないことだけれど、信じられないことがすでにこの家で起きている以上、笑い飛ばしたりなんて出来なかった。

「――ねえ、これってもしかして『死人の口入れ屋』じゃない？」

「え？　何なの、それ？」

志穂が聞き返すと、由梨はごくりと生唾を飲み下してから静かに語り出した。

「今の学校で聞いた噂なんだけどね。この町にはそういうふうに呼ばれているお店みたいなのがあって、そこではお客の求める幽霊を貸し出してくれるんだって」

「なによそれ。学校の怪談？　それとも都市伝説ってやつ？　今どきの高校生の間じゃそんなものが流行ってるの？」

ていうかあんたいくつだっけ、と志穂がからかった。それが悔しかったのか、由梨は口を尖らせながら強く頭を振る。

「違うって。あたしは信じてなんかいないわ。学校の連中が言ってるだけよ。ほかにすることがなくて暇だから、そういう噂が流行るんでしょ。だから田舎は嫌なのよ……」

ぶちぶちとこの町や学校についての愚痴をこぼし始める由梨。そのことについては志穂も同意見らしく、一緒になって以前住んでいた都会の暮らしを懐かしんでいた。

「おいお前たち、いつまで喋ってるんだ。早く食べてしまいなさい」

父さんは二人の会話に加わろうとせず、淡々とシチューを口に運んでいる。あんなことがあったにもかかわらず、当然のように食事に戻る父さんの姿に、二人は奇妙な違和感を覚えた様子だった。もちろん、僕だってそう感じた。

　こんなにもおかしな出来事が続いて、家族が悲鳴を上げているのに、父さんはそれを解消するどころか、まともに受け止めようとしない。霊媒師を呼ぶだけじゃなく、家の中をくまなく調べるだとか、どこかに避難するだとか、何かしらの解決法を提示してもおかしくないはずなのに、そのつもりはないらしい。

　そのことについて、父さんは理由を語ろうとはしなかった。ただそうするのが当然だとでも言いたげに、頑なに普段通りの生活を送ろうとしていた。だから僕たちは、父さんの意向に逆らわないよう、何事もなかったかのように毎日を過ごすしかなかった。

3

「まったく冗談じゃないわよ」

　陰鬱な雨雲が晴れ、蒸し暑い夜が続いたある日の夕食時、志穂は機嫌の悪さを隠そうともせず、喚くように言った。

「何が『もっと壮太くんに目を向けて、ご家族で話を聞いてあげてください』よ。担任だからって失礼にもほどがあるわ。こうなったら教育委員会に抗議してやるから」

ワイングラスを叩きつけるようにテーブルに置いて、志穂は鋭く引き絞った眼差しを僕に向ける。反射的に視線を逸らして、僕はうつむいた。

「あれじゃまるで、あたしたちが壮太を虐待してるみたいじゃない」

「あんたは媚びを売るのが得意だから、教師に気に入られてんのよね。そのくせ友達は一人もいないみたいだけど」

怒りの収まらぬ志穂に同調し、由梨は壊れた人形みたいにけたけたと笑った。彼女たちのじっとりとした陰湿な視線がとにかく恐ろしくて、とても目を合わせる気分にはなれない。この不快感が早く消え去ってくれるようにと願いながら、僕はテーブルの下でお母さんの手を強く握りしめた。

そもそもなぜ、学校の先生から我が家に電話があったのか。事の始まりは、この春にクラス替えがあってからだった。新しいクラスには、僕の抱える問題を知らない同級生が何人もいて、周囲に壁を作り友達を作ろうともしない僕を奇異の眼差しで見ていた。最初は何もしてこなかったけれど、一週間も経った頃には「片瀬《かたせ》って臭いよな」「なんか、ゴミ箱みたいな臭いがするよね」などとちょっかいを出してくるようになった。そのこと自体、僕はさほど気にしてはいなかった。実際、僕は一週間以上同じ服を着続けていることがあったし、そういう所を不潔に感じ、僕と距離を置いていたクラスメイトもたくさんいたからだ。

春から担任になった豊川《とよかわ》先生は、大学を卒業したばかりの新任で、何に対しても一生懸命な熱血漢だった。僕や僕の家が抱える事情を知って必要以上に気を使ってきたり、廊下ですれ違うたびに僕を呼び止め「お前はやればできる。何かあったらすぐ先生に言うんだぞ」などと励まそうとしてきたりするのも、彼なりの仕事に対する真剣さの表れなのだろう。家を訪ねてお父さんと話をさせてくれないかと言われたこともあったけれど、僕は断固として拒否した。それでもしつこく食い下がる先生に、お母さんがいるから大丈夫だと告げると、先生は「そうか……」と難しい顔をして引き下がった。けれどやっぱり先生は気が収まらなかったらしく、うちに電話をしてきたのだった。

電話に出たのは志穂で、僕の家での様子や家族とのコミュニケーションについて、しつこく詮索されたらしい。先生の熱血さ加減が仇となり、あらぬ疑いをかけられた気になった志穂は口汚く先生を罵倒したのだという。最終的には家族の問題に口を出すなときつく言い放ち、志穂は一方的に電話を切ってしまった。何も知らず学校から帰って来た僕は、担任教師にあることないこと吹き込んだ裏切者として罵られながら夕食を取ることになったというわけだ。

志穂はひとしきり溜め込んだ怒りを吐き出すように僕に当たり散らし、思い出すのも不愉快な言葉の数々を僕に浴びせた。由梨も一緒になって暗いだの、何を考えているかわからないだのと僕を口汚く罵った。そうすることで、日々溜め込んでいる自分のストレスを少しでも解消しようとしているんだろう。

僕が何も言い返そうとせず、ひたすら俯いてばかりいることが気に入らないのか、志穂は荒々しく溜息をついて食卓に視線をやった。そこで父さんが皿に手を付けていないことに気付くと、怪訝そうに首を傾げる。

「どうかしたの？　全然食べてないけど」

「ん、ああ……」

歯切れの悪い答え。僕の担任が電話をしてきたことなんて、まるで興味がないといった様子で、父さんは眉間に深い皺を寄せている。どこか具合でも悪いのかと心配する志穂と由梨を交互に見据え、父さんは呻くようにいった。

「……本当なのかもしれないな」

「はぁ？　何が？」

由梨が呆れ口調で問い返す。

「この間、お前が言っていたことだよ。おかしな噂があると言っていただろう」

「……え、もしかして『死人の口入れ屋』のこと？」

由梨は思い出したように声を上げ、我慢できずに噴き出した。真剣な表情を崩さない父さんをよそに、由梨の嘲笑めいた笑い声が室内に響く。

「嘘、パパったら本気にしてるわけ？　あれは単なる都市伝説だから」

「えっと、何の話だっけ？　その死人のなんとかって」

志穂は斜め上を見上げながら首をひねり、指先を顎にやった。その記憶力のなさに由梨はがっかりしたように溜息をついた。

「だから『死人の口入れ屋』よ。この町のどこかに、死者の霊を宿した遺品をレンタルするっていうお店があって、そこで多額のお金と引き換えに霊の取り憑いた遺品を借りると、その霊を自由に使うことができるっていう話」

「オバケが取り憑いた遺品？　それがあればオバケで人を脅かすことができるの？」

冗談でしょ、と志穂は取り合わない。真っ当と言えば真っ当な反応を前に、由梨もまた困ったように首を横に振った。

「だから都市伝説だって言ってるじゃん。こんなの面白半分に話すだけで、誰も本気になんかしてないわよ。まあ、壮太くらいのガキだったら、信じるやつもいるかもしれないけど」

言いながら、由梨は侮蔑めいた眼差しを僕に向ける。その蛇みたいな目つきから逃げるように、僕は身体を小さくして視線をそらした。

「ただの噂じゃなく現実に存在するとしたらどうだ？　うちがこんな状況なのも、その話が事実なら説明がつくじゃないか」

父さんは思いつめたようにこぼし、握りこぶしをテーブルに叩き付けた。がちゃんと食器が音を立てて、グラスの水に波紋が広がった。

「ちょっと待って。この家に現れる霊はお隣のおばあさんなんでしょ？　噂が本当だとしても、誰がそのおばあさんの霊をうちにけしかけたりするのよ」

「そうよ。いくらなんでもそれは考え過ぎじゃない？」

志穂の意見に由梨が賛同する。だが二人の訴えを受け入れようとせず、父さんはかぶりを振った。

「だったらあのばあさんが現れる理由が他にあるのか？　毎晩のように目にするあれが単なる幻覚や妄想の類じゃないことくらい、お前たちだってわかっているはずだ」

強い口調で言って、父さんは天井を見上げた。すると、とんとんとん、と二階を歩く足音が聞こえてきて、僕たちは一斉に息をのんだ。

「やだ、またなの……」

抜群のタイミングで訪れた奇怪な現象を前に、志穂はこわごわと呟き、自分を抱きしめるようにして二の腕をさすった。程なくして足音は途切れ、再び静寂が訪れる。息を詰めて様子を窺っていた父さんは、そこでようやく息を吐きだした。

「きっかけはおそらく、二週間前の空き巣の件があってからだ。あの時に、何者かが我が家にその『霊の取り憑いた遺品』とやらを仕掛けていったんだろう」

「そんなもの、見た覚えなんかないけど……」

志穂が不安そうに呟いて、ねえ、と由梨に同意を求める。

「わかる場所に仕掛けたら意味がないだろう。だが、必ずどこかにあるはずだ。それがどんなもので、どこにあるのかがわからない以上は探しようもないがな」

もどかしさを滲ませながら、父さんは吐き捨てた。

「でも、どうしてなの？　なんでうちがこんな目に――」

「ふん、私を恨む連中ならいくらでもいる。お前たちだって、清廉潔白な身とは言えないだろう」

由梨の言葉に被せるようにして、父さんは鼻を鳴らした。その探るような眼差しに、志穂と由梨が揃って黙り込んだ。それぞれがどことなく後ろめたそうな顔をする一方で、父さんの疑惑の眼差しは更に深まっていく。

気まずい空気が食卓を覆っていく。言葉にしようのない重々しい雰囲気に息苦しさを感じて、僕はお母さんに助けを求めた。するとお母さんはいつもと変わらぬ優しい笑顔で僕を見返してくれた。慈しむようなその微笑みのおかげで、不安でがんじがらめになった僕の心が少しずつほどけていく。

「どうなんだ由梨、誰か心当たりはいないのか？」

「ちょっと、決めつけないでよ。あたしは別に恨まれる覚えなんか……」

「わ、私だって人に恨まれる覚えなんてないわ。誰かが勝手に逆恨みしてるだけよ」

訊いてもいないのに、志穂が慌てた様子でまくしたてる。

「ふん、今更おまえたちの言い訳を聞きたいわけじゃない。私だって、会社のために邪魔な人間は何人も排除してきた。隙を見せれば、必ず誰かに足をすくわれるのが社会というものだからな」

父さんは低い声で言って、椅子に深くもたれかかった。

「とにかく今、重視すべき事柄は悪霊の被害がこの家全体に及んでいるということだ。このまま霊の姿に怯えながら過ごすのも限界があるが、だからと言ってこの家を手放すわけにはいかない。その理由はお前たちだってわかっているはずだ」

あえて確かめるような父さんの言葉に、二人は無言でうなずいた。都市伝説の話はさておき、志穂や由梨の中でも、この家から離れたくないという意志は一致しているみたいだった。というよりもむしろ、離れたくても離れられないという感じだろうか。その理由を問うようなことをすれば、きっと僕は無事では済まないだろう……。

「――ねえ、もしかして……」

由梨が不穏な声を上げた。きつく細められた視線が、ゆっくりと僕に向けられる。

「あんたじゃないわよね？　あたしたちを陥れようとしてるの」

「ぼ、僕が……？」

思わず声が上ずった。助けを求めるようにお母さんを見ると、不安げな眼差しが僕と由梨との間で行き来している。父さんや志穂も戸惑いをあらわにして押し黙り、息がつまるような沈黙が僕たちの間に横たわっていた。

「ふはは。何をバカなことを言い出すんだ由梨。そんなことがあるわけないだろう」

その沈黙を切り裂くように、父さんが含み笑いをこぼした。それに対し、由梨は憤然と立ち上がって抗議する。

「だって、うちの中で裏切者がいるとしたらコイツしかいないでしょ」

「おいおい、弟に向かって裏切者とはなんだ。お前の気持ちも分からないでもないが、壮太はまだ何も知らない子供なんだぞ。当て推量で物を言うんじゃない」

たしなめるような父さんの言葉はしかし逆効果だったようで、由梨はテーブルをばしばしと叩きながらヒステリックに喚きつつ、地団太を踏んだ。

「パパ、私の言う事信じてくれないの？　ねえママも何とか言ってってたら。二人ともどうして真面目に聞いてくれないのよ。こいつはね、イカレてるのよ。学校の担任だって、こいつのおかしな言動がひっかかったから電話してきたんでしょ。隣のおばあさんの霊だって、きっとこいつが……！」

由梨はすっかり僕を犯人だと思っているらしく、一方的に決めつけては悪意に満ちた眼差しで睨みつけてきた。むき出しの敵意にさらされ、僕は助けを求めるようにお母さんを振り返る。お母さんは困ったように眉を寄せて由梨を見つめるばかりで、何も言おうとしなかった。何か言ったところで彼女の耳には何も届かないことを理解しているからこそ、無言を貫いているのかもしれない。

由梨の発言は全て勝手な言いがかりだ。僕はみんなを裏切ったりしていないし、大滝のおばあちゃんの霊だって、僕とは無関係なのだから。そう内心で強く言い放ち、僕は深く息を吸い込んで由梨を見返した。

僕の態度が気に入らなかったのか、由梨はたちまち鬼のように眉毛を逆立てて怒りをあらわにした。そして何か言おうとしていたけれど、不意に鳴り響いた玄関チャイムの音によって遮られてしまった。

「あら、誰かしら」

志穂が立ち上がり、リビングの壁に備え付けられたインターホンのカメラ映像を覗き込む。

「やだ、またお隣のおじいさんよ」

軽く息をのんだ志穂を押しのけ、父さんが同じように画面をのぞいた。

「またか。一体どういうつもりなんだ！」

父さんは荒々しい口調でぼやきながらリビングを出ていき、短い廊下の先にある玄関ドアを押し開いた。僕は食卓に着いたまま、首を伸ばして玄関の様子に耳をそばだてる。

「おいあんた、いったい何の用だ！」

「ベスが……いないんだ……」

挨拶らしい挨拶もなく、大滝のおじいさんは悲痛に訴えた。けれど父さんは聞く耳を持たず、ひたすら感情的に声を荒らげて老人の肩を小突き、二度と来るなとがなり立てた。

「何度言ったらわかるんだ。あんたの犬なんて知らん。もういい加減にしてくれ。これ以上しつこくすると本当に警察を呼ぶぞ」

発言の意味が分からないとでも言いたげに、大滝のおじいさんは不思議なものを見るような目で父さんを見上げていた。状況が正しく理解できていないのか、その顔には、被害者めいた悲痛な表情が浮かんでいる。だが不意にその目が大きく見開かれ、おじいさんは微かに震える指先を持ち上げると、父さんの顔に向かって突きつけた。

「あんた……あんたがベスを……」

何かに怯えるような、激しい恐怖に晒されたおじいさんの目が父さんを凝視している。その意味をなさない言動がいよいよ逆鱗に触れたらしく、父さんは力任せに大滝のおじいさんを突き飛ばした。痩せて枯れ木のようになったおじいさんの身体は驚くほど簡単に後方へと倒れ込む。おじいさんはそれでもなお「庭を……庭を……」と意味の分からない言葉を繰り返し呟いていた。

「親父、ここにいたのか。もう、勝手に出ていかないでくれよ！」

突然、父さんとおじいさんとの間に割って入ったのは、お隣の大滝さん——おじいさんの息子に当たる人物だった。少し前から、おじいさんの世話をするために東京から帰ってきているらしい。

大滝さんは戸口に立つ父さんに何度も頭を下げ、その背後では、少し遅れてやってきた奥さんらしき人物が、おじいさんに手を貸して立ち上がらせようとしていた。

「——あの犬は亡くなった母が拾ってきた犬でして、母の死後、父は母に伝えられなかった感謝の気持ちを、犬を大切にすることで示そうとしていたんです。だから突然行方不明になってしまい、心配でたまらずお宅にご迷惑を……」

「ふん、そっちの事情なんて知ったことか。そんなに大切な犬なら、逃げ出さないようにきちんと繋いでおけばよかったんだ。今度そのじいさんがうちに来たら警察を呼ぶからな。あんたたちも家族なら、もっとちゃんと面倒を見てやったらどうなんだ。それが出来ないなら、さっさと施設にでも入れてしまえ！」

乱暴に吐き捨てた父さんが玄関のドアをたたきつけるように閉めた。

磨りガラスの向こうで隣人たちが立ち去るのを確認した父さんは、リビングに戻って来たものの、もはや食事を続ける気にもならないらしい。テーブルのスマホに手を伸ばし、それを操作しながら小さく舌打ちをすると、どこかに電話をかけ始めた。電話相手とやり取りをし、短い相槌を打ちながら、父さんはリビングを出ていく。お隣さんへの怒りを引きずっているのか、普段よりも数倍不機嫌そうな声が遠ざかっていき、書斎のドアが閉まった直後には、家全体を揺るがすような怒鳴り声が響いてきた。

「あーあ、まただ。あれって仕事の電話だよね？」と由梨。

「なんか、いろいろごたついてるんだって。最近は会社のことになるといつもあんな感じよ」

志穂が冷めた目で言い、由梨はさほど興味もなさそうにうなずいた。ふと隣を見ると、お母さんは父さんが去っていったリビングのドアを見つめたまま、困り果てたように眉じりを下げている。ひどく思い詰めたようなその横顔を見ているうち、僕もまた複雑な想いに晒されて、胸がぎゅっと苦しくなった。


翌日の放課後、掃除当番を終えた僕が校舎を出ると、クラスの男子たちが待ち伏せしていて、下校する僕を取り囲んでは手拍子を打ちながら臭いだの、汚いだのといった言葉を投げかけてきた。もう三日以上同じ服を着ているせいか、二日もお風呂に入っていないせいかもしれない。どっちにしても、彼らの言い分が事実であるという自覚があったために、言い返すこともできなかった僕は隙をついて駆け出し、そのまま逃げるように下校した。

家に帰ったら、まずお風呂に入ろうか。いやでも、志穂や由梨に見つかったらまた何を言われるかわからない。洗濯機だって勝手に回したりしたら「何やってるのよ！　ねえママ！　壮太がまた勝手に洗濯しようとしてるよ」などと告げ口されてしまう。お母さんに助けを求めるべきなのかもしれないけど、僕が学校でいじめられている事を話したら、優しいお母さんは心を痛めてしまうに違いない。それは僕としても悲しい事だった。

ゆるやかな坂道を上り、一部がひしゃげたガードレールに沿って角を曲がった僕は、ふと、家の前に立つ人影に気付いた。それが大滝のおじいさんだとわかった瞬間、僕は電柱の陰に隠れて息をひそめた。

おじいさんはいつものように、首元が黄色く変色したシャツにステテコ姿で、この日はサンダルをつっかけもせず裸足のまま路地に立っていた。焦点の合わない虚ろな目をまっすぐに僕の家に向けて、じっと佇んでいる。半開きにした口からは、だらだらと涎を垂らしていた。

――どうしよう。

電柱の陰に身をひそめたまま、僕はすっかり悩んでしまった。もし、うかつに近づいて暴力を振るわれたらと思うと怖くてたまらない。全力で走って家の中に入ってしまおうかとも思ったけれど、そのためにはおじいさんの脇を通り抜けなくてはならないし、この時間は家に誰もいないだろうから、玄関には鍵がかかっているはずだ。もたもたしていたら、それこそすぐに捕まってしまう。

昨夜、父さんが乱暴に追い払ったことを根に持っているのだろうか。すぐに探しに来ないところを見ると、今日は息子さん夫婦が来ていないのかもしれない。おじいさんが僕の家に強引に入ってこようとしても止めてくれる人はいないのだ。もし襲われたりしたら、子供の僕じゃろくに抵抗も出来ないだろう。

悩んだ挙句、僕はそろそろとおじいさんに近づいて、声をかけることにした。充分に距離を置いて「あのぉ」と声をかけてみたけれど、おじいさんはろくに反応もせず、マネキン人形のように身じろぎ一つしなかった。

「あの、大滝のおじいさん！」

さっきよりも大きな声で呼びかける。すると、おじいさんはゆっくりと、油の切れたゼンマイ人形のような動きで首を巡らせ、不気味に濁った眼を僕に定めた。

「うちに何か用ですか？　お父さんならいませんけど」

僕の声に反応して、おじいさんの口がわずかに動いた。

「うぅ……うぉぉ……」

おじいさんは意味不明な言葉を発し、かすれた呼吸を何度も繰り返しながら、徐々に僕との距離を詰めようとこちらに迫ってきていた。ゆらゆらと身体の前で揺れていた両手がゆっくりと持ち上がる。爪と皮膚の間にびっしりと汚れの詰まった十本の指が、何かの生き物のように蠢いていた。

「ちょっと……来ないで……」

僕が訴えかける声をよそに、おじいさんは昨夜、父さんにしたみたいに、突然その目を大きく見開いた。黄色く濁った白目にイトミミズのような毛細血管が広がり、血走ったその眼が僕を捉えて離さない。

声を上げる暇すらなかった。おじいさんは信じられないほどの素早い動きで僕の腕を摑み、自分の方に引き寄せようとする。抵抗すればするほど、硬い指が容赦なく手首を締め付け、僕は痛みに呻いた。

「離して……」

痛みと恐怖から涙ながらに訴えても、おじいさんは聞き入れてくれなかった。それどころか、もう一方の手で僕の肩をがっちりと摑んで引き寄せた。手首に加えて肩にも痛烈な痛みが走り、半ば叫ぶようにして悲鳴を上げる。だがその時、

「……に……が……」

おじいさんが何かを囁いた。その声がどうしようもなく悲しそうで、怒りや憎しみと言った感情を感じさせない奇妙なものだったので、僕は叫ぶのも忘れて問い返した。

「……何？　何ですか……？」

「……にわ……うめ……て……」

――庭？　埋めて……？

聞き取れたのはそれだけだった。僕がもう一度聞き返そうとした時、おじいさん

は驚いたような顔で僕の手を離し、よろよろと後ずさりし始めた。

何かとてつもない恐怖に晒されたみたいに表情を歪め、背を向けたおじいさんは、おぼつかない足取りで自分の家に戻っていった。

おじいさんの姿が見えなくなってからも僕はしばらくの間、路地に立ち尽くしていた。おじいさんはいったい、何を伝えようとしていたのだろう。半開きの口からこぼれ出た言葉には、どんな意味があったんだろう。

日の傾き始めた住宅街は、どこか異様な静けさでもって僕を取り囲んでいる。ゆっくりと視線を巡らせ、自分の家の庭に視線をやった。

低い生垣の向こうに芝生が広がり、コンクリートの塀に沿って作られた花壇がある。何の変哲もない、ごく平凡な家の平凡な庭。

あのおじいさんは、何をあんなに恐れていたのだろう……。

4

更に数日が過ぎた頃、父さんは突然会社をクビになった。いわゆるクーデターというやつだと言って、父さんは荒い呼吸を繰り返した。長年の独善的な経営方針に加え、この家でおかしなことが起こり始めてから不安定になった父さんの精神状態を理由に、会社を任せられないと判断した役員たちが、父さんから会社を奪い取ってしまったのだという。

　時を同じくして、由梨が学校で刃物を振り回し、同級生に危害を加えたという連絡が入った。由梨はこのところ、家の外や学校などでも実際には存在しない者を視ることがしばしばあり、誰もいない場所をじっと見つめながら「またいる」などと虚ろな眼差しで呟いたり、時には「いったい何なのよ！　言いたいことがあるなら言えばいいじゃん！」などと喚き散らすこともあったという。そうした精神的なストレスが重なり、ちょっとしたことから口論になった同級生に襲い掛かったのだった。

　一方、志穂はあの若い男性社員との逢瀬がアルバイト先にばれてしまい、彼の妻に不倫関係の証拠を突きつけられ、少なくない慰謝料を請求された。山岡くんと呼ばれていた男性は大阪の本社から単身赴任でやって来た社員だったらしく、事態を重く見た会社は志穂をクビにすることで事態の収拾を図った。志穂はもともとスーパーのレジ打ちの仕事に執着なんてなかったけれど、山岡くんにあっさりと捨てられたことに対しては、強いショックを受けている様子だった。

　心血を注いで成長させてきた会社を失った父さんは、由梨の傷害事件も志穂の不貞行為に関してもほとんど反応らしい反応を見せず、昼間から酒に溺れては白髪のおばあさんの霊に対し罵詈雑言を繰り返すばかりになっていた。そのことがかえって、彼女たちの反感を買う事となり、それぞれろくに口も利かない日々が何日も続いた。

　そんな日々の中でも、相変わらず白髪のおばあさんの霊は僕たちの前に現れ続けている。部屋の窓に映り込み、視界の端に現れ、家具や食器を揺らしては騒がしい音を立て、時にはガラスをひっかいたような金切り声を上げることもある。壁や天井には手形のような跡がいくつも浮かび上がっていた。だがその一方で、おばあさんは僕たちに直接的な危害を加えようとはしない。ただそこに存在し、悪夢のような現象を引き起こすばかりで、誰かを傷つけたり、悪意のある言葉を投げつけることすらもしない。この頃になると僕は、彼女が我が家に現れる理由が、僕たちを傷つけるためではなく、もっと別のところにあるのではないかという気がしてならなかった。敵意を持って迫ってきているように見えるのも、ただの考えすぎなのかもしれない。

それでも、出現し続けるおばあさんの霊によって、僕たちは確実に追い詰められつつあった。父さんと志穂と由梨の三人は、社会的な立場という点で取り返しのつかないところにまで落ちてしまった。それだけでも、この家に忌物を仕掛けた人間のたくらみは成功と言えるだろう。

そもそも、その人物の目的とは一体何だったのだろう。この家の人間が不仲になり、分裂するさまを見て満足しているというのなら、もはや忌物は必要ない。おばあさんの霊が出なくなってもいいはずだ。しかしそうならないということは、他に目的があり、それが果たされていないということか。そしてその目的とは、大滝のおじいさんが僕に言った「庭……埋めて……」という言葉と関係があるのだろうか。

それらの疑問は、常に頭の片隅でくすぶり続け、何をしていても離れることはなかった。家にいても学校にいても、それこそ四六時中、僕を悩ませ続けた。ともすれば永遠に解けることのない難問であるかのように感じていたけれど、思いがけず唐突に、その謎が解明される機会は訪れた。

その日は珍しく家に全員が揃っていた。この数日で家の中はすっかり様変わりしてしまい、荒れ果てたリビングには父さんが飲み干したビールの空缶やおつまみが散乱して、ひどい臭いを放っている。志穂はもはや夕食を作る気もなくコンビニの弁当や宅配ピザばかり食べているし、由梨はここのところ外食ばかりだった。僕とお母さんは、肩身の狭い気持ちでダイニングテーブルに座り、たまに天井から聞こえてくる物音に耳を澄ませていた。

とんとんとん、と。それは足音というよりも、杖か何かで床を叩くような音だった。リビングにいる全員にこの音は聞こえているはずだけど、誰も反応しようとしなかった。いや、むしろわかっていてあえて聞こえないふりをしているのだろう。

「――もう限界よ」

食べかけのピザを箱の中に落として、志穂は低い声で呟いた。

「いつまでこんなことが続くの？　もう耐えられないわ」

「だったら出ていけばいいだろう。無理にいてくれなんて、頼んだ覚えはない」

父さんの冷ややかな一言が、場の空気を更に凍り付かせた。まさに一触即発の張り詰めた空気に、僕は身体を小さく縮ませて、母さんに身を寄せる。

「きっとバレてるのよ。私たちの秘密を知ってる人間がやったんだわ」

「由梨、それは……」

咄嗟にたしなめようとする志穂をきっと睨みつけ、由梨は乱暴にテーブルを叩く。ストラップ代わりにスマホに括りつけられた小さな御守りの鈴がリンと鳴った。

「もう隠す必要もないでしょ。コイツは全部知ってるんだから。ねえ壮太？」

僕ははっと顔を上げ、しかし言葉が喉に引っかかったように何も言えなかった。

あからさまに動揺する僕の表情を見て、由梨は「やっぱりね」と勝ち誇ったように笑う。

「あたしたちへの復讐だったのよね。最初からうちに空き巣なんて入ってない。あんたはパパの金庫からお金を盗んで『死人の口入れ屋』から霊が取り憑いた遺品を借りた。そうなんでしょ！」

大きな声を上げて、由梨は勢いよく立ち上がった。反動で椅子が倒れ、リビングに乾いた音が響く。

「これで満足なわけ？　あんたのおかげでうちはめちゃくちゃ。訳の分からないババアの霊が出て、それでもここから逃げることもできなくて……。全部あんたの思い通りなのよね？」

「ちが……僕はただ……」

「何が違うっていうのよ！」

由梨が僕に摑みかかってきた。椅子から引きずり降ろされ、床に倒れ込んだ僕を由梨が容赦なく足蹴にする。息が苦しい。お腹の中が渦を巻くような痛みに見舞われ、思わず涙がこぼれた。

「やだ、なに泣いてんの？　泣きたいのはこっちなんですけど。あたしたちの生活を台無しにした責任、ちゃんととりなさいよ」

涙で滲む視界の中、視線を巡らせると、立ち上がった父さんがビールの空缶を手に僕を見下ろしていた。その隣で、志穂が細い目をつり上げて僕を睨みつけている。

「本当なのか？　お前がやったのか、壮太」

父さんが、地を這うような声で言った。僕は必死に首を横に振って無実を訴える。けれど否定すればするほど父さんの表情は険しくなる一方で、僕の主張を受け入れようとはしてくれなかった。

「ねえ、やっぱり見られてたんじゃない？　あの時にさ……」

志穂がぽろりとこぼした冷淡な声に、僕はひやりとした。不安に身構える僕を無表情に見下ろす三人から、たとえようのない邪悪な気配が漂ってくる。不意に脳裏をよぎるおぞましい光景が目の前の三人の姿と重なって、僕はひゅっと息を吸い込んだ。

同じだ。今のこの状況は、まるで『あの夜』と──

「──え、なに……これ……」

突然、由梨がかすれた声で呟いた。半袖からのぞく二の腕をさすりながら、彼女は周囲を見回す。いつの間にか室内には凍えるほどの冷気が漂い、吐き出す息が白く変化していた。ちりちりと肺の中を凍てつかせるような鋭い空気に、誰もが表情を固めていた。

志穂が父さんの腕にしがみつき、由梨もまた身を寄せる。三人が一つに固まって室内を見まわしていると、ピンポン、と唐突に玄関のチャイムが鳴った。インターホンの画面がぱっと表示されるが、そこには誰の姿も映し出されていない。怪訝な顔を見合わせた父さんたちを嘲るかのように、リビングの窓ガラスがガタガタと揺れ始めた。天井の音が聞こえなくなった代わりに、リビングのドアを激しく叩く音がして、勢いよく開かれたドアの先には、震え上がるほどの冷気を従えた白髪のおばあさんの姿があった。

おばあさんが一歩、リビングへと足を踏み入れる。かつては綺麗に結わえていたであろう真っ白な髪は見る影もないほどに乱れ、その一本一本に意思があるかの如く波打っていた。皺だらけの浅黒い顔には怒りの形相が浮かび、真っ赤に充血した大きな眼がぎらぎらと輝いていた。ほとんどの歯が抜け落ちた口の端から、だらしなく涎を垂らし、耳を塞ぎたくなるような呻き声を発している。

「ひぃぃ!」

志穂が声を震わせながら、しきりにおばあさんとの距離を取ろうとする。おばあさんはそんな彼女を見下ろし、さも愉快そうにだらしない口元をさらに緩め、ニタニタと粘りつくような笑みを浮かべた。そして、しわしわの手を伸ばし一歩、また一歩と三人の元へ迫ろうとする。

「来るな!　来るなと言ってるんだ!」

「いやあ！　助けて！」

父さんが叫び、由梨が悲痛な声を響かせる。頭を抱えてしゃがみ込んだ彼女の頭上を、戸棚から飛び出した食器がかすめ、壁や床にたたきつけられて砕け散った。

「やめろ。やめてくれ……。仕方がなかったんだ」

両手で頭を抱えるように守りながら、父さんは言った。

「殺すつもりはなかった！　何度追い払ってもあの犬が……あんたの犬がしつこかったから、私はしかたなく……」

「パパ、何言ってんの？　まさか本当に隣のベスを殺しちゃったの？」

「殺したくて殺したんじゃない。あの犬があまりにしつこくうちの庭に向かって吼えるから……」

「それじゃあ、隣のおじいさんにあのことを知られたってこと？」

志穂がうろたえたように父さんへと追いすがる。その手を乱暴に振りほどき、父さんは頭を振った。

「違う。そうならないために犬を殺したんだ」

忌々しげに言ってから、父さんはハッとしておばあさんを見る。

「いや、そのことは謝る。悪かった。悪かったよ。あんたの犬は掘り返す。ちゃんとじいさんに渡すよ。それでいいだろう？」

取り繕うような呼びかけに対し、おばあさんは応じようとはしなかった。だが父さんが吐露した真実をしっかりと理解してはいるらしく、家を揺らす振動や、家具を蹴散らす正体不明の力が、より一層の力を得て荒れ狂う。その様子からは、ただ姿を現して僕たちを驚かすばかりだったこれまでとは違う、おばあさんが抱える明確な敵意のようなものがはっきりと感じられた。

電球が弾け、ダイニングテーブルはめきめきとへし折れた。カーペットからは黒い煙が立ち上り、乾いた音を立ててフローリングの床が次々に捲れていく。目に見えない怪物が暴れまわっているかのような常軌を逸した光景を前に、僕たちはその身を丸めて怯えることしかできなかった。

「や、やめろぉ！　もうやめてくれぇ！」

父さんがいくら叫ぼうが、由梨と志穂が子供みたいに泣きじゃくろうが、容赦するつもりはないらしい。この数週間、姿を現すだけに留まっていた鬱憤を晴らすかのように、心底嬉しそうな顔をしながら、おばあさんは僕たちを毒牙にかけようとしている。逃げ場のない悪意にさらされ、この場にいる誰もが絶望に打ちひしがれたまさにその瞬間――

「――よし、そこまでだ。よく見ろよキヨばあさん。そこにいる連中は、ボケちまったあんたに食事も与えず、財布から小銭をかすめていたホームヘルパーじゃないぜ。もちろん、ちっとも様子を見に来なかった息子たちとも違う」

この状況に似つかわしくない、軽々しい口調で言いながら片瀬家のリビングへと現れたのは、黒い和服姿の男の人だった。すぐ後ろにスーツを着た若い女の人を引き連れたその人は、どういうわけか我が家の玄関に置かれていた陶器の花瓶を小脇に抱えている。なぜそんなものを持っているのかはさておき、彼の発言をきっかけに、僕たちを襲っていた怪奇現象がぴたりとおさまった。おばあさんは毒気を抜かれたように怒りの表情を取り払い、人の良さそうな顔をして男の人を見据えている。

「忌物は回収した。店に帰ったら、あんたの好物でも供えて線香焚いてやるから、大人しく戻りな」

さながら、手のかかる近所のおばあちゃんを諭すように言って、男の人は手にした花瓶を手近にあったキャビネットに置き、すっかりしおれて乾いている花をおもむろに摑んで引き抜いた。それを無造作にリビングの床に放ってから、再び花瓶の中に手を入れ、ゆっくりと引き抜く。取り出されたのは古びた『櫛』だった。琥珀色をしたとても古い品で、手で持つ部分に梅の花が透かし彫りされている。先端がいくつか折れているものの、その櫛が本来持っていた美しさは少しも薄れていなかった。

「それにしても、見つからないところに隠せとは言ったが、こんなところに突っ込むかよ、普通」

溜息混じりに言いながら、男の人は花瓶の水で濡れた手をぷるぷると振るう。彼が軽く掲げた櫛を、どこかうっとりとした表情で見つめながら、白髪のおばあさんは邪気のない笑みを浮かべた。そして次の瞬間には、すうっと解けるように姿を消してしまう。文字通り、煙のように音もなく。

「それにしてもよぉ、依頼人が死んじまって忌物が放置されてるからって、馬鹿正直にこの家の連中を驚かせ続けるなんて、キヨばあさんも真面目なんだか抜けてるんだかわかんねえな」

「そんな言い草はないでしょう。とても真面目で誠実な仕事ぶりじゃないですか。社長に見習ってもらいたいくらいです」

スーツ姿の女の人が皮肉っぽい口調で言いながら、男の人の手から『櫛』をもぎ取った。男の人は「なにぃ？」と眉を吊り上げていたけれど、女の人は先回りするみたいに手を上げ、僕たちの方を示した。

「私に悪態をつく前に、こちらの方々に説明した方がいいんじゃないですか？　このままじゃ私たち、ただの不審者にしか思われませんよ」

「ん、それもそうか」

その意見に納得し、男の人は僕たち家族の方へと向き直る。

「俺は阿弥陀。こっちは久瀬宗子。阿弥陀堂っつう古物商をやってるもんだ。ここしばらく、あんたらを呪っていた依頼人が昨夜ぽっくり逝っちまってなぁ。契約終了に伴って忌物を回収しに来た次第だ。だから、さっきのばあさんがこの家に現れることはもうない。まあ俺としては、怯えているあんたらを引き続き観察するのも痛快だったんだが、こればっかりは仕方がねえからな。聞き耳立てて楽しむのも今夜で終わりってわけだ」

一方的に喋りながら、阿弥陀はリビングをずかずかと歩き回り、テレビの裏やダイニングのコンセント部分から白い延長タップを引き抜いた。「ちょっと、勝手に……」と口を開いた志穂を遮るように、彼は自身の耳からワイヤレス型のイヤホンを引き抜き、タップと一緒に掲げて見せる。わざわざ説明されなくても、それがいわゆる盗聴器の類であることは小学生の僕にも理解できた。

「さっきから黙っていれば、君は何を言ってるんだ？　阿弥陀堂とはいったい……」

　父さんはそこで言葉を途切れさせ、はっと表情を固めた後、改めて驚愕の眼差しを阿弥陀に向ける。

「まさか、あんたが『死人の口入れ屋』なの？」

　絶句する父さんの代わりに、由梨が問いかけた。

「おいおいおい、聞いたかぁ久瀬？　うちも随分と有名になったもんだなぁ。都市伝説デビューとは光栄だ。地道な営業努力が実ったらしい」

「うーん、悪評の間違いじゃないですか？」

　久瀬と呼ばれた女の人の鋭い指摘に、阿弥陀は「そうとも言うな」などと茶化し、けらけら笑う。

「うそでしょ……本当にいたんだ……」

　由梨の独り言めいた疑問に対し、阿弥陀は軽く肩をすくめて肯定の意を示す。その瞬間、由梨は引き攣った笑みをさらに深めた。

「教えてくれ。いったいどこの誰が我々を陥れようと……？」

　父さんが強い口調で問いかけると、阿弥陀はしばし考え込むように首をひねる。

それからやれやれ、とばかりに息をつき、

「本当は教える義理なんてねえんだが、まあいいか。依頼人は隣のじいさんだよ。飼っていた犬をあんたに殺された。どうしても許せない。この家から追い出して、庭に埋められた犬の死体を掘り出したいって言ってなぁ。ひどく思い詰めた様子で相談に来たんだ」

「くそ、あのジジイめ……！」

父さんは露骨に顔をしかめて唸る。

「だから言ったんだ。やっぱりあいつがあることないこと言ってうちを逆恨みしていたんじゃないか。こんなことなら、もっと早く息子夫婦とやらに抗議するべきだった」

ところが、次に向けられた阿弥陀の声に、父さんの表情は一瞬で凍りついた。

「『あることないこと』じゃあねえよな？　犬を殺したのは事実なんだろう？」

「な、なにぃ……？」

「知らないだろうから教えてやるが、犬を飼うってのは想像以上に大変なことなんだ。猫と違って毎日散歩に連れていかなきゃあ、ストレスが溜まってキャンキャンうるせえし、際限なく餌を平らげてどんどんでかくなるし、病気になりゃあ人間並みかそれ以上に金がかかる。その代わりと言っちゃあ語弊があるかもしれねえが、犬はとにかく鼻が利く。探し物だってすぐに見つけてくれるぜ。時には、見つけて欲しくないものまで見つけちまう。あんたらが庭に埋めた死体がまさにそれさ」

阿弥陀の言葉に迷いはなく、まるで見てきたかのように淡々と語る。それに対し、父さんたちは驚きと戸惑いが同居する複雑な視線を向けていた。

「庭に入るな。死体を掘り起こすな。そんなことを言ったって犬に理解できるはずがない。放っておいたら勝手に掘り返されて、隣のじいさんに見咎められる危険だってある。だからあんたは隙を見て犬を殺し庭に埋めた。だが、犬がいなくなったのがあんたの仕業だと疑ったじいさんは、何度も何度も家を訪ねてくるようになった」

「なにを知ったようなことを。そんなものはあんたの妄想だろう」

かろうじて否定しようとした父さんだったけれど、顔は引き攣り、声は上ずって、とてもしらを切れるような状態ではなかった。

「おいおいどうしたぁ？　俺の妄想だってんならそんなに焦る必要もねえだろうが。そんな顔されちゃあ、あまりにかわいそうで下手な言い訳でも信じてあげたくなっちまうじゃあねえか」

「くっ……」

顔を真っ赤にして、ぎりぎりと奥歯を嚙み合わせる父さんを嘲るように、阿弥陀は鼻を鳴らした。

「そうは言っても、うちには腕のいい調査員がいて、依頼人やその周辺の事情はあらかじめ調べることにしてるから、庭に埋めた死体が誰かってことも、とっくにわかっちまってるんだがな」

阿弥陀が言い終えるのと同時に、父さんはにわかに体勢を低くして身構えた。何をするつもりなのか、まさか、彼に襲い掛かろうとでもいうのか。僕がそんな不安を抱えた矢先、阿弥陀は父さんを鋭く睨み据えて、

「おっと、勘違いするなよ。俺が警察に駆け込もうとしているなんて思ってるなら、それはただの取り越し苦労ってやつだ。こちとら善意の市民を気取るほど暇な身じゃあないんでね」

「だったら、お前の目的はなんだ？　金が欲しいのか？」

「そうだなぁ。あんたを強請って金をせしめるってのも悪くはないが、あいにくうちは真っ当に商売をやってるもんでねえ」

阿弥陀は軽く肩をすくめて、人差し指を顔の前で左右に振った。

「真っ当だと？　これのどこが真っ当なんだ。人の家をめちゃくちゃにしておいて、我々がどれだけ苦痛を味わったかわかっているのか？」

父さんが眉を逆立て、声を荒らげて詰め寄った。けれど阿弥陀はまるで意に介する様子もなく、それどころか挑発的ともとれる目つきで父さんを真正面から見返した。

「あんたこそ何言ってんだ？　俺たちがいったい何をしたっていうんだよ」

「何って、それは……」

「言っておくが、俺はただ隣の一家に忌物を貸し出しただけだ。物を貸し出すのは法に触れるようなことじゃあない。それを使ってあんたらに危害を加えようとしたのはあのじいさんなんだぜ。忌物に取り憑いた霊は、依頼人の意思に従って行動を

起こす。じいさんは霊を利用してあんたらをここから追い出そうとしたが、その行為は法的な咎めをうけるようなもんじゃねえ。司法が霊や呪いの存在を認めない限りな。あんたらは見知らぬばあさんの霊を隣の死んだばあさんだと思い込み、犬を殺した罪悪感から勝手に怯え、恐怖していただけなんだ」

父さんは言葉にならない様子で押し黙った。何か言い返したい気持ちはあっても、この状況に理解が追いつかず、言葉が浮かんでこないのだろう。

「それと、これはサービスで教えてやるよ。あんたを疑うじいさんを不憫に思ってうちに連れてきたのは、他でもない息子夫婦だ。あんなよぼよぼのじいさんじゃあ、空き巣に見せかけてこの家に忌物を仕込むことなんて出来やしねえから、実際に忍び込んで忌物を仕掛けたのも息子の方さ。じいさんが死んじまったことで依頼も中断しちまったが、その意思を継いだ息子たちが今後、また俺たちの依頼人になる可能性は大いにある。もしかすると今度は『飼い犬を隣人に殺されたじいさんの霊』が現れるようになるかもなぁ」

父さんの顔からすっと血の気が引いた。すっかり怯え切って黙り込んでいた志穂と由梨も、話を聞いてそれぞれ死人のように青い顔をしている。

「あんた、それでも人間か。あんな連中の手助けをするなんて、恥ずかしいとは思わないのか？」

「おいおいおい、あんたらのような人間がそれを言うのか？　俺は世間一般の常識的な倫理観なんてもんは反吐が出るほど嫌いだが、それでも、お隣さんよりあんたらの方がよっぽどタチが悪いってことはわかる。善悪がどうのこうのって話なんてしたくもねえが、悪党が自分を棚に上げて他人を悪だと罵る姿なんてのは、醜悪すぎて見ていられねえなぁ」

言い終えるのが待ちきれないとばかりに、阿弥陀は大きく開いた口から下卑た笑いを吐き出した。人を食ったような態度で腹を抱えて笑うその姿に、父さんは今にも爆発寸前だった。

「……ふぅ、悪い悪い。あんまり馬鹿馬鹿しくて、つい本題から逸れちまった。とにかく俺があんたに言いたいことは一つだけだ」

軽く咳払いをして気を取り直してから、阿弥陀はたじろぐ父さんにずいと歩み寄り、耳元に口を近づけていった。

「うちは来るもの拒まずでねぇ。金さえ払ってくれりゃあ誰が相手でも依頼は受ける。もしお隣さんの先手を打ちたいなら、あんたがうちの店に来ればいい。とっておきの霊を、それなりの価格で貸し出してやるぜ」

神をも恐れぬ傲慢さで父さんを見下ろし、阿弥陀は邪悪に嗤った。

「さて、長くなっちまったが話は以上だ。遠慮なく家族ごっこを続けてくれ。俺は宣教師でもないしありがたい坊さんでもねえからな。あんたらみたいな連中に善悪の何たるかを説くつもりはないし、そもそも善悪なんてもんに興味もない。だから、さっさと消えることにするよ。これ以上長居して、余計なことに巻き込まれるのはごめんだからな」

「あんた、いったい何を言ってるんだ。まだ何かが起こるというのか？」

すがるような口調で不安をあらわにした父さんの質問に、すぐには答えようとせず、阿弥陀は僕の方に視線を向けた。初めて会った時と同様の鋭い眼差しを前に、僕はまるで地獄の獄卒にでも睨まれたような感覚に陥る。

「この世は無情。善を成そうが悪事を働こうが、行きつく先はみな同じだ。どっちの生き方が尊いかなんて知ったこっちゃあねえが、悪事ってのは良くも悪くも必ず露呈する。天網恢々疎《てんもうかいかいそ》にして漏らさず。お天道様の目は誤魔化せねえなんて、よく言ったもんだよな。まあ今回の場合、あんたらが誤魔化そうとしたのは、そのガキの目だったのかもしれねえが」

三人の視線が僕に集中する。それぞれが浮かべるあくどい表情を前に、僕は思わず息を呑んだ。

「あの、社長。本当に回収は……？」

「必要ねえよ。今回は特例だ」

どこか意味深げに告げて、阿弥陀は踵を返す。そのままリビングを後にして短い廊下を抜け、阿弥陀堂の二人は玄関から出ていった。

そして、僕らの間には水を打ったような静寂だけが残された。


「――まったく、何だったんだ」

どれくらい経ってからだろう。リビングを支配する沈黙に耐え切れないとばかりに、父さんが苦々しい声を漏らした。

「何がイミモノだ。阿弥陀堂だかなんだか知らんが、あいつらに一杯食わされたんじゃないのか」

「そうよ。何でも知っているみたいなこと言ってたけど、あんな怪しい奴の言うことなんて真に受ける必要ないわ。全部、憶測にすぎないんだから」

さっきまでの、蛇に睨まれた蛙のようなたたずまいはどこへやら、志穂は父さんの意見に同調し、阿弥陀に対する露骨な嫌悪感をその顔に滲ませた。

「でも、庭に埋まってるもののこと、知ってたよね?」

「由梨!」

志穂に大きな声でたしなめられるも、由梨は納得がいかない様子で押し黙り、爪を噛みながらぶつぶつと何事か呟いていた。明らかに動揺している三人の様子をじっと観察しながら、一方で僕は彼らがしたこと、必死に隠したがっていることについて思いを馳せる。

やっぱり、僕が思った通りだった。耳を塞ぎたくなるほどの大雨が降ったあの夜、この三人は結託して人を殺した。それは僕の大切な——

「——何を、埋めたの?」

気付けばそう、口にしていた。三人がぐるりと同じタイミングで首を巡らせて僕を見る。機械のように冷たく、感情の籠らない瞳で。

「あの夜――志穂と由梨が初めてこの家に来た日の夜。僕見たんだ。三人ともドロドロになりながら庭に何かを埋めていたよね。朝起きたら、お母さんはいなくなってた。父さんは僕を捨てて出ていったって言ったけど、嘘なんでしょ？」

じっと黙り込んだまま、三人は僕の話に聞き入っている。ガラス玉のような六つの瞳が僕を凝視していた。

「本当は違うんだよね。お母さんは僕を捨ててなんかいない。だってお母さんは、ずっとこの家にいたんだから」

直後、激しい衝撃に襲われて僕はリビングの床に倒れ込んだ。目の前で火花が散ったように視界が白く染まり、床に打ち付けた横っ面がジンジンと痛む。

父さんのぶ厚い手でひっぱたかれ、床に倒れたのだと気付いたのは、しばらく経ってからだった。

「壮太、滅多なことを言うんじゃない。綾子はお前を捨てて出ていったんだ。今頃、どこか知らない土地でお前の知らない男と一緒に暮らしている」

有無を言わせぬ父さんの声が頭上から降り注ぐ。ぶたれた左頬が焼けつくように痛み、口の中に鉄の味が広がった。クスクス、と由梨が含み笑いを漏らし、志穂が呆れた様子で溜息をこぼす。

いつも通りの、我が家の光景だった。でも、今はもう違う。この三人はいつもこうやって僕を押さえつけて、都合の悪いことから目を背けさせようとしていた。この家では恐ろしいことなど何も起きなかった。ある夜唐突に十以上も年の離れた志穂とその娘の由梨をうちに連れてきた父さんが、お酒の飲めないお母さんに無理やりワインを飲ませていたことも、変な味のするジュースを飲まされた僕が、あっという間に意識を失ってしまったことも、何もかも悪い夢だったのだと信じ込ませようとした。けれど僕は、お母さんの身に起きた恐ろしい事実を、この目で見てしまった。

きっかけは、お母さんがいなくなって志穂と由梨が家に住むようになってから、すぐにお母さんの持ち物が処分されたことだった。家を出ていったはずのお母さんの荷物はたくさん残っていた。お気に入りの服も、アクセサリーも、お出かけの時は必ず被っていたつばの広い帽子も、玄関にポツンと残された高価な靴に至るまで。まるで身一つで出て言ったかのように残されていたんだ。それらは一つ残らず処分された。引き取りに来た業者の後を追いかけてリサイクルショップに行くと、お母さんの持ち物には一つ一つ値札が付けられて、店頭に並べられていた。僕は毎日のようにそのお店に通って、お母さんの大切なものが少しずつなくなっていくのをただ見つめていた。お母さんとの思い出を取り返すこともできず、他人の持ち物として売られていくというのに、何もできない自分の無力さに怒りを覚えながら。

そんなある時、お店に和服姿の鋭い目をした男の人がやってきた。阿弥陀だった。店員さんと話をして、彼は母さんがいつも身に着けていた木彫りの御守りを風呂敷に包んで持ち帰った。お父さんとの新婚旅行で行ったネパールの怪しげな行商人から買ったのだと、僕に教えてくれたものだった。

後を追って辿り着いた阿弥陀堂が、クラスの怪談好きな女子たちが話していた『死人の口入れ屋』だということはすぐにわかった。作り話だと思っていたものが本当に存在していたという驚きよりも、お金さえ払えば僕みたいな子供でも忌物を借りられるという驚きの方が何倍も大きかった。

同じ日の夜、うちに空き巣が入ったことも天が僕に味方をしてくれたのだと思った。さっきの説明でそれが本当は忌物を仕掛けに来たお隣の息子さんだったことが分かったけれど、彼は何も盗んでなど行かなかった。目的は忌物を花瓶の中に仕込むことで、金庫からお金を盗むことじゃなかった。おかげで僕は金庫の中身を阿弥陀に渡し、求めていたものを借りることができた。

お母さんの形見の御守りと、そこに宿る霊を――

「ふん、馬鹿馬鹿しい。二度とくだらないことは言うなよ」

そう吐き捨てて、父さんは面倒なものから目を背けるようにリビングを出ていった。僕は思考を中断し、上階へと去っていく父さんの足音を聞くともなしに聞いていた。そして、その時になってようやく気がついた。今の今まで、ダイニングテーブルに座っていたはずのお母さんの姿が見えなくなっていることに……。

ぐおおおお、という獣の雄たけびのような叫び声と共に、凄まじい物音がした。なにかが階段を転げ落ち、廊下の床に硬いものが激突する。

「パパ！」

由梨が叫ぶ。同時に志穂が「あなたぁ！」とヒステリックな声を上げて駆け寄り、その身体にすがりつこうとする。だが、直前で立ち止まると、志穂はそのまま床にぺたんと座り込んでしまう。うつぶせに倒れた父さんの首がおかしな方向にねじれて、座り込んでいる志穂をまっすぐに見上げていた。その姿があまりにも衝撃的だったんだろう。彼女は呆けたように顔色を失い、その身を小刻みに震わせていた。

「いやあ、パパ！　なんで、こんな――」

泣きわめく由梨の声が不自然に途切れた。彼女は廊下の中ほどに立ち尽くし、一点を見つめている。その視線を追うと、上の階からゆっくりと階段を降りてくる、二つの白い脚が見えた。

「お母さん」

僕の呟く声が聞こえたのか、それとも自分たちが殺して庭に埋めた人物の姿を見紛うはずなどなかったのだろうか。由梨は驚愕に表情を歪め、大きく目を剝いて、お母さんを凝視していた。

「なんでよ……あんた、死んだはずじゃん……いや……いやあああ！」

由梨は脱兎のごとく駆け出し、裸足のまま玄関のドアを開いて通りに飛び出した。全速力で歩道を駆け抜け、そのまま通りを横切ろうとしたところで突然、彼女をまばゆく照らす白い光。直後、どん、と鈍い音がして、由梨の細い身体が高く跳ね飛ばされた。

「由梨……由梨ぃ！　ああ……あああああ……」

開け放たれた玄関ドアの向こうで、乗用車を運転していた人物が車から降り、頭を抱えているのが見えた。その様子を愕然として見つめながら、しかし志穂は立ち上がれない。階段を降り、目の前に迫った母さんに見下ろされて、志穂は恐怖に震えている。

「なんでよぉ……アンタは死んだのに……なんで……よぉ……」

再婚した夫の死を嘆いているのか、それとも娘の身に起きた最悪の事態を受け入れられず、現実逃避しようとしているのか。いずれにせよ、志穂の精神はもはや、修復不可能な所まで破壊されてしまったらしい。無言で見下ろす母さんを見上げながら、志穂はしきりに薄気味の悪い乾いた笑いを繰り返していた。

「……お母さん」

僕の囁きに反応してか、お母さんがこっちを振り向いた。白いブラウスに黒いスカート。青と白のストライプのエプロン。僕が最後に目にしたあの日と同じ格好をしたお母さんが、ゆっくりと僕の方に近づいてくる。

ポケットから御守りを取り出して見せると、お母さんは嬉しそうに笑みを浮かべ、僕を抱きしめてくれた。僕は忌物を借りたけれど、三人に対する復讐なんて考えちゃいなかった。僕の望みは、また母さんと一緒に暮らすこと。それだけだったから。

志穂を母さんとは呼べず、由梨のことも姉弟とは思えなかったけれど、二人がいれば父さんも家に帰ってきてくれたから嬉しかった。お母さんの姿は僕にしか見えていなくても、五人全員が揃った食卓は賑やかな家族の食卓に違いなかった。

けれど、時間が経つにつれて僕はあの夜目にした光景を少しずつ思い出していった。父さんが、うちの庭で悪さをするベスを殺して庭に埋めたことを知って、すべてを理解した。

許せなかった。だから僕は――

「ねえ、お母さん……」

小さく呟き、僕はポケットから引っ張り出した木彫りの御守りを強く握りしめた。これを持っている限り、僕はずっとお母さんと一緒にいられる。それが、どれくらい危険なことかは僕にはまだわからない。去り際に僕をじっと見た阿弥陀はあの時、何を言おうとしたのだろう。

この先、お母さんが僕に危害を加えることがあるのかもしれない？　形あるものがやがて壊れるのと同じように、お母さんの魂もまた、いずれは寄る辺を失って朽ちていく？

僕にとってはそんなことどうでもいい。お母さんの魂が忌物に宿ってくれた。その忌物を阿弥陀が僕に貸し出してくれた。そのおかげで僕は、今もこうしてお母さんと一緒にいられる。

僕にとっては、それがすべてなんだ。

「――ずっと一緒にいてね。お母さん」

両手を伸ばし、お母さんにしがみつく。目を閉じると、そこに存在するはずのない母のぬくもりを確かに感じた。

父さんの亡骸が横たわる冷たい家の中で、その愛人が空虚な笑いを漏らすのを聞きながら、僕は小さな赤ちゃんが抱くような安心感に身も心もゆだねていった。

5

『昨夜午後八時頃、角山市の住宅地の路上で、近所に住む片瀬修《おさむ》さん（四八）の自宅に滞在していた柿崎《かきざき》由梨さん（一七）が交通事故に遭い、救急搬送中に死亡した。駆け付けた警察関係者が自宅を訪ねると、片瀬さん宅の廊下で片瀬さんが首の骨を折って死亡しているのが発見された。

事態を重く見た警察は応援を要請し片瀬さん宅を捜索。すると庭の花壇の中から死後約二か月が経過した成人女性の遺体が発見され、更に隣家の飼い犬らしき動物の死骸も見つかった。警察の調べによって、女性の遺体は片瀬さんの妻、綾子さん（四二）であることが発覚。綾子さんは半年ほど前から行方不明となっており、彼女の失踪と同時に柿崎由梨さんとその母親である柿崎志穂さん（三六）が片瀬家に身を置くようになったという。片瀬さんと志穂さんは内縁関係にあり、由梨さんは周囲に「新しいパパができた」と話していた。彼らは実質的な家族関係にあったと推測される。

綾子さんの不在を不思議に思う近隣の住民に対し片瀬さんは「妻とは離婚した」「今はどこで何をしているのかわからない」と話す一方で、警察に行方不明者届を提出。綾子さんが失踪認定されたのち、正式に愛人の志穂を籍に入れるつもりだと自らが経営していた会社の社員に話していた。片瀬さんの長男、壮太くんは現在、児童養護施設に保護されている。警察は現場にいた柿崎志穂さんに綾子さんの死について詳しい事情を――』


「――まさか、こんなことになるなんて」

ネットの記事をひと通り読み終えて、宗子は鬱々とした溜息を漏らした。

「これって、やっぱり壮太くんがお母さんを殺した三人を恨んで……」

最後まで口にすることなく、宗子は言葉をさまよわせた。隣のデスクでは宝生が一糸乱れぬタイピング速度で書類を作成している。

「さあ、どうなのかしら。あの子が自分の意思でやったとは思いたくないけれど」

「そう、ですね」

その意見に同意しながら、宗子は事務室の隅にあるソファに視線をやった。今日もまた、仕事をそっちのけでだらけている阿弥陀は、窓から射し込む陽光に時折顔をしかめつつ、呑気に狸寝入りを決め込んでいた。時折、そのそばでとととと、という足音が聞こえるのは、メグミが遊んでほしくてアピールしているからだろうか。

「壮太くん、まだ忌物を返しに来ませんね」

声を大きくして訊ねると、阿弥陀は眠そうに目をこすりながら、さも迷惑そうに宗子を一瞥した。

「当たり前だ。いくら待ったって返しになんか来ねえよ。あのボウズに渡した忌物は正真正銘、あいつの母親の形見だったからな。それを持ってりゃ母親がずっと自分の側にいてくれると信じている以上、素直に返しに来るはずがねえ」

阿弥陀は片眉を吊り上げて曖昧に笑った。

「まあ、今更返してもらったところで、どうせあの忌物は使い物にならねえがな」

「どういうことですか？」

問い返すと、阿弥陀はもう一度宗子へと視線を向け、それから、さも大儀そうに溜息を吐いた。

「決まってんだろ。母親の霊はもう忌物に取り憑いちゃいないからだ。遺品なんかより、もっとずっと強いつながりを持つ相手がいるからな」

再び問い返した宗子に、身体を起こした阿弥陀が大仰にうなずいた。

「壮太くん、ですか？」

「もちろん、この先ずっと息子の側に、なんてことは不可能だがな。依り代を手放した霊がこの世に留まり続けるのには限界がある。だから、それまでにボウズが現実を受け止めて、しっかりと自分の足で歩いていければ、その時はあの母親も安心して旅立てるんじゃあねえのか」

どこか他人事のように言って、阿弥陀は肩をすくめた。実際、彼にとって壮太やその母親のことなど、すでに終わったことなのだろう。彼に貸し出した木彫りの御守りから片瀬綾子の霊が抜けてしまったとなると、もはや忌物として利用することはできない。阿弥陀堂の商品――あるいは彼のコレクション――から外れてしまった霊に対して爪の先ほどの興味も示さないのは、実にこの男らしい反応である。

「けど、だったらどうして社長は壮太くんに母親の忌物を渡したんですか？　こういう結末になるってこと、想像できたはずですよね？」

阿弥陀に限って忌物に取り憑いた霊が依頼人の母親であることに気付かなかったはずはないだろう。まだ年端も行かない少年の前に、愛する母親の霊が出てきてしまったら、お互いに離れがたくなるのは目に見えていたはず。彼らが別れを受け入れず、一緒にいることを選んだ結果、阿弥陀は貴重な商品を一つ失うことになった。

壮太が父親の金庫から持ち出してきたお金を事前に受け取っているとはいえ、この店の損失は決して少なくないはずだ。三度の飯よりもお金に執着している阿弥陀が、わざわざ損をするような選択をしたことが、宗子はどうにも引っかかっていた。

「血も涙もないこの俺が、あんなガキ一人に便宜を図り、進んで損をするなんてありえない、とでも言いたげだな？」

「べ、別にそこまで言うつもりは……。でも確かに意外には思いました。強欲で人でなしの社長が、他人のためにひと肌脱ぐなんて、まずありえませんから」

少々詰まりながらも、宗子は概ね正直な思いを口にした。社員が社長に向けるような物言いではないが、阿弥陀は気を悪くするどころか、愉快そうに大口を開けて笑い出す。

「そうとは限らねえだろ。俺にだって、博愛精神ってもんがあるかもしれねえじゃねえか。偽善者ぶった奴は大嫌いだが、本物の善人相手なら俺も少しは譲歩するかもしれんぞ？」

「壮太くんは善人とか悪人とか以前にまだ子供です。良いことも悪いことも含めてこれから学んでいくんですから、少なくとも初対面で彼を善人と判断することはできないはずです。ということは彼にお母さんの形見を渡すことで、社長に何かしらの見返りがあった。そう考えるのが一番しっくりくるんですよ」

　こちらを煙に巻こうとする阿弥陀に対し、そうはいくかと、宗子は自信に満ちた口調で言い切った。そんな二人のやり取りに一切口を挟もうとしない宝生の、規則的に繰り返されるキーボード音が、静まり返った事務室に空虚に響く。

「随分な言われようだなぁ。だが正直な話、そんなもんにいちいち意味なんて持たせちゃいねえよ。ただの気まぐれってのが一番の理由さ」

「気まぐれって……。それじゃあ、二番目は？」

「片瀬綾子の霊はひどく不安定で、大人しく俺の言う事を聞こうとはしなかった。隙あらば抜け出して暴れようとしていたのを、お前も感じたろ？」

「そういえば……」

　最初に片瀬綾子の忌物を見た時、阿弥陀が求めもしないのに部屋の空気が急速に冷え、おぞましい瘴気のようなものが彼の抱える風呂敷から溢れ出していたのを宗子は思い返す。阿弥陀の支配下にある霊は、滅多なことでは阿弥陀に牙をむくようなことはしないはずなのに、おかしいとは思ったのだ。

　あれは片瀬綾子が忌物として利用されることを拒否していたからなのか。あるいは、すぐそばに息子の気配を感じ、彼に合わせてほしいと強く訴えかけていたのかもしれない。受け入れなければ、相手が阿弥陀であろうとも容赦なく襲い掛かる覚悟が彼女にはあった。だからこそ、阿弥陀は求め合う母子を引き合わせた。

つまりはそういう、利害の不一致が原因で、扱いに困った忌物だからこそ、ある程度の金と引き換えに手放した。そう考えれば、納得がいく気がした。

「社長にも、手に負えない霊の一つや二つあるってことですか」

「そういう事にしておくさ。あのまま広間に保管しても、何かしらの障りを起こすことは目に見えていた。それにな……」

「それに？」

問い返した宗子にうなずき、阿弥陀は曖昧に笑う。

「どんな人間だって、泣いてるガキを見りゃあ親を捜してやりたくなる。そういうもんだろ……」

阿弥陀にしては珍しい、ぽつりと呟くような声だった。思わず二度見したその横顔には、普段の様子からは想像もつかないもの悲しさが浮かんでいる。

宗子にはこの時の阿弥陀の言葉が、純粋に壮太のことだけではなく、何か含みのある発言に思えてならなかった。たとえるならそう、阿弥陀があの少年を通して、遠い昔の自分自身に思いを馳せているような、そんな感じだった。

もちろん、そんなものは宗子の勝手な想像でしかない。けれど、だからこそ阿弥陀が壮太の依頼を『特例』としたことが納得できる気がするのだった。

「……あの子、きっと大丈夫ですよね」

　宗子は半ば無意識にそう呟いていた。壮太の歩もうとしている道がいかに険しく、残酷なものであるかを思うと、胸がきしむように痛んだ。

「そんなこと、俺の知ったことかよ。なるようにしかならねえだろ」

　案の定、そんな言葉が返ってきて、宗子は苦笑する。だが、続けて放たれた阿弥陀の言葉に、宗子は面食らった。

「それによぉ、あいつの気持ちをわかってやれるのは、俺じゃなくてお前の方なんじゃあねえのか？」

「え、私ですか？」

　素っ頓狂な声を上げ、宗子は自分を指差した。

「なんで私が……？」

「お前はあのガキと同じ境遇を体験しているんだ。それが救いになるか呪いになるかは、体験した人間が一番理解できるはずだろ」

「ちょっと待って。何のことを言ってるんですか？　私が壮太くんと同じ……？」

　わずかに言いよどんだ直後、宗子は表情を固めた。無意識のうちに、視線がデスクの引き出しへと注がれる。

「もしかして……私の両親の話……ですか？」

　おずおずと問いかける。同じタイミングで、キーボードをたたく宝生の手が止まった。互いの吐息すらも聞こえそうな静寂の中で、阿弥陀の真剣な眼差しが宗子を射すくめた。

「なんだよ。まだ思い出せねえのか？　それとも思い出すのが怖いのかよ？」

「違います。何度も言ってるじゃないですか。両親がここに来た理由なんて私――」

「お前のためだろうが」

強く放たれた阿弥陀の声。その一言に、宗子は言葉を失う。

「前にも言ったが、その頃は先代が現役だった。だから俺も詳しいことは知らねえよ。でも大体の察しはつく。お前の両親がうちで忌物を借りたのは、間違いなくお前のためだ」

「私の……ため……？」

どうして、と続けようとする宗子を鋭い視線で制し、阿弥陀は難儀そうにソファから立ちあがった。そして宗子のデスクを勝手に漁り、引き出しを開けてあの名簿を引っ張り出した。

「ちょっと、何するんですか。プライバシーの侵害です」

「うるせえな。痛々しい日記を見られた中学生みたいにピーピー喚くんじゃねえ。ほら、いいから見ろよここ」

阿弥陀は宗子の両親の名前が記された欄の末尾を指差した。そこには赤い文字で『未』と記されている。

「貸し出した忌物を回収した場合、ここには『済』の文字が入る。昔ながらのアナログ方式だが、これが一番管理が簡単なんだ」

　やや自嘲的に、阿弥陀は苦笑する。その横で、宗子は頭の中に『未』の文字を浮かべ、その意味を考えた。

　答えはすぐに出た。

「お父さんとお母さんは、忌物を返さなかった？」

　どうして、と言外に訊ねる宗子に、阿弥陀はそっとうなずく。

「貸し出した忌物は必ず回収する。もし回収を拒んだ場合は相応の金か、金に代わるもので代償を支払ってもらう。それがうちのルールだ。でなきゃあ野放しにされた霊が暴走して手に負えなくなっちまうからな。だがどんなものにも例外があるように、うちの商売にも例外はある。今回の片瀬家の一件が、まさにそれさ」

　片瀬綾子の霊が忌物から抜け出し、息子である壮太に取り憑く。それが阿弥陀の言う『例外』なのだろう。先代の阿弥陀堂の店主は、今回の阿弥陀と同じように、そのことを察知して忌物の回収を行わなかったのではないか。この名簿に記された『未』の一文字が、そのことを雄弁に語っている気がした。

　宗子の両親が借り受けた忌物から霊が抜け出し、誰かに取り憑いた。その結果、忌物は使い物にならなくなってしまった。そういうことはしばしば起きているのかもしれない。問題は、その霊が誰に取り憑いたのかである。

　頭に浮かんだ更なる疑問の答えを乞うように、宗子は阿弥陀を見返した。同じようにこちらを凝視している阿弥陀に加え、気付けば宝生までもが意味深な視線を向けてきていた。宗子が何か重要な事柄に自らたどり着くのを待っているとでも言いたげな、含みのある表情で。

「この例外に対する対処法だが、もし霊が取り憑いた人間に害をなすとしたら、力づくでも霊を封じなければならない。それが俺たち一族の掟だ。今回で言えば、母親の霊がボウズを手にかけようとする、息子を思うあまり一緒に連れていこうとするなら、俺が阻止しなくてはならない。これは鉄則なんだ。忌物を貸し出す人間と依頼人との間に唯一認められた、利益度外視の保険のようなものだな。俺は母親の霊がボウズに危害を加えるか否かを見極めて、害がないと判断した。おそらく先代も、同じ理由で忌物から抜け出した霊をお前ら家族に託したんだろうよ」

「託したって……でも私、そんなこと何も……」

考えれば考えるほど身に覚えがなくて、宗子は戸惑いをあらわにした。昔から当たり前のように霊が視えていた。家族が取り憑かれていたら気付かないはずはない。そう内心で断言する宗子に対し、阿弥陀は手のひらを額に押し付け、酷く大げさに嘆いて見せた。

「おいおいおい、ここまで来て絶望的な察しの悪さを発揮してんじゃあねえよ。元刑事が聞いてあきれるぜ」

口を尖らせ、小声で「大きなお世話よ」と毒づいた宗子の鼻先に指を突きつけて、阿弥陀は言う。

「いいか、これはお前の話だ。まだ生きている人間の昔話になんてこれっぽっちも興味のねえこのオレ様が、ここまで嚙み砕いて説明してやってるんだ。いい加減、人任せにしてないで自分で見つけろよ。お前の脳みそが必死に覆い隠そうとしている、家族の本当の姿ってやつをよ」

強く言い放ったあと、阿弥陀はどかっとソファに腰を下ろし、背もたれに身体を預けた。サイドテーブルの煙草盆から古びた煙管《キセル》を手に取ってふかし、ぷかぷかと紫煙を浮かべる姿を呆然と見据えたまま、宗子は思考を巡らせていた。

家族の本当の姿。幼い頃からこうと信じて疑わなかった一つの事実が、宗子の中でゆっくりと、確実に覆っていく。

そして答えに辿り着いた。いや、もうとっくに気付いていたのかもしれない。ただその事実を受け止める勇気が持てなかっただけで。両親を失ったあと、祖母に預けられて従姉妹らと過ごすうちに、少しずつ薄れていったその記憶がいま、宗子の中で像を結ぶ。

仕事が忙しく、両親はいつも留守がちだった。ずっとそう思っていたけれど、そうじゃない時期もあった。そもそも、うちは裕福ではなかったけれど、そこまで貧乏でもなかった。両親が昼も夜も働き、家に帰らなくなったのは姉が現れてからだ。

「……そう、そういうことだったんだ」

口中に呟き、宗子はゆっくりと視線を持ち上げた。阿弥陀と宝生とを順繰りに見据え、確信に満ちた声で告げる。

「お姉ちゃんが、忌物に取り憑いた霊だったのね」

とん、と煙管で灰吹きのふちを軽く叩き、阿弥陀はうなずいた。

「お前、小さい頃から霊が視えて、ろくに友達が出来なかったんだろ。お前の両親はそれを心配し、どうにかしようと色々な手を試した。だが、何をやってもお前は霊を見続け、そのせいで人と関わることを恐れるようになっていった。このままじゃあ、本格的に他者とのつながりを持てなくなる。大切な一人娘の先行きを心配した両親が人づてに噂を聞きつけ、やって来たのがこの阿弥陀堂だった。忌物に宿る霊を『姉』としてお前に引き合わせたのさ」

姉は——いや、姉だと思い込んでいたひとは、実際は何の関係もない、赤の他人の霊だった。そのことに気付いた途端、宗子は言い知れぬ感覚に見舞われた。皮肉にも、ここに来て目にしてきた依頼人たちと同じ足跡をたどっていたことに気付かされ、自分が滑稽に思えてくる。その一方で、他人事として見ていたこれまでの依頼が、全て自分と密接に関係しているような気がして、今更ながら心が震えてもいた。

これまでの依頼人たちのように、宗子の両親もまた、苦しみに対して決着をつけることができたのだろうか。たとえ偽りだったとしても、娘に心の拠り所を与え、笑顔を引き出すことができたことで、彼ら自身の心も満たされたのだろうか。

今となっては、確かめるすべはない。

「……お父さんとお母さんは、私とお姉ちゃんが一緒にいられるように……忌物を借り続けるために必要なお金を稼いでいたのね」

無言のまま、阿弥陀はうなずく。予期していた答えであっても、突きつけられた現実の重さに宗子は胸を詰まらせた。

「お姉ちゃんは忌物から抜け出し、私に直接取り憑いた。だから先代は忌物を回収するのを諦めた。そして両親の死後、私がおばあちゃんの家に引き取られるタイミングで、お姉ちゃんはどこかへ消えてしまった」

宝生に見せられた戸籍の謎は、もはや何の不思議もなくなっていた。姉の籍が消えていたわけではなく、そもそも姉など存在しなかった。それだけのことだったのだ。

「おばあちゃんはそのこと、知っていたのかな？」

「おそらく、あなたのご両親から事情を聞いていたはずよ」

それまで黙り込んでいた宝生が、ぽつりと言った。

「でもおばあちゃんは、そういうのは全く信じない人だったのに」

「自分がその存在を徹底的に否定しないと、あなたが外の世界になじめないとわかっていたのよ。従姉妹を頻繁に家に呼んでいたのも、きっと同じ理由ね」

両親が死者の魂を使い、娘が心を許せる相手をあてがったように、祖母もまた、違う方法で孫にコミュニケーションをとる相手を与えてくれていたのだ。それは単に、宗子の力を信じていなかったのではなく、祖母なりのやり方で、宗子を自立させようとしてくれていた。そのことが、今更ながらに理解できた。

「霊を見てしまうがために、周囲から恐れられてしまう。そんな子供に対して、姉と偽った霊を与えるのが正しいのか、それとも強引に人間との交流を持たせる方が正しいのか。そんなもんに答えなんてねえ。だが一つだけ確かなのは――」

「――私の力を理解するために、やってくれたことだった」

阿弥陀の後を引き継ぐようにして、宗子は言った。

ほろり、と頬を伝った涙が手の甲に落ちた。それが二つ、三つと続けざまに落下し、デスクを濡らしていく。

阿弥陀の言う通りだ。それが正しい事だったかなんて、宗子にだってわからない。だがそれでも、姉と思い込んでいた女性の存在は、誰にも本当の自分を理解してもらえないという宗子の孤独を埋めてくれた。彼女と過ごした時間を、両親に話すことができたし、両親もまた、宗子の話に耳を傾けることができたのだ。

赤の他人の、姉と思い込んでいただけの霊の存在が、宗子の家族を繋いでくれた。そして、不慮の事故で両親を失った宗子の心の支えになった。それだけは確かな事実だった。

――お姉ちゃん……。

気付けば宗子は、胸元のペンダントに触れていた。指になじんだ感触を確かめ、ぎゅっと握りしめる。かつて姉と信じた女性が宿っていた忌物。今は抜け殻と化したそれはしかし、数えきれないほどの思い出を内包し、今では姉が存在したという証になっている。孤独と悲しみに埋もれていた宗子を救い、共に過ごす中で支えとなってくれた姉の残滓を感じさせる大切な宝物。雫の形をした透明な石がほんの一瞬、微かに熱を帯びた気がして、宗子は小さな笑みを浮かべた。

「私がここに来たのは、このことを思い出すためだったのかもしれませんね」

どこか自嘲的な口ぶりで言うと、阿弥陀は小さく息をつき、鼻を鳴らす。何を言っているのかとバカにされるかと思ったけれど、彼はあえて何も言わなかった。

そして、気まずさを振り払うかのようにわざとらしくそっぽを向き、

「話は以上だ。これで、心置きなくここを去れるな」

「――え？」

間の抜けた声で宗子が問い返すと、阿弥陀は怪訝そうに眉を寄せた。

「お前がここで働いていたのは自分の過去を知るためだったんだろ。それが果たされた今、ここに居続ける意味なんてねえだろうが。俺は女だろうが地縛霊だろうが、去る者は追わねえ主義だ。無理に引き留めたりはしねえよ。こっちだって、お前みたいな世間知らずの堅物に毎回モラルがどうのと説教されるのはごめんだからな」

「説教だなんてそんな……」

否定しようとしたけれど、あながち外れてもいない気がしたのでやめておいた。

「宝生、お前はどうだ？　こいつ、引き留めた方がいいか？」

「そうですね。正直に申しますと、仕事は遅いし呑みこみは悪い。何度教えても同じ間違いをしますし、独り言が多いです。それから、ランチはいつも肉料理ばかりで栄養のバランスが偏っています」

それは関係ないのでは？　という抗議は、続く宝生の言葉によって遮られた。

「それでも、仕事に対する姿勢は目を見張るものがあります。そもそも人の魂の宿る忌物を扱うという、およそ一般的ではない、ともすればモラルに反しているとも受け止められかねないこの仕事に対し、嫌悪感を抱くより先に理解を示そうとしたこと自体が、彼女の素養を表しているように思います」

「相変わらず説明が長いな。短くまとめてくれよ」

「端的に申しますと、彼女はこの仕事に向いています。もしかすると、私や社長よりもずっと依頼人に寄り添った仕事ができるかと」

ほう、と相槌を打った阿弥陀が顎髭を撫でながら、何度も首を縦に振った。

「宝生が認めるなんて珍しいじゃあねえか。やっぱ、面接した段階でそのことを見抜いて採用した俺、すげえなぁ。人を見る目があるってのはこういうことを言うんだろうなぁ」

「そうやって、何でも自分の手柄にしようとするのは社長の悪い癖です。それに、彼女がここを去るというのなら、採用するにあたって用意したデスクや備品の数々、新人教育に費やした時間、その他もろもろが全て無駄になるわけですから、利益よりも損失の方が――」

「――いいえ、残ります」

気付けばそう、口にしていた。二人の視線が、揃って宗子へと向けられる。

「私、もっと知りたいです」

「知りたい？　何をだ？」

問い返す阿弥陀をまっすぐに見据え、宗子は嘘偽りのない気持ちを口にする。

「阿弥陀堂に眠る忌物と、そこに宿る霊たちのこと。そして、霊を必要としてやってくる依頼人のことを、もっと知りたいんです」

霊が視える。その存在を理解できる。今までは足かせにしか思えなかったこの力があるからこそできる『人を救う仕事』。それが、この世界に留まり続ける霊と追い詰められた依頼人とをつなぐ『死人の口入れ屋』の本質なのだ。だとしたら自分は、それに賭けてみたい。

「私だからこそできることが、きっとここにあるはずなんです。それが見つけられるまで、私はやめません」

宗子は強い決意と共に言い切った。それ以上の言葉は必要なかった。

「――ふん、そうかよ。だったら好きにしな」

いつもと変わらぬ調子でぼやくように言った阿弥陀の顔は、心なしか微かな笑みを浮かべているような気がした。

「あれ、ちょっと待ってくださいよ。もっとこう、喜んでくれたりしないんですか？　二人とも、私がいたら嬉しいんですよね？　私のこと、この仕事に向いてるって言ってくれたじゃないですか」

「はぁ？　何言ってんだお前。夢でも見てたんじゃあねえのか」

「全くです。さっさと仕事に戻りましょう」

阿弥陀だけでなく、宝生までもが手のひらを返したように冷たく言い放ち、デスクに向き直った。しなやかな白い指が精密機器のようにキーボードの上を滑っていく。

「え、ちょっと、そんなぁ……」

せっかく決意を新たにして、ここで頑張るという意志を表明したのに、なんとも冷ややかな対応である。いつも通りのぞんざいな扱いに不満をあらわにする宗子だったが、いじける暇もなく、雷鳴のような怒号が降り注ぐ。

「おい、いつまでそんなしみったれた顔してやがんだよ。無駄話は終わりだっつってんだろ。もうすぐ依頼人が来るぞ」

荒々しい口調で言いながら、阿弥陀は事務室の襖を開いた。それと時を同じくして玄関チャイムが鳴り、自動ドアの開く音がした。絶妙なタイミングで依頼人がやって来たらしい。宝生が忍びのような身のこなしで立ち上がり依頼人を出迎える間、阿弥陀が広間へ向かう。その後を追いかけようとして立ち上がった宗子は、左手の先にひんやりとした感触を覚えて身を固めた。え、と声を上げげつつ正体を探ると、小さくて柔らかい指が、宗子の人差し指と中指をきゅっと握っていた。

「メグミちゃん……？」

思わず口にした瞬間、小さな手が宗子を強く引いた。

——はやく、いこう。

不可視の少女に手を引かれ、宗子は小走りに事務室を出て、廊下を駆けた。幼い頃、姉が同じように手を引いてくれたことを思い返しながら、宗子はじわりと目尻に浮かんだ涙を拭う。

奥の障子の先、数えきれないほどの忌物で満たされた広間を訪れ、その一つ一つに霊が取り憑いているという事実を改めて実感し、宗子は息をのんだ。

彼らが抱えるのは、叶う事のない望み。果たされることのない願い。だからこそ、彼らはここに来た。『死人の口入れ屋』によって新たな役目を担い、生者との関わりを持つために。そうすることでいつしか、自らが抱えた苦しみから脱することができる。そんな希望を抱えて。

「社長、依頼人をご案内しました」

振り返ると、宝生に連れられてやってきた依頼人が、不安そうにこちらを窺っていた。ソファにふんぞり返り、依頼人を物珍しそうに見上げた阿弥陀が厳かに告げる。

「ようこそ阿弥陀堂へ。あんた、どんな霊を探してるんだ？」

その顔には、仏とも悪鬼ともつかぬ歪な笑みが浮かんでいた。

本書は書き下ろしです。

死人の口入れ屋

阿泉来堂

2024年2月5日　第1刷発行

発行者　千葉 均
発行所　株式会社ポプラ社
〒102-8519　東京都千代田区麹町4-2-6
ホームページ　www.poplar.co.jp
フォーマットデザイン　bookwall
組版・校正　株式会社鷗来堂
印刷・製本　中央精版印刷株式会社

N.D.C.913/319p/15cm　ISBN978-4-591-18011-2

P8101483